特文学

秋水川流 3

中生代80后作家作品

朱铁军 王建淳 主编

中国言实出版社

图书在版编目（CIP）数据

秋水川流 / 朱铁军，王建淳主编．-- 北京：中国言实出版社，2021.2
（特文学）
ISBN 978-7-5171-3729-0

Ⅰ．①秋… Ⅱ．①朱… ②王… Ⅲ．①中篇小说—小说集—中国—当代②短篇小说—小说集—中国—当代
Ⅳ．① I247.7

中国版本图书馆 CIP 数据核字（2021）第 010289 号

出 版 人　王昕朋
责任编辑　宫媛媛
责任校对　张国旗

出版发行　中国言实出版社

地　址：北京市朝阳区北苑路 180 号加利大厦 5 号楼 105 室
邮　编：100101
编辑部：北京市海淀区花园路 6 号院 B 座 6 层
邮　编：100088
电　话：64924853（总编室）　64924716（发行部）
网　址：www.zgyscbs.cn
E-mail：zgyscbs@263.net

经　　销　新华书店
印　　刷　北京温林源印刷有限公司
版　　次　2021 年 9 月第 1 版　　2021 年 9 月第 1 次印刷
规　　格　880 毫米 ×1230 毫米　1/32　8.5 印张
字　　数　167 千字
定　　价　58.00 元　　　978-7-5171-3729-0

目录

水　鬼

薛超伟

1

龙年正月初一零点，万寿村多数人正抬头望着天空。上百束烟花一次次插入穹顶，在人的面影上绽开。硝烟、粉尘、云上的纸屑，带着祝福轻盈地飘下来，天地间烟波浩渺。

一个男人沿着八宝街由南向北走。他缩在破棉袄里，没喝酒，踉踉跄跄地走，侧头看着两边停着的车，一辆挤着一辆，热热闹闹。他从口袋里掏出一串钥匙，晃了晃，捏起锯齿最尖的一枚，抵在最近一辆丰田的“咽喉”上，开始漫长的杀戮。

万寿村有七百户人家，五百辆车，八宝街上此时停着上百辆，其中半数装有行车记录仪—— 一个严密的监控网络。它们接力似的记下了最忠实的画面——镜头里晃荡着男人佝偻的背影。门把上方横跨车身的刮纹，将许多辆车连缀为一体。男人想起在机械厂焊接的情景，火舌舔软了铜和铁，一切软得像果冻，没有眼下的手感。警报声此起彼伏，这在烟火轰鸣中是常见的，没人理会。只有一个母亲怀中的婴孩儿抽空望了望，随即就看到由数十辆车排成的长卷画轴，上面有波浪在绵延。孩子笑了。

男人一边划，一边数，在数到第五十三辆的时候，被迫停止了征途。这是辆面包车，车主是联防队的王亮。

第三次遭到“双扣”之后，王亮从牌桌上拔地而起，瞄了对家一眼，嘀咕着“狗生的，会不会打”，随即察觉到室内烟雾缭绕，每个人的眼球都红得娇艳。“我去透透气”，他朝外走，后头看牌的连忙补上了空缺。

外面的空气似乎并没有更好一点，但有凉风，他随意地点起了烟，视线对上了车旁边的男人，男人当时正路过他的那辆车。

“你干吗呢？”王亮注意到对方是个外地人，追了句“你他妈干吗呢？”

男人身体颤了一下，慌忙往兜里塞钥匙。“狗生的，往我车上撒尿？”王亮绕过车头，看了眼轮胎，上面糊着干干爽爽的泥。他看了看地面，又看了看外地人，有些疑惑。

这时对门家的“百门炮”轰上了天，七种颜色轮番刷亮了王亮的视网膜。他终于从他那满是伤痕的车身上看到一道新伤。男人注意到王亮的眼神，这才想起要跑，王亮“呵”了一声，一脚踹到对方的侧腰上。男人飞一阵倒地，被身上的棉袄淹没了。周围七七八八的车主闻讯赶来，在呼啸的焰火声中一轮轮招呼，把男人打得像鼻涕黏在地上。王亮拿出手机，恋恋不舍地拨了单位电话。

“叫什么名字？”

“孙卫国。”

派出所民警小张威严了坐姿，咳嗽一声，问：“是谁指使你的？”

“没有，没人指使我。”

“有群众反映，是新开的阿发汽车维修指使你干的。”

孙卫国摇摇头，说：“我自己干的。”

“动机呢？”

“什么？”

“为什么干这事？”

“你们都过好日子，我没年可过。”

“怎么没年可过。买些炒米吃吃，瓜子嗑嗑，不就过了。”

孙卫国嗫嚅了一阵，出声了，说：“你们打死了我儿子。”

“说话过点儿脑子。”民警拍起桌子。

“春崽放了寒假，不写作业，人家去游戏厅，他也去游戏厅，人家买擦炮，他也买擦炮，一条街地来回玩。有几根擦炮不小心掉进一辆车里面，炸伤了人家的真皮椅——狗东西自己车窗没关好！春崽老实，探头探脑地进那户人家，说，叔叔对不起，我不小心的。那个人出来看了，一脚踢到春崽身上。春崽在地上滚，那狗东西又踢他肚子，尖头皮鞋。”

民警听得耳熟，问：“这就死了。”

“踢坏了，肠子穿孔，又感染，医院里躺了几天，就没了。”

“你怎么不报警？”

“那狗叫赖哥，他们叫他赖哥，你们抓他。”

“赖哥——你划他车就好，其他车无辜的。”

“我报警了。我说赖哥把我儿子打到半死。你们过来，先检查了他的真皮椅，说，啧啧啧，炸得真狠。我说我儿子躺在医院，肛门都是血。有个老太婆靠上来，塞给我两万块，让我去救急，我以为是好人，就收了。后来你们跟我说，这事已经调解好了。我说可是春崽死了，你们说，你钱都收了，我们有证据的。可是春崽死了。”

“你别‘你们你们’的，那天是礼拜几？”

“两万块，我想过买两万盒擦炮，往那狗日的车里扔。可车不知道停哪了？”

“我问你，那天是礼拜几，你报警那天。”

“礼拜四。”男人终于追上了民警的思路。

“礼拜四？”民警看看排班表，沉重地舒了口气。

如果那天，这个异乡人能站起来，接受派出所的审问，肯定会有一个公平正义的程序。之后公安局提交检察院公诉，法院审理、判刑、索赔。

然而那天孙卫国被打之后，在地上瘫了一阵，忽而就沉醉了。他仰头看着满天繁花，大朵大朵，无凭无依地开着。原来花开花落都是这么一瞬而已。他想起五年前自己意气风发，来到这淘金福地，老乡说这里厂子多，来钱快，房租又便宜。老乡说的是实话，可还有一半实话没说。他感到口干舌燥，又不好向周围人要水，就撑起身，往旁边挪移了一阵，又扑倒了，他奋力爬上桥头。人们冷落了烟火，望着他，想知道他究竟要搞什么名堂。接着，他就在众人瞩目中，把自己扔下了河。

落水的人解了渴，他不想喝更多了，但水冲灌而来，带着这片土地上的他从未体会过的热情。朦胧中，他惊奇地发现，水下也有无数的烟火。

2

一场冬雨过后，河上漂了具尸体。捞上来时，村里人去看了，接着纷纷把早餐或消夜吐出来。父亲从牌桌上回了家，说了这事，就上床睡去。杨照问是谁死了，父亲鼾声作答。他放下书，在弹簧椅上练习倒车，到处磕碰，看着桌椅墙壁上的伤痕，估算自己省下多少修车费。

窗外公鸡又打鸣了，每天凌晨三点开始，像坏了的闹钟。杨照把窗棂上层叠的胶带撕掉，推开窗，空气清冷。屋顶、墙沿、地上，到处散落着碎砖碎瓦，雨篷、阳光板在余风中稀拉乱转，到处飞舞着用途不明的塑料布。对门院子里积着一汪水，混浊却平静，几只鸡无处立足，木讷又警觉。

母亲从菜场回来，捎回一人份的早餐。杨照吃着肉包说，父亲回了，在睡觉。

“让他睡吧，睡死了才好。”母亲说了“死”字后有些迟疑，挥着手“呸呸呸”地说，“村里有人喝农药了。”

一个给赵老三家做保姆的外地人，不小心掉水里溺死了。死者家属到赵家闹，要三十万赔偿。赵老三说，十五万。那伙人把扁担敲得震天响。赵老三说，二十万吧，娃儿还要念大学。对方掀翻了桌子，要掀天花板，赵老三跺脚哭：“哪有你们这样做生意的！”他允了三十万，晚上翻来覆去却睡不着，于是起大早买了农药，跑到外地人家里喝了。等赵家人收到消息，涌到外地人的租房，早已经人去楼空，只剩下浑身发青的赵老三。

讲完，母亲举出了去年死的一个外乡人。她说，那人实在，女人跑了，孩子死了，不吵不闹，自己往河里跳，干干净净。如果外路人都那样就好了。杨照没搭腔，母亲自说自话地下楼了。他咀嚼了一阵，觉得哪里怪怪的，冲到楼梯口喊：“今天早上河里有死人吗？”

“哪能天天死人？”母亲说。

“爸有可能打牌打疯了。”他把身体挨向父亲的房门，鼾声还在。

母亲说：“早疯了，这班赌鬼，有几个不疯的。”

父亲说今早看到河里捞上来一个死人，可听母亲讲述，那是几天前的事。杨照有些明白了，父亲是做着白日梦回家的。毕竟，他已经三天没休息。

父亲睡到中午也没起，杨照把饭端到床头，叫醒他，看他像重症病人一样进食。窗外晴得吝啬，白色的天空下，黑灰的瓦片一排连着一排，在这里看，看不出人间的变化。杨照望了两分钟，觉得够了，于是发短信给女友：在哪呢？

他走在八宝街上，躲躲闪闪。前天河水爬上岸，现在落回去了，路上到处埋伏着水洼。两边的车辆把街道挤成了巷，轮胎浸一点儿在水中，像一艘艘弃船。他蹚在枯河里，去找心爱的女孩。

路过姑母家，看到三表哥刘杰在洗车。他隔三岔五要洗一次车，为了车添置了很多设备，洗车泵、车用吸尘器、喷壶、清洁液、机油桶等。监控自然是需要的，前门装两个，后门装两个，没有死角。后门正好连着村里的停车场，惠及了很多人。设备大多是网购的，实在不放心的，就在市里的配件店买，用三轮车或出租车拉回来。开始邻居见了，会问他为什么不开自己的车去，久了就看出端倪来了：他不会开车，驾照是买来的。

杨照见过三表哥在驾驶座上的样子，一握住方向盘，脚就发抖，挂挡的时候，面部开始痉挛，脚尖颠在油门上，一声轰鸣，眼见着他从车里跌了出去。当时杨照在副驾驶上，以为自己要完了，心率跳到 200 次 / 分，回过神才意识到车子没动，瞅了瞅，手刹还没松。据说姑母给三表哥买车是为了等未来的媳妇，近年来大家一个接一个买车，不能落人后。刘杰不敢开，就常常出来洗洗车，车钥匙“biu”一下，再“biu”一下，听锁开锁合的声音，等一个会开车的姑娘。

杨照喊了他一下，刘杰冲他招手，叮嘱杨照把车停在停车场里。

经过赵家门前，灵台已经摆出来了，但并不肃穆。一伙人正围着一个哭坐在地的青年劝慰着。杨照听旁边人说，赵学坤拿着菜刀要去报父仇，被拦下了。杨照想发表些意见，张张嘴，只“哦”出一声。

3

张公桥在八宝街末端，过了桥是条商业小街，与八宝街相错。鞋店在桥头第七家。商业街的尾巴向市镇生长，头部却在河水的酸臭中不断后缩，变成没有头的怪物。在鞋店试鞋的男人，都放心地伸出冒烟的脚丫。

这家单门面的店是陈宁月的姑母开的，陈宁月在市区的一所大学就读，每周末回来帮她忙。杨照偶尔会撞见陈宁月给男客试鞋的场面，时而低眉顺眼，时而微笑相迎，遇到闽南老乡，还说着调皮的家乡话。杨照听不懂闽语，但听着每个音都在撒娇。

碰到姑母在店里，他就在桥边树下等着。望望陈宁月，也看看路人，就不像偷窥了。有时他会察觉到某个男客眼神有鬼，老盯着镜子看，他知道盯着镜子的人都是胆小的偷窥狂，镜子里一定有陈宁月光滑的小腿。

等姑母吃过晚饭，陈宁月就算下班了。两人错着身位走，既不激动也不平静，一路走，走到无人处。在两人的秘密领地，陈宁月从包里拿出一种她没见过的新奇糕点，骄傲地喂杨照吃，雪白一大块，含在嘴里就化了，你一口我一口。“好吃吗？”陈宁月鼓着嘴侧头看他。杨照细细嚼完，舌头舔遍每一颗牙齿，说：“我当是什么，就是状元糕嘛！”她眼里的愉悦暗下来，“哼”了一声，去拨弄阶沿的苔藓了。

这是一座被爬山虎覆盖的双层老房子，人迹罕至。露天的台阶通往二楼走廊，坐在楼梯转角位置，就可以从路人的视线里消失。

一直以来，他们都努力找一个没人知道的去处，好不受惊扰地聊天，发呆，亲热。她不想被框进任何监控的视野内，无论是汽车的记录仪，还是民居门台下的摄像头。最近村里还在安装公共防盗监控，三街八巷都设防，大白天也亮着白炽灯，不知是系统混乱，还是怕摄像不清。除了监控，还有人的眼睛。村庄是没有秘密的。

车厢本来是个好地方。那次他像往常一样，把车子倒进一个隐秘角落，前窗留一点缝，熄火，打开后车门，带着陈宁月坐进去。狭小的空间里，他们拥吻，彼此探索，臀部跟皮垫挤压、摩擦的声音，如同合适的音乐。他撩起她的衣服，隔着内衣抚摩，乳罩和肌肤的触感在手掌间替换。

有人。她说，有声音。

他静下来听了一阵，只有两人的呼吸。他把手指放在她的腹部，往上走。听，是手指们的足音，他说。她笑了。他把头埋在她胸间，胡子扎得好痒，她吃吃笑着，忽然浑身紧绷起来。

有人。真有人。

他警觉起来，静默了更长时间，但一无所获，有些扫兴。他让她躺歪一点，以便借着月光好好看她。可是本来白白的月光忽然被云遮住了。他感到手掌触到的肉体颤抖起来。不对，不是云。回过头，看到一张脸紧紧地贴在车窗上。

是林巍，傻子林巍。小时候整天流着涎水走街串巷，长大后没变样，只是有一天开始喜欢用绳索拖着一个大水壶走。据说是他母亲怕他掉水里，有了水壶可以趴上面浮着。

他就这样趴在车窗上，尽力往里挣，涎水流在玻璃上往下滑。陈宁月刚喊出半个音节就被杨照捂住了嘴巴。他看不见的，车里这么黑，杨照悄声提醒，他大概是听到动静，好奇罢了，玻璃上的深色贴膜，挡日光，也挡目光。她不再颤抖，慢慢把上衣往下拉。不一会儿，林巍慢慢摇摆着走了。

陈宁月松弛下来，大口喘着气，说："真可怕，他像一个僵尸。"

杨照说倒不至于，更像是低等动物，只是应激地做出反应。

既然是动物，或许在视力上有超常的优越。不过，被动物看见又怎样？他没说出这些想法。只是他们再也不会在车里幽会了。

后来经过几番探索，他们就选定了这座房子。整座房子毛茸茸的，爬满了苔藓和藤蔓植物。二楼住了一个老人，除了在清早出门买点儿青菜豆芽，几乎都关在屋里，也没见什么人来看他。在这被植物覆盖的古老城堡里，老人不知道，还有两个素未谋面的年轻人，与他比邻而居。

陈宁月拨了一会儿苔藓，耐不住一个人生闷气，就又从包里拿出芝麻糕，递给杨照吃，这个呢，你也吃过是吧？

“哎呀，跟你开玩笑的，半天不说话，原来还为这事生气呢？”杨照笑话她。她红着脸，刚要反击，就被他抱在怀里。

虽然天放晴了，但台阶还是有些湿，上面铺满落叶。杨照拣了一块地方坐下，臀部冰冷，他把陈宁月搂到腿上，又感到温热柔软。真奇特！他把脸埋在她肩上的发丛里。

“哇，从这里看，夕阳真好！”陈宁月叫道。杨照从她背后探出头来看，太阳在屋角的飞檐上擦掉了一半，余光渗得到处都是。它是故意这么露给我们看的。陈宁月笃定地说。杨照就掰过她的脸，亲了一口。“马马姆。”他叫道。她应了一声。他搂得更紧了，想把她抱进身体里。他让她转过身坐着，面对面，不停地亲吻。“马马姆”，亲三下。“马马姆”，亲三下。

陈宁月，马马姆，再加上水仙，这是他们的人格游戏。在恋爱之初，陈宁月曾经问杨照，他是怎么称呼前女友和前前女友的。他说，姑娘伢和姑娘。她疑惑了，怎么没什么差别？他如实说：叫惯了姑娘伢，临到新任女友时，叫漏嘴，出了“姑娘”两字，然后硬生生把“伢”吞下去，就这么定下来了。陈宁月说，你太坏了，真是坏绝了。那，你叫我什么？他想了想，说，姑。她皱起眉头，把嘴噘到天上，杨照伸手弹了一下嘴唇，她气急败坏，要掐死他。杨照只能讨饶，答应给她取一个独特的名字。“马马姆”是她自己的创造。恋爱中的女人有独特的变声期，“马马姆”是她在用五岁小孩的声音示爱时产生的。

“水仙”是他硬加上的，她并不喜欢。人们提到漳州，就会想到水仙，到头来男友还要用这名字称呼她，简直莫名其妙。而且每次她生气，他都要用这称呼逗她，让她念“水”的发音。她并不能按照温州方言念出“水”的标准发音——普通话和闽南语里不存在的音。而他喜欢这个称呼，是基于同样的理由。她只能不断地在音与音的邻里寻找对应字，这过程显得她笨拙又可爱，很快就从水仙的孤傲里败下阵来，成为“马马姆”。他喊她水仙，目的却是不让她变成水仙。

他们持续不断地吻着，吻得她融化，喘息，呓语。天地似乎颇通人情，垂下夜幕，四下里又暗又静。

“停，停。”陈宁月喊道，身体僵直着不再配合。杨照这才醒来，看看怀中的女孩，又看看自己，衣着完整得像正人君子。

“再下去就忍不住了！”她说，每一字都滚烫地落在他的眉毛上。

“你又不懂。”他说。

她一时间不敢看他。

杨照觉得腿有点麻，就把她抱起来，转个身，放在自己用屁股烘干的枯叶堆上。自己走下两级台阶蹲着，然后仰头看她。月色清浅，照着她的瞳仁深不见底。他想掉进去。然后他就掉在她的双腿上，他用面颊慢慢地抚摩她的膝盖，说，小时候，也常这样。

她瞪大眼，问："什么？"

他说："小时候我家跟大伯家住一起，大堂姐经常带很多女同学来家里玩，她们一排坐在床沿上，把五彩的袜子伸出来晃荡，我就扮水鬼，要把她们拖下河。我拖呀拖，可我是一个小孩子，怎么拖得动呢？然后我就挂在了她们腿上。她们一个个哈哈大笑。"

陈宁月也大笑，笑完带着喘说："你这哪是水鬼，是色鬼！等下，水鬼，水仙，你叫我水仙，不会因为满足了你什么变态心理吧？"

杨照只是笑。她又不敢看他了。

看她害羞，他就越觉可爱。他说："我把你采摘了吧，水仙。"

"好啊。"

他有些意外，什么时候？

"结婚那天。"这是她一贯的说辞。

他觉得事情不该是这样发展，有些纳闷："怎么这么俗呢？"他没来由一句，不知向谁投掷，说完有点发呆。怕他生气了，"马马姆"去捏他的脸，见捏他没反应，就换了陈宁月掐他，他烦躁地推开。水仙不捏他，也不掐他了，而是自个儿玩，玩石缝里出来的草，听墙那边老头的声音，什么都听不到。

杨照咳嗽一声，又起了话头，"你别去鞋店了吧。毕业后难道要开个分店？"

“不去看店，周末就没必要回来了。不回来，就见不到你了。”

“可那是你该做的事吗？卖男鞋，闻男人的脚臭。你在学校还卖奶茶。”

水仙打断他说：“我该做什么事呢？整天待在家里，闻自己的脚臭吗？有你一个就够了。”

说完，她自己僵住了。杨照也不再吭声。她还记得上一次对话。那次她刚接受了姑母的训导：“不说这村，就这镇，没几个真男人，全都是吃饱了打嗝的牲口，炒房炒股一夜暴富，接下就整天坐着等征地了。你要找，就去县里市里找，喏，你在温州市区读书，同学里不是有很多吗？那儿的富贵人家，也都是摆鞋摊起家的。”陈宁月转述给杨照听。他听了，起先还开玩笑：“牲口会打嗝吗？”可之后就没再说过话，冷淡了好些天。想到这儿，水仙就堆起笑容说：“生气啦？对不起嘛，来，脸来，让我亲它一百遍。”

“呵呵。”杨照发出了笑声。

“不说了嘛。好啦好啦。”水仙耐住性子，摇着他的手臂。

他点点头，“马马姆”立刻笑起来，“啦啦啦”唱着摇他的手臂。接着，他漫不经心地说：“我听说，开服装店的，尤其是开男装店的女人，白天卖衣服，晚上做鸡。新昌路上都是。”

“你说这什么意思？”她不摇了。

“没什么意思。”

“你说清楚，说半天怎么绕这来了。”

“就突然想起来，真没什么意思。”他咽了口唾沫，仿佛还在吞状元糕。

他们沉默起来，好像在比赛，谁比谁永恒。

“对，没意思，没意思透了。”陈宁月陡然站起来，踩着月光跑了。杨照想追过去，可他起身前，她停住了，回头看他。两人都没动静。她就转身继续走，他就继续坐着。

坐了很长时间，他起身慢慢往回踱。走到每个胡同口处，他都怀疑会有个女孩跳出来，扑进他的怀里一个劲儿笑。他走到家，假想的事情没有发生。大概她藏得太好了。

4

杨欣看了一眼手机屏幕，在屋里找了个大编织袋，重重带上门，钻进院里的BMW525，刚启动就碰倒了一盆花。她想下去看看车刮伤了没，但马上意识到，这是徐大龙新买的，刮得好！宽慰了五十米，到一个拐弯处她心疼了，不还是我的车吗？心里这么僵持着踩到了六十码，也就专注于速度了。

昨晚她等了好久，徐大龙才在深夜两点晃悠悠回来，一身酒气，手里甩着一条红内裤唱着，老婆呀，三百块，一条内裤三百块。杨欣把枕头扔过去，躺回去一言不发。徐大龙见了，矜持起来，默默地洗澡，也不哼歌了，换上三百块内裤，稳重地躺在杨欣身边。

躺了好一会儿，杨欣也没说话，呼吸平静。徐大龙意识到应该做点什么。他翻过身，从身后抱住妻子，轻声安慰。杨欣伸手搭住胸前的胳膊，在上面含蓄地掐了一把，肉量很少，力道却不菲。徐大龙痛得大叫，彻底清醒过来，猛然记起今天是什么日子。他从床头取来手机，将时间调回零点，然后屏蔽信号，点开短信，输入：老婆，生日快乐！感谢你的陪伴！做完这些，徐大龙调整呼吸，“嘶”了一声，翻转身说，咦，老婆，怪了，原来我十二点发给你的短信你没收到啊。他把屏幕递到她眼前，上面有个红色的惊叹号，提示“发送失败”。杨欣看了眼，向他翻过身，徐大龙面有喜色。然后杨欣一脚踹向徐大龙，崴了小脚趾。她坐起来，他也坐起来。她一手按住心口，一手抚着脚指头，瞪着他半晌没说话。徐大龙说，至于吗你？生日是今天，是零点以后，醒来照样过啊。

杨欣伸出手，房间里响起“啪”的一声。有一度徐大龙以为自己的脸颊会吃痛，随即意识到杨欣只是关了灯。一会儿，徐大龙觉得身后透风，向后挪了挪，贴上温热的肉体。静默着等了一会儿，见对方没有躲避，缓缓地舒展开后背，却是不敢拥抱了，就这样，拘谨地睡去。

杨欣没有等来他的歉意和温存，余怒转为羞愤，听到鼾声时，又怅然若失。他大概真的是忘了，她说过多次的，刚刚过去的数小时，才是她“真正的生日”。她有两个姐姐，她在母亲肚子里的时候，整个家族都期待她是个男孩。母亲临产那天，他们都来了，在屋里屋外等待着，熬到午夜，她出生了，众人败兴而归。她常常想象人生之初的那几个小时，谜底揭晓之前，那么多人等着她，期盼她。那是她生命中最美好的时候。

杨欣在银行门口停下，有些踟蹰，右手捏起编织袋，左手却不想开门。她观察从银行里出来的人，大多坦荡。照照镜子，自己脸色却有些异样。看了看手机，徐大龙是不会来电话了。他怎么就放得下心？滑动屏幕，扫过通讯录的每一个人，思量这一个个的交情和可靠程度，却找不出合适的。她忽然记起自己有个堂弟。杨姓的，总被系统藏在后面。

杨照接到堂姐电话的时候，正在院子里晒太阳。身旁坐着邻居李奶奶。霜降以后，每天午后她就出来，把藤椅放在阳光充足的位置，然后每隔一小时搬动藤椅，追着阳光移动。李奶奶有一句没一句地说着什么，大概是以前的故事，他听不清，老走神。也许很多历史就这么在无心中溜走了，可谁在乎呢。老人家也不在乎。杨照就“嗯嗯，啊啊”，交流得很愉快。这是人们认为老人慈祥的原因，不需要沟通成本。

过去，西面第三幢、第四幢房子还没建，那里是一片草地，小孩们行走在蜻蜓团飞的花环下，像在草原上漫溯。后来浇了水泥，如砌起一片坟冢，白惨惨的，孩子们倒是更自在了，院子很大，他们跑得无边无际，只是摔得疼。那时候三表哥刘杰还是勇士，肝火旺，一动怒就从屋里拿菜刀高举着到处追人，不经意追到了，扔下刀就在弟弟妹妹背上猛捶，然后再捡起刀继续追下一个。打堂姐杨欣，下手没分寸，对最小的杨照倒是很少施暴。大概是因为打杨欣只有她自己抵抗，打杨照全家都会反击。因刘杰的性子，家里没几个人愿意跟他玩，大家看他来了，跳房子、踢毽子的都四窜躲起来，让他找，他找到黄昏的深处，也很难找全。孩子们后来想想不对：这不还是跟他玩起来了吗？干脆不躲了。反倒是杨欣愿意跟他玩，往往厮打了一阵，就勾肩搭背了。

在杨照印象中，杨欣跟其他姐姐都不一样。她闹起来像个男孩，安静下来，又好像一朵云。大伯不太管她，不严不慈，只有一次在吃饭时把筷子敲断在她的脑袋上。杨照忘了起因是什么，只记得一声脆响后，自己先哭了，而杨欣摸了摸头顶的伤处，红着眼，不吭声地扒饭，她逼停了眼泪，全变成鼻涕流了下来。

杨照经常见杨欣蹲在院子角落里对着盆栽发呆。她从没带同学回家玩过，不像大堂姐，所以他没有机会抱更多女孩子的腿。但他觉着有趣，也蹲在姐姐旁边看。花草很多，大多长得不稀奇，有一盆例外，花瓣白得让人起疑，在脏兮兮的墙角处，尘埃好像都绕着它走。他问姐姐这是什么花，姐姐说是水仙。他就记下了。

后来上学写状物作文，杨照就写了院子里的水仙花。他是带着小板凳直接坐在盆栽前写的，写生似的。老师把作文当着全班的面读了，放学后却偷偷跟他说，他写的不是水仙花。他在老师办公室里看到了真正的水仙。他说，老师，你别骗我，这是大蒜。老师很耐心，说这就是水仙，只是还没开花。那我家的是什么？老师猜道，是葱兰吧？又葱又蒜的还没完，葱兰有个表弟，叫韭兰。就没个好听的吗？想好听还不容易，葱兰也可以叫作玉帘。

老师告诉他水仙冬天开花，那年冬天他果然没有在院子里摘到水仙。假货！他呸了葱兰一口，又觉得它有点无辜。他本来盘算好在姐姐生日那天摘花送她，既然没花，只能动用他自己的玩具。好几天，他都盯着姐姐想礼物的事，在心底盘点了自己心爱的变形金刚、钓鱼玩具、积木套装，又逐一否定。生日那天，杨欣坐地上捧着两个碗吃水煮蛋，只有一颗，蘸了酱油又蘸盐，换着口味吃。杨照还是没考虑好送什么。她见弟弟一直盯着，以为他要吃，犹豫了一下，还是掰了点儿给他，碎末掉下来，心疼了一地。

在记忆里停留太久，再次见到杨欣的时候，杨照有些恍惚。杨欣换了车，换了发型，似乎连面孔都换了。杨照坐进副驾驶，把双手夹在腿间，好像第一次坐出租那样纯情。他假装好奇地问了几个关于新车的问题，一切才顺利起来。闲聊了一路，杨欣再次把车停在银行门口，下车，叮嘱弟弟要跟她一步不离。走进贵宾室，提前预约过，并没有等待多久。工作人员拆开捆扎带，一遍遍在机器里数着，又一捆捆扎回去，一一地把这几十万塞进编织袋。杨欣努努嘴，让杨照提着。杨照提着五公斤的东西，突然迈不开步子，感觉大厅里所有人都在看他，他怀疑此刻他们都是善良的群众，只有他是劫匪。他没有鸣枪，而是提着袋子镇定地走，走到车前，在姐姐配合的开锁声中，拉开车门，坐了进去。所有悬空的汗水才开始滴下来。

"每次发工资，都发得惊心动魄。"姐姐长长地舒了口气。

"原来是给伙计发工资啊。"

"当然，不然取这么多现金干吗，撒江里啊？"姐姐说。他想象了一下，觉得那画面不错。

“姐夫怎么不来？”

“他？别提了。昨天半夜还在喝酒，睡到中午才去厂里。短信提醒他取钱去，没回。估计被生气的伙计们打死了。”

“工资怎么不发卡里，多方便。”

“说起这个卡就气。他们认不来卡，认得来的，也觉得钱拿在手里踏实。发了钱，就开心了，鼓鼓地塞在上衣内兜里，一帮男的互相打来打去，像胸肌厚了一层，多大人了。还真是什么样的老板，管什么样的员工。有钱了，排档里开好几桌，一箱箱喝雪花，雪花喝不醉啊，也像喝醉了一样，到处撒尿——这素质，路过的问起来，都知道是大龙服装厂的。”

“倒是挺有意思的，这班人。姐，你们厂还发年终啊，真洋气。”

“还不是被逼的。逢年过节经常有伙计来借钱，你知道你姐夫那人，当老板了却没点儿威严，到处掏钱，借了不还的还好说，可以从工资里出，有些过了年干脆不回来了。前年开始就发年终奖了。每月给他们存一点儿工资，到年底一次性发了，也蛮可观。手头拿着万把块，还好意思借钱吗？”

杨照哈哈笑了一阵，发现没话可接了。他抽了两张纸，折起花来，虽简陋，但也耐看。他夹着那朵花在手心里转着，偷偷看了杨欣两次，最后还是把它展开来擤了鼻涕。

“姐，今天是你生日吧。”

“哈，你倒记得，你姐夫都忘了。”

“我认识你比他早多了。”杨照说，然后跟着姐姐一起痴痴地笑起来，想起姐姐订婚头一年，自己对姐夫充满敌意，就又把笑延长了两秒。

杨照说：“附近有花店吗，可以开过去吗？”

“去花店干吗？”

“给你买礼物呀，买盆水仙。姐，我记得你很喜欢水仙。”

“水仙？”杨欣迟疑地说：“对，蛮喜欢的。不过不用啦，对姐还这么客气。”

“就一盆花而已嘛，摆在窗台上蛮好看的。”

“那你查查哪里有花店，姐也不清楚。”

杨照在车载导航上找了半天也没找到，想是操作不熟，就在手机里定位，最近的花店要十公里。他换了关键词，盆栽植物水仙，仍一无所获。

“找不到吗？找不到就算了吧。我刚想起来，水仙是有毒的，养在家里，大白和太白不小心吃了也不好。”杨欣说。

杨照有些困惑，为什么谁都能传授他植物知识，“那，那算了吧，哈哈。”

“哈哈，算了。”

进了厂子，杨照在厂子里溜达一圈，发现不仅是裁床、包装，连做车位的也大多是男的，一边闲聊着，一边踩着缝纫机，密密地缝着。杨照觉得有些好笑，又有些庄严。女工都跑哪里去了？男耕女织的生活在颠倒，天翻地覆了。

杨欣发完工资，就让大家提早下班了。一伙人蜂拥而出，要去喝啤酒，要去撒尿。徐大龙突然从厂房二楼探出头大喊：“老板娘，生日快乐。”赶着喝啤酒的那伙人静了静，随后一阵乱哄哄的“生日快乐”此起彼伏，有人打着节拍唱起了生日歌。

“谢谢大家。散了吧，散了吧，别听你们老板胡闹。”杨欣冲他们摆着手说。众人笑嘻嘻地走了。

三个人在车里坐好，杨照说：“他们挺开心的呀过得。”

“是啊，发钱了能不开心吗？”徐大龙一只手滑着方向盘说：“你老姐是个大好人，自己生日还发钱，让别人开心。”

“别给我戴高帽。”杨欣说，“不过这事说来也怪，明明是他们应得的工资，从自己手里发出去就感觉做慈善似的，看他们开心，自己也就开心了。”

“小弟啊，你姐多能干，你以后娶老婆就要娶这样的。”徐大龙说。

杨欣说女朋友找了吗。杨照说找了。哪里人？杨照想了想说，外地人，希望通过这样一个中性又带贬义的称呼实现心理过渡。外地哪儿的嘛，北京上海也是外地。杨照说福建的。福建哪儿的？漳州市北武县。杨欣问丈夫听过没，徐大龙不知道。

“哪儿的人不重要吧。”杨照提醒。

“当然重要！厂里多半是外路人，姐这种事就见得多了。这基本的素养就不提了，有些地方的人很乱的，乱搞男女关系，亲戚都搞在一起，你可要看清楚。”

“哎，老婆，也没你说的那么坏，大多是好人。弟啊，你姐发牢骚呢，别当真。”

“就你天天跟他们称兄道弟，吃里爬外。”杨欣说完，转向弟弟，“那她爸妈是做什么的？”

“做生意。”

“弟，你说话不干脆。”杨欣说。

“其实我也不清楚。不过她说她家收入不高的。”

“她是独生女吗？”

“是。”杨照说，“唉，姐，我只是在恋爱，还没谈婚论嫁呢。”

“哈，也对，谈恋爱。”杨欣安抚地拍拍弟弟。

杨照想反驳，但觉得太麻烦，就冲姐姐笑笑。

徐大龙在前头咳一声，说：“老婆，别教坏年轻人。要谈，就要尽心谈，不要管什么阻碍。”

“你懂什么，开你的车吧。”杨欣说。

开到一个饭店，走到顶层的旋转餐厅，靠窗，整个城市都在转动。杨照往四面辨别着方向，找到万寿村。在这里的灯光照耀下，它显得有点黯淡。然而，市政规划早已延伸向那里，再过二十年，万寿村就位于这个城市中心的位置。

他们处在这里，得提前养成俯视的习惯。

5

距离马年还有六天，杨继新大清早被妻子朱彩珍叫醒。以往他总要赖床不起来考验她的耐心，这回她喊了一声，他就从床上弹起来。杨继新顺带把儿子杨照也叫了起来，年纪轻轻，每天睡到中午，太不像话。他早就想吼这一嗓子了。

最终一家人能够在一起和睦地筹备分岁酒，招待亲友，这让杨照有些意外。

前些天，父亲一伙牌友又换了新地方。牌局并不固定，没有哪家的女主人忍得了半月，这回却让他们碰上个活菩萨。主人家是个寡妇，提供场地，还提供茶水、点心和消夜，虽收点费用，但总归比宾馆实惠，何况就在村里，想回家就回家，做个顾家的男人。

杨照找到父亲回家吃饭。杨继新说好的，然后把牌举过头顶，重重地摔在桌上。摔牌不是说要起身吃饭了，摔的是气场，响声大还得到位，如果牌不慎掉在地上，要俯身去捡，就输了一半。

杨照环视了一圈，看到观战席上坐着个女人，肤白晃眼，每当撩头发的时候，另一只手习惯性地护一下玉镯，护得娇弱，小拇指翘着。杨照回家扒完饭，父亲还没回——意料之中。晚饭的时候，母亲又催杨照去喊，不让他打电话，要实地跑。隔天依旧。第三天杨照烦了，那老阿姨是挺漂亮，但桌上围着一帮人，能出什么事？

母亲被戳中心事，不说话。她拣了一个杨继新在家吃饭的日子把话挑明了，那寡妇怎样的人，你不知道？你去她家打牌，不是作践自己吗？杨继新说怎么了，不就打个牌嘛，摆家里打你又不愿意，难道摆楼顶上啊？朱彩珍说，你随便去阿旺阿真那儿打不都是打吗，非要打到婊子的裤裆里？杨继新拍下筷子，顺手把碗砸在地上。气场足，赢面大，最终俯身收拾的是朱彩珍。

朱彩珍对儿子说，我和你爸要离婚了。杨照听了，一瞬间考虑到父母离婚之后跟谁的问题，随即又意识到，自己早已成年。他说，想什么呢，一把年纪了说这些，都说多少年了。朱彩珍说，这次是真的。她把自己锁在房间里，躺到天黑。杨继新喝醉回来，坐在房门口含混地道歉、呕吐，其间砸了两下门，随即又温柔地退回去。杨照提了扫把走出房门，看到父亲糊到角落里的影子，想想还是算了，回身带上门。朱彩珍后来开了门，杨继新跌撞到房间里，大哭起来，朱彩珍看着电视不说话，杨继新就抓起遥控板拼命地砸自己的头。朱彩珍把它抢下来，两个人哭作一团。

那天白天，杨照说好要去学校接陈宁月。她要在村里先待几天，再跟姑妈一起回老家过年。从前杨照没有接送过陈宁月，他认为没必要，大巴方便，一小时车程。可这是陈宁月大学最后一个寒假，他感觉有了义务。吃完饭他就打开手机地图谋划线路，还没开过这么远的路，而且是为自己的姑娘，心里觉得挺隆重。

陈宁月前一晚开始收拾行李，十一点躺下来，辗转半小时才睡着，凌晨四点被梦惊醒。放假多天，人已走了大半，她却无处可去。她确实很想念杨照，但不大愿意去万寿村了。有一阵子她经常去图书馆，听杨照的话看些书，做些笔记，同学、室友就夸张地惊叹。她是受不了别人眼光的，就跟周围人一样出去工作。一些本地同学有关系进了企业，或者干脆自己创业。

她在奶茶店打工，老板是大几届的学长，在校时就开了三家店，几乎不上课，这所学校创业是能抵学分的，他便拿了优秀毕业生。学长说她声音甜，服务好，给她升了领班，有一次请她去晚会跳舞，她拒绝了，不久又被降为店员。她觉得这事挺有意思，打算讲给杨照听，想想作罢。

中午，杨照发来短信，说要晚点过来。她没问为什么，乖巧地回：好啊。对于等待，她有特别的专长，甚至在等待中耽溺下去，就跟思念一样。这时的爱情属于她一个人，没有任何意外和惊吓。

两点，杨照出发了，让她准备好行李。

三点，他打电话过来。她问，笨蛋，你到了？回复却说是堵车了，堵在华西路，让她稍等一会儿。她说，没关系，我看看书。

四点，阳光开始眷恋她的右半脸。她紧了紧衣服，风大了。他来电话，说长队终于松动，上国道了，可能还要半小时。挂了电话，她立起行李挡风，觉得自己有点傻乎乎，吃得打嗝早早坐着等情郎，像二十世纪八十年代的MV女主角，不禁笑起来。

五点，他语气有些愤怒，人太多了，没法开车，原以为年底高速会堵，想不到国道也堵。她说，没关系，你慢慢来，堵车没办法的。平静下来后，他说他在看风景。国道两边是田野和群山，田野似乎是群山的倒影，彼此极力地近似着。

杨照说你一定无法想象现在的情景，我们堵在这里，每辆车都朝着夕阳的方向，好像所有人都排着队开向夕阳。陈宁月说，我能想象啊，我也在看着呢。

两人感怀了一阵，他说：“要不然你还是坐大巴车回来吧，我开到你那儿，都天黑了。”

“好的。”

“对不起。”

“说什么呢，又不是你的错。你能来接，我很高兴。”

再次拖着行李的时候，就没那么轻快了，轮子和地面摩擦的声音听起来很夸张，隆隆隆。坐公交，转大巴，又转公交。在车上，陈宁月看着窗玻璃上自己若隐若现的面容，真是傻乎乎的。她呆望了一阵，等到从包里掏出第一件零食，又开心起来。但想起杨照还堵在路上，她不打算吃得太开心。

而此时国道上畅通无阻，杨照在几十公里外自己的房间里抹了把汗。他觉得真没必要去。两人约好相会于 A 点，已经在 A 点的人却要出发去 B 点，再把 B 点的人接到 A 点。以后是要一起过日子的，这种效率要不得。

可是，不能坏了承诺。他打开手机地图，用想象在地图上驰骋。现在有了实景地图，三维的，360 度转视角，能看到天空。那些路人被仓促地定格在地图里，成为地图的一部分，杨照路过他们，觉得很有意思。

他不时地联系着陈宁月，以免她孤单。他觉得她真是有耐心，一个小姑娘，拖着巨大的行李，等着心爱的骑士，也就更卖力地向她描绘路上的状况。他甚至描绘了前车下来一个男人，细长的铅笔腿，裤腿卷着，露出红色的袜子。他四处转着，没抽烟，却不停地摁着打火机，后来他试图点燃路边的一朵野花，队伍松动了，他连忙钻进车里。

五点的时候，夕阳照进房间里。他站起来打开窗户，细致地观察了对院烟囱后面日落的情景。他感觉很美，很怀旧。他跟陈宁月分享了彼此的日落。

时间落到分岁酒这天。摆冷盘的时候，杨照想到这些天的事，他觉得这里面没有谎言。时间所描述的，都是真实的事物。

6

酒席摆了两张大桌子，二十七年的圆木桌——伺候过杨继新和朱彩珍的婚礼。两张大桌子盛不下一屋子的亲情和热情，兄弟姐妹，兄弟姐妹的孩子，甚至孩子的孩子。前屋和后屋，三代人热热闹闹的，前屋的长辈忆苦，很快就被后屋的笑声覆没了。小孩子没吃多少就下桌了，在院子里四处跑动，父母们就得喊，外面风大，快回来。一个拎一个，或者一对夹一个教训。每年的这个时候，就会有人恍惚起来，说，可真是跟当年一模一样。兄弟姐妹便也开始忆苦思甜了。

大表哥李浩波感慨地说，过去只能想想，真不能拿来比。那时每天放学他得拼命往家跑，祖母要准时开饭，饿了会扭他的耳朵，像扭收音机音量一样，他的嗓音也渐次放大。但声音再大，也大不过祖母的。有时候在村里的茅坑拉屎，听到祖母的呼喊，就得提着裤子一路跑回去，跑绊了脚，摔得破烂，也得跑回去。祖母备着一条编扫帚用的枯竹枝，抽在皮肤上，肉屑都能飞出来。不尽兴的时候，还会抹上盐水。但一般不抹，盐贵。

那时候他总希望有人救他一把，可是父母、叔叔都噤声。他只听伯伯安慰过，因此他最喜欢跑外婆家玩，那里没有人打他骂他。在那儿他还是大哥，说话有分量。

他跟杨欣要好，这个妹妹大大咧咧，不娇气，也不野蛮。杨欣嘴馋，总想吃点什么。他看得出，家里吃的东西轮不到她的份。有一次他看到灶头上放着一个苹果，他拿起来看，烂了一处。拿了也没事吧，他想。他把烂苹果拿给杨欣，杨欣捧着苹果，有些不敢相信，朝他咧开嘴笑了。笑得他心惊，那是怎样一张明晃晃的笑容，蕴藏着信任和感激，让人负担不起似的。

她躲在楼梯底下，把那苹果连带着烂处都吃下去，剩下的果核瘦得不行。她抡圈似的看了几个来回，研究了果核的肌理，发现没有可以继续入口的部分，才遗憾地丢掉。她掏遍口袋，摸出五张糖纸，送给他三张。那时男孩流行收集啤酒盖，女孩集糖纸，上面有好看的卡通人物。

吃饭的时候，大舅开口了，问谁拿了灶台上的苹果。没有人响应。大舅说，说出来没事，说出来我就不追究。最小的杨照说，大伯，我刚才看见姐姐在吃苹果。

“这样。”大舅看了杨照一眼，又看了杨欣一眼。

“从小就做贼。”大舅把筷子敲在了杨欣头上。李浩波看着表妹，心里默念着，不疼不疼，不疼不疼。她头上有很多头发，又长又密，筷子落上去一定软软的，可为什么筷子断了呢？

听李浩波说完，杨照有些讶异，是吗？是这样的吗？望向姐姐杨欣。

杨欣摆摆手说，不关你的事，那时家里正遭贼，你伯伯恨着呢。

往时间里说深了，众人就说喝酒喝酒，别搞那么煽情，各色酒轮番上桌。有开车来的夫妻，就要有一个出来挡酒，喝得一个抱着另一个说胡话。徐大龙拉着杨欣跳起舞来，杨欣连骂带拽地把他安定下来。

李浩波问杨欣，阿妹，今年厂里怎么样？杨欣说还好，今年……徐大龙抢过话头，哈哈，很多厂都亏本，就我们厂好得不行。今年我们没有做羽绒，这天气，羽绒卖不出去，囤在仓库里发霉。李浩波说，今年怎么想到不做羽绒的，上个月也冷得很呀。徐大龙说，因为从来就没做过，没羽绒的生产线。众人笑了。

话题随酒杯辗转，转到杨照，被问到女朋友的事。杨照说，怎么总是问我？哥哥姐姐们笑起来，就你这最小的还没着落。杨照看看边上的三表哥刘杰，后者在自斟自饮。杨照就没了受审的怨恨，有人搭理是种福气。大家要求看照片，杨照稍加推让，也就应承了。他在手机里挑了自认为完美的一张，交给最近的人接力传阅。反响与预期并不相符：哎呀，眼睛小了；眼睛倒是不小，眉毛粗了；嘴巴是不是不对称？在圆桌上轮回了一遍，杨照再看时，忽然发现了陈宁月的所有缺点。

等到众兄姊彼此不作谦让地对杨照进行教育后，他更领略了圆桌的妙处，无遮无挡，每一张面容都向着他，关照他，连躲藏的地方都没有。我听说了，是个外路人；外路人要不得；小弟，我们不是说外路人怎样，主要是讲个实际；对嘛，很多习惯都不一样，折腾着呢；外路人辣椒当饭吃，我们胡椒粉都轻轻放，你说凑一起怎么过；村里也不是没外地媳妇，嫁过来的一个两个都乱搞，思想不一样的；你说要娶个穷乡僻壤的女孩，逢年过节两头跑，顾得来吗；碰上吵架后爱跑娘家的，一跑跑到山沟里，你怎么找；她家什么情况啊，你还没调查清楚吧；你说她人好，得看准了，保不准她亲戚里有偷鸡摸狗的呢，有吸毒的呢……

“二表舅也吸毒。”杨照捡个空当，插嘴说。

“那个不算的。”

“她家不住山里，而且她那里不吃辣。”杨照说。

“就是打个比方嘛。偏酸偏咸也不好对付呀。”

杨照不咸不淡地笑着，想给众兄姊留点时间，反思自己的逻辑问题，又怀疑他们并没有那样的兴致。

杨欣搭腔说：“弟，姐姐看你是很有个性的。我们呢，也只是提建议让你做个参考。你实在喜欢，也拦不住你的。哥哥姐姐虽然比你大几岁，自认为思想还算开放。可你要考虑长辈们的感受。”

徐大龙拍拍手说：“好了好了，你们少说几句，让他自己谈，自己谈不怨的。”

“谈恋爱谈恋爱，两地人语言都不统一，怎么谈？”杨欣说。

“怎么不能谈，前几天还看到村口俩哑巴在谈恋爱呢。”徐大龙说着转向杨照，“主要是看你自己喜欢不喜欢，人品好不好，其他什么外地不外地，差异不差异，都没关系的。”

徐大龙歇下后，大家便不再有统一的话题，众人隔开几个扇面各自聊。一个大圆，嗡嗡嗡地响着不均匀的几个声块。过了一会儿，杨欣和徐大龙站起来，向桌上人告别，赶着赴第二场酒席。杨欣牵着儿子嘟嘟出门，对徐大龙说，我先去把车开出来，也不知道是不是堵上了。杨照送堂姐出门，捏了嘟嘟的脸一把。杨欣说，跟舅舅说再见。嘟嘟护着两颊，噘着嘴撇过脸去。这孩子，杨欣说，便跟杨照一起笑起来。杨照喜欢这个外甥，长得很瘦，脸倒是胖乎乎的，每次都要捏尽兴，把他捏怕了。

徐大龙从洗手间出来，揽着杨照的肩膀，喷着酒气说，你别看大家现在都反对，反对没用的。以前你姐夫我就是个小流氓，整天骑着摩托跟一班混混到处飙，披着长发染着黄毛……你大伯他们就没正眼瞧过我。可是我坚持不懈呀，每天死皮赖脸地去你姐家玩，混了个脸熟，不也慢慢成了吗？他连打两个嗝，被杨欣拉出门去。

散席后，撤下碟盘，摆起牌局，两代人终于有了话题，合到一处。院子里刘杰在放炮，孩子们围着，尖叫欢笑闹成一团。姑母们在门口晒太阳，夹核桃，望着儿孙满堂，不时喊一声，你们小的留心点！杨继新背着手踱到牌桌旁，说还是摆家里好吧，酒店里吃完就散了。晚辈们招呼他加入，他说你们玩十块二十块的，不好找。大家笑了起来。杨继新又踱了几趟来回，上楼睡觉了。

院子里炮仗声停了。男孩们拥着刘杰出去买鞭炮。打开门台的铁门，声音就在这时传了进来。

小孩们停住脚步，姑母们放下核桃，牌桌上寂静了约有两秒。人们听到一阵紧似一阵的跑步声和呼喊声，接着徐大龙扑进门台，众人才听清他一路喊的话：杨欣要被打死了。

李浩波站起来往外跑，带翻了凳子，凳子砸向一堆空酒瓶，引发一阵“乒乒乓乓”的响声。徐大龙转身往来的方向跑，一屋子的人跟着往外涌。刘杰把门口的几个孩子扔回院子，被母亲们一一拾起。刘杰跟着李浩波跑了一段路，又折回屋里去，再次冲出来时手里提着菜刀。李浩波注意到自己手中也捏着东西，他伸手往路边一扬，像魔术师似的扬出很多扑克。身后跟出比这些扑克还要多的男女老少，将小巷充塞得满满当当。

7

事件需要目击者，但目击者多了，反而说不清状况。后来人们回忆起来，都不敢说自己站在了最佳的观赏位置。

目击者 X 站在自家七楼窗口的时候，八宝街还没有汇聚起人潮。年关不得闲，总被婆娘支使干这干那，灯泡也要全部拧成新的。分岁酒最折腾，一帮成年人在酒桌上说车轱辘话，小孩在边上争抢电脑手机，尖叫声能捅破耳膜。就得逃，往外跑不合适，那就躲楼上去。本来逃到六楼就够了，可这会儿晒着咸鱼干，臭不可闻。这条街上最高的就是七层，站在此处可以心怀天下，眼过处屋檐一片连一片，好像一座紫禁城。

城下突然传来尖叫声。他看过去，几辆车旁边围着五个人，乍一看以为在做运动。从这个高度往下望，每个人都像是嵌在大地上的。其中一个俯下身蹲踞起跑，右手却拼命往地上刨自己的影子；边上站着一人，在蹬腿，幅度较大，不像是热身动作；还有两个人帮着别人做拉伸，后者似乎有些疲惫，很快瘫软在地上，爬了起来。爬行运动利于腰椎，但那人爬得未免仓皇。阳光在窗户上吱呀吱呀地晃眼，于是他换到了另一扇窗户看，这回他看清楚了，确实不是什么运动。地上的人跌爬着，蹿起身就拼命跑，一边跑一边呼喊，身后两个人追了一阵停下，转身往回走。蹬腿的人收回脚，跟两人说了些什么。做蹲踞的正站起来，左手带起了一把水草，水草蔓延的尽头连着一具身体，地上还嵌着第六个人，起先被他误认为是影子。大概是汽车遮挡的缘故。

哪里都不安生。他踢了踢脚边的一捆二响炮，跟雷管似的，前年买的，现在管得严。他往窗外吐了口唾沫。真想轰他妈的。

杨家十二人赶到时，四个男人正准备上车，为首的把左手放在车顶上，印出一个汗津津的掌痕。两边人对视了几眼，彼此都发现了熟面孔。一边是杨候金、杨红华、李浩波、刘杰，一边则是赖天明。赖天明拦下了急切要做些什么的弟兄，嘴唇微张似乎要说句什么。杨候金俯身抱起自己的女儿，女儿在怀里沉重又毫无分量。杨欣仰头往车窗里看，尽力看，看到一张小圆脸，小圆脸拼命地拍玻璃，脸上的眼泪映成墨色。杨欣说，妈妈没事……她喊“嘟嘟”的时候嘴里喷出了泡沫，挂在披散的头发上。这时赖天明脸上浮起了笑容，这个笑容本来无人欣赏，紧接着他说，哎呀，误会，原来是你们家的。

赖天明身上突然多了很多拳脚，力量来自不同的角度，他一时决定不了往哪边倒。李浩波抓住赖天明的右臂，稳住了后者的身姿，右手往他肋下猛击。徐大龙跟着踢了几脚，感觉太轻巧，便扫翻了赖天明，骑在他身上劈面打去，他打得专注，不及防被赖天明的人迎面一脚，鼻子里的脆响通过头骨直达内耳，他意识到：鼻骨断了。赖天明往旁边滚了一圈，四肢着地爬了一阵，然后踉跄起身。

杨家的人全部涌了上来，赖天明身边的三个人早年也是打手，可架不过人多，掩护大哥一直往后退。杨家的人也跟着往前围去，渐成弧形，切面上都是拳脚碰撞。刘杰逡巡在外围，扬着刀，眼神比刀冷。

此时八宝街的人早已听到风声，正从不同方向围拢过来，稀稀拉拉的人群不断壮大。这天村里摆分岁酒的人家多，拉出来就是一两桌人。街上转眼就堵住了，汽车一阵接一阵地鸣笛，不久就歇下了。

杨候金扶着女儿，右边是胡乱停放的一排车子，左边是乱纷纷的人潮，人们厮打着，纠缠住数不清的手脚。长发遮住了杨欣的脸，杨候金问她伤哪儿了，疼吗，她摇头，整个身体晃动起来，像是减缓了频率的颤抖。杨候金把她扶进车里，看到外孙正盯着自己，本来的圆脸圆眼睛，这会儿都像老鼠一样尖锐。

杨候金转过身，抢步上前，一拳砸在赖天明的左颊上，涎水往右“唰”的一下溅射而出。赖天明勉强站稳，哑开嗓子喊，狗生的，都是乡亲，别太过分！

这拳激励了杨家人，先前没动手的也都上前帮一把，赖天明抵挡不住，被打弯了腰，跪在地，最后趴下去，背部一耸一耸的，像在渴求空气。众人以为打坏了，停下来。赖天明却不声不响爬起来坐好。他的人想扶他，他甩开手，抬头环视，右手食指对杨家的人一一点过，说，我给你们出个主意，在这里把我打死，要不然，这年你们就别过了。

这话一下把杨家人划为两派。年轻一辈几乎要把自己发射出去，被母亲父亲姨妈姨父们从后面死死抱住，双腿不停地蹬在空中。周围的人见要散场了，也围上来劝架。刘杰被一群人拉着受了桎梏，格外愤怒，右手一扬，把菜刀扔向赖天明。刀掉在赖天明的脚边，他顺势捡了起来，朝刘杰笑了一下，嘴里全是血。刘杰奋力挣脱着。慌乱中没有人注意到发生了什么，仍旧尽力拉着刘杰，哎呀算啦，乡里乡亲的能有多大矛盾。赖天明把刀背抵在自己脖子上，作势划了一下，咧开嘴，牙龈里的血滴在刀上。

在拉架的混乱中，两边人都被打了几下。刘杰跑过来，拳头猛地擂在赖天明头上，嘴里号着，吓我，你他妈吓我？但他紧接着就感到肚子陷了下去，胃里翻滚着，双手不知道该捂肚子还是捂嘴，迷糊中他看到一个老太太费力挤到他身边，于是他的耳朵就像要裂开一样被拉扯着。老太太抓打着刘杰，被杨家的一位母亲用胡桃钳子在头上敲了一下，接着没完没了地敲着，你一个老太婆，出来浪什么，浪什么？

杨照站在人群屏障外，无声地看着。他曾在县博物馆看过一幅明清时期的市井画。画里大约也是节庆时分，大街上布满了人，跟眼前的场景相似，只是群架的场面替换成高跷艺人、轿队仪仗、杂耍班子、皮影戏台。

“砰！”突然传来响声，人群骚动起来，接着又一声，人群散开来，并急切地后退，圈向外膨胀开去。

天空中又掉下四五根二响炮，众人奔窜起来。每一声“砰”都是预警，巨大的声音在颅腔里震荡，让人睁不开眼。二响炮在脚下来回穿梭，里层的人跑不出去，抱着脑袋在爆炸中跳舞。

炮声停止后，众人安静下来，抬头寻找肇事者，八宝街两排十几家住户都有嫌疑。本来两方打得热切，却被接连的爆炸声吓得忙乱不已，个个都被对手看到了丑态。他们仰头一层层往上望，才发现窗口悬挂出好些个脑袋，一时找不到目标，便随性地骂起来，哪个狗生的乱扔的；十八代被炮轰的……楼上的脑袋们抖动起来，发出一串串笑声。他们也不知道是谁扔的炮，但下面这些人好狼狈，楼上众人便超脱地俯瞰着。

一组巡防队员赶来，正好目睹了八宝街的骂架。他们喊喇叭，费力地隔开人群，见到赖天明和杨家的几个人一起抬头喷口水，团结得紧致。从现场状况初步判断，是有人乱点禁放的二响炮，惊吓和炸伤了一些群众，导致纠纷。再看汽车堵得纹丝不动，影响很不好。他们对众人劝解了一番，开始维持秩序，疏散人群。赖天明捂着脑袋，被几个人拥着走了。一个老太踩着碎步跟在后面，像一个矮小的影子。杨家人互相看看，几位母亲商量着找制服们说理去，被拉住了。杨候金说，走吧，说不定把你抓进去。

观众们走走停停，看还有什么后续发展。后面的人挤上去说，散了吧，没什么看的了。

杨照只是站着，却穿过了人群。对多数人来说，一切跟二十分钟前没两样，只是延迟了。但都还能续接上，如果牌友没有趁着空当作弊，如果家里有人记得照看一下煤气炉上的汤煲，如果扭伤的手没什么大碍……人们走着，走回到他们的秩序中。几个人恼怒地清扫自家门前：以为是看杂耍呢，还嗑起瓜子来，晾衣竹排都打坏了，怎么晒衣服，还得自己修！

人群把路还给汽车，车启动了，本来在人墙前屈服了的喇叭又催起来。陆陆续续地，杨照看到了几张熟悉的面孔，个个铁青着脸，只有堂姐是苍白的。堂姐被几个人扶着，头发散开来，看不出伤在哪儿。孩子的脸埋在她的肚腹处。

一人逆着人潮走来。杨照仔细看，是父亲。父亲穿着睡衣走出巷子，双手插袋，皱着眉头站在风中。杨家的人迅速围拢过来，挥舞手臂，大声说话。嘟嘟扯着他妈妈的衣摆，哭一阵，又间歇性地抖一下，瞪着眼看四周，全没有了一个孩子的天真。

杨照知道，等这孩子长大，自己也就不再喜欢了。

“叔，不能就这么算了。”姐夫说，他的鼻部塌陷了，瓮声瓮气的。

“大家先进屋，进屋再说。”父亲说。

“叔，我不肯。杨欣被摁着打。”

“我知道，你们先去医院看看，我了解一下情况。”

“叔，你以前也老跟人打架。这种事还需要了解什么情况。”

“你不明白，我知道现在说什么你也不会明白。”父亲面向大家，“你们几个当长辈的也没一个懂事的，跟着瞎起哄。”

“叔，不给你添麻烦。我自己叫人，我有朋友，也是道上的。”姐夫掏出手机。

“叫人，叫人。”父亲念了两声，陡然抬高嗓音，“你多叫几个，好给我们抬尸。”

四周没有散完的群众停下脚步，又有悄悄围拢过来的趋势。他们指点着，小声议论。杨照看到，只有堂姐是始终无声的。她像旧照片里抠下来的，跟他的记忆吻合。

8

李浩波和刘杰陪同杨欣夫妇去医院。徐大龙解释了事件的起因：我们出来，正碰上塞车，姓赖的车在我们前面，想绕出去，跟一辆路过的尼桑刮擦了。他们下车对尼桑车主拉拉扯扯的，我就上去对姓赖的说，这事呢，你们也有不对。他瞪我，问我是从哪儿冒出的傻货。来回几句，他们就动手了。就这么点儿事。

“那尼桑车主呢？”杨候金问。

“早开走咯，也是外面过来吃分岁的吧。”徐大龙摸摸鼻子说，“这倒没什么，本来我也不是行侠仗义，只是怕他们打起来，我们就开不出去了。”

“你确实行侠仗义了，他们没打起来。”

“行了行了，让他们去吧，等一下耽误了，小心一辈子破相。”杨继新说。

目送车子离开，众人回到杨家。一切照旧，但气氛迥异。楼上传来孩子们玩耍的声音，清晰但遥远。一屋子的人沉默着，只看杨继新踱来踱去。

“很会打，是哇？”杨继新冷笑一声，姐姐们低下头，再冷笑一声，哥哥杨候金也低下头。众人以为他要无限地冷笑下去，结果杨继新自己摆摆手说，“唉，打都打了。”

他接下来说：“赖天明你们不认识啊？他叫赖哥，怎么不叫天哥、明哥，赖，什么意思，知道吗？人家打赌输钱不当事的，根本不用还，赢了钱立马就要往里拿。所以他一直赢。”

“他不是坐牢去了吗？前年还是哪年，听说打死了个外地小孩。小孩爹当着大伙儿的面投河去了，事情才没瞒住。”

“呵，坐牢。村里人说了，监牢是他的第二故乡。”

“囡儿是在八宝街长大的，按理说地方上的人都会留点儿情面。就算赖天明是疯子，不看情面，其他人看着也会劝一劝吧，怎么就出这种事？”杨候金说。

“嫁出去了，看着面生了吧。还有，你都说那人是疯子了，跟疯子没道理讲的。”一个姐妹说。

“你也不看看大龙那样子，头发是不染了，还是老长，流里流气，讲话也跟唱歌似的，大概被当作外路人了吧。”另一个姐妹说。

“你帮谁说话呢？”杨候金问。

“我不是就分析分析吗？”

众人正说着，听到推院门的声音，接着传来急促的敲门声，心里都有点忐忑，以为又会听到徐大龙的呼救声。打开门，坐着的人都伸头看，看到一张半生不熟的面孔，才放下心来。

杨继新说，王亮呀，快进来坐会儿。王亮说，老哥你就别客套了，出大事了！老赖他们叫了一班外路人，现在正往这边赶。满座的人又把脑袋悬出去了。

杨继新问多少人，王亮说，听说有二三十个。整个屋子都在倒抽冷气。

看众人愣着，王亮说报警吧。自从两年前因违纪革职后，他很有了些法治观念。

杨继新摇了摇头，还没说话，身后已经有人拨了110。

王亮说，你们也真是的，打忘情了，我拉都拉不开。他喝了口水说，你们小心，我再去打听打听。他走出屋子，一扇扇地为他们关上门。

杨候金说，他刚才也混在里面打来着，打的是我们家的人，被我掐了脖子。

一屋人静坐着。嗑瓜子也浑身不得劲，像是罪过，响了两声，放下了。嘴闲着，时不时咂一下，舌头舔着牙缝。一屋人等待谁起个话头。后来，话头终于来了。

巷子里回荡起层叠的脚步声，一会儿有人开始叫骂，砸铁门。二楼传下消息，说门台下围了一群人，有些还拿着长刀、棍子。外面骂一阵不骂了，连续不断地砸门，哗哗响。

杨继新打电话给一些道上的朋友：对啊，是赖哥；没什么事，突然就打起来了；是我侄女跟他打架，现在他带一班人砸我家的门，不合适嘛；我没动手，真的，也没教唆，我还叫他们赶快进来；骗你干什么，当时我在睡觉呢，出来都打完了……

电话一通接一通，十来个之后，杨继新灰了脸。众人询问似的看他，他把手机甩到茶几上说，没什么用，这些人也都是赖天明的朋友。

个个都阴郁下来。铁门的声音变得越发瘆人。哗哗哗，哗哗哗。

一屋人受不住，往楼上涌去。三楼是木质结构，踩起来吱呀吱呀，没有底气，就全挤到二楼。这让杨照想起小时候的台风天，台风来时大家都躲在一楼。现在风从一楼席卷而来，他们得往高处走。看着满满当当的人，他才想到，自己其实是喜欢这种灾难天的。大家在一起思考一件事，在狰狞的风声里抱作一团。

气氛虽然紧张，但情况没有更糟糕。他们听了很久发现，外面光砸门，也没有要破门而入的意思。似乎还节省着砸，砸坏了，得作下一步行动。杨继新说，赖天明就是要让人知道，他是地方上的老大，老大被人打了，面子上过不去。众人松弛下来，陡然觉得赖天明是个可以理喻的人。

不久砸门声停了，外边一阵骚动，接着是乱纷纷的脚步声。从二楼看，人跑光了，门口站了两个穿制服的。众人下楼开门，连忙把两个警员迎进来。警员询问了情况，连忙在本子上做些记录，看看一屋子的人都没什么损伤，就要走。女人们急了，这就走了？他们要是再来呢？一个警员说，再叫我们。另一个笑说，总不能杵这儿当门神吧，村里事情多着呢。有人说，你们抓人呀。警员反问，抓谁？犯罪事实都没有。

没人期待犯罪事实。杨继新对众人说，那你们先回家吧。这得到了积极响应。几个姐姐说，你们一家到我们那避避吧。杨继新不耐烦，避什么，人走光了他倒好拆房。众人还要劝，看到警员出门开路，便紧步跟上。回头似乎想说些勉励的话，只是交流了几个局促的眼神，无声地滑出去了。

往年客人都会待到晚饭后。朱彩珍说，这么多菜，得吃到什么时候。父子俩帮着她把菜塞进冰箱，上了楼。朱彩珍在洗碗槽前站了一会儿，也上楼去。三人坐一起看电视，各留一只耳朵向着窗外。这个下午他们都数清了巷子里住户的门开关有几次。

人与巷子对峙到晚上，彼此相安无事。朱彩珍下楼洗碗碟，杨照点开停车游戏，这个游戏让他觉得自己在做正事。他总学不好倒车，一直学。

再次睁眼，他还保持着侧躺看手机的动作，手机握在手里，如同握着一切。天已经亮了，杨照来不及诧异，就听见了鞭炮声。鞭炮声直接炸在窗口，杨照起身往楼下看去。

他看到花圈。花圈有雪的素白，立在前院的墙根下，贴着挽联：沉痛悼念好友杨继新。赖天明头缠纱布坐在边上，时不时点燃一串鞭炮，哑着声哭丧。

不远处门扇徒劳地挂在门轴上，勾出一个别扭的江湖故事：某人带领一班人砸开铁门，只为在兄弟的追悼会献上花圈。院里三户人家都闭着门，赖天明的哀戚在盆栽间缠绕不去。天桥上唱歌的艺人，没人时也大声叫唱，就为了等待偶然路过的耳朵。

杨照看清了赖天明的模样，不凶，至多五十岁，裹着纱布，有些可怜相。杨照听过赖天明的一些传闻，甚至在家里见过他几次，他在工业区的厂子是违建，托父亲跟村里打通关节。酒桌上，赖天明跟杨照碰杯，父亲指导小孩似的说，叫叔叔。

赖天明放完鞭炮，偶然间抬起头，对上了杨照的目光。两边都没有躲避，若无其事。赖天明从兜里摸出纸钱开始烧，呛了几口。杨照离开窗户，心跳才开始加速。没有人群，也没有遮挡，他被赤裸裸地瞪视一眼，如同“砰”的枪响，雀儿惊起。

杨照发短信给陈宁月：当时我确实是站你身后？

这句话发出去后，事情才浮上脑海，似乎他在意的只是这个问句本身。那是十天前的晚上，隔天陈宁月要跟姑母回家乡，他带她去超市买零食。他牵着蹦蹦跳跳的“马马姆”，提着大袋出来，过马路时一辆车鸣了喇叭，他们犹豫半秒，选择继续走，车却没有犹豫，加快油门飞驰而来，两人不知道应该是前进，还是后退。眼看要撞上，车在他们身前一米处刹停，真是好车。没有互骂，双方都有些惊吓。车打了个方向开远了。

两人默默走，长时间没话。陈宁月说，怎么，吓傻了？杨照不吭声。陈宁月说，连手也不牵了。杨照说，刚刚那车过来的时候，我好像站到了你身后。陈宁月说，没有吧，我们不是并排走的吗？杨照想了想说，也是，车从左边开过来，我站你右边，自然是那样的站位。两人对了一眼，点点头。

坐到公交车上，杨照说，不对，我们是一前一后错着身位走的。陈宁月说，别想了，现在不是好好的嘛。杨照说，我应该挡在你身前的，我下意识地后退了。陈宁月摇头，只是偶然呀。杨照冲着车窗上陈宁月的影子说，我真的是在你身后吗？水仙顿了一下说，你记错了。他不放心，脑中不断闪回事发当时两人的站位。水仙说，对了是这样，看到车冲来，你往回拉了我一把，可我还是往前走，两只手牵着僵在路上，才变成那样的。杨照问，真的吗？水仙点点头。杨照安心了一点。

现在杨照想起来了，是自己往后退了一步。窗外传来铁门打开的声音，接着是几个人声。有人在劝赖天明回家，劝了几句，赖天明拖长音喊，妈，我头疼！一个老迈的声音说，那去医院，咱先去医院，好吗？赖天明没接话，接着哭丧：我的兄弟杨继新唉，哥哥来送你一程了……

杨照终于听到隔壁房间的暴怒声。父亲仿佛对着空气自言自语，实际上是在打电话：算怎么回事？他现在把那一套用到我这，算怎么回事？父亲不断发问，倾倒着求知欲，最后变得跟没电的手机一样虚弱。杨照出房门时，看到他睡在床上，手脚自由地摊开来。

手机振动，是陈宁月的短信：别想太多了。你看啊，真撞上了，在前在后都一样，两个人一起死。杨照看着屏幕，自顾自笑了一下。

祭悼持续着。每天早晨，杨照都在哭丧声中醒来，躺着看着天花板，一排排整齐的铁钉锈进木质的时间里。听着听着，竟也有伤心的感觉。初醒时听不得忧愁的音乐，杨照把头蒙在被子里。母亲照常起床，料理家务。幸好也不用出门买菜，冰箱里都是现成的，配上腊肉咸鱼，生活质量没下降。父亲待在房间里不出门，就这么戒了牌，或许。杨照路过父亲的房间，得偷眼看一下，确认父亲的存在。窗外响起哀哭和鞭炮时，他有时会怀疑，或许父亲真的已经过世了，只是以这种特别的形式挽留在人间。

一直持续到大年初一。亲戚们听说了，打来电话。父亲说，别再添麻烦了，你们让我省点心。父亲请人安排了约谈。

他们约在酒桌上。看到杨继新还健在，赖天明没有特别的欣喜，只问了句，最近好吗？杨继新说挺好。赖天明说，你是好，你比我过得好，你侄女婿把我脑袋打出毛病了，你侄女把我脸抓烂了，你外甥把我右手胳膊弄伤了……赖天明给杨继新指出了自己身上的八处不好。中间人给两边倒了酒说，都是乡里乡亲的，闹这么难看干什么呢，外面人讲起来，谁不知道赖哥牛，谁不知道杨哥仗义呢，别让人看笑话嘛，来来来，各位，新年快乐！

杨继新最后给赖天明掏了八万块。赖天明打着酒嗝说，兄弟，真不是钱的事，哥就是想跟你，想跟你讲讲道理嘛。

散席出来，几个人的笑脸明明暗暗。漫天的烟火泛着冷光，那些火药的灵魂从上空看着自己的残骸，覆满街道。杨继新打了个激灵，有些委屈：做了回死人，却还要给活人烧钱。

9

嘟嘟晚上总是惊醒，总问，那个小偷被抓住了吗？徐大龙说，抓住了。他说话会习惯性地掩鼻子。杨欣独自睡到儿童房里。没有特别的原因，只是当妈妈的，不想跟儿子在同一个房间做噩梦，那样跟比赛似的。

李浩波跟徐大龙凑出八万，摆在赔礼酒桌上。杨继新摆手，都过去了，你们也别提了，拿回去。李浩波说，舅，这是应该的，我们做晚辈的给您添了这么大麻烦。杨继新说，长辈不就是这么个用处嘛，给小辈兜事用的。说完，他笑了笑。舅一下变得这么和蔼，李浩波看了半天，也没看出表情里的破绽。

正月的头几天再次升温，很多人穿着单衣走在路上。杨继新在床上辗转反侧，见一只鸟扑到窗台晒着的棉被上。他陡然翻下身，洗澡换衣，夹起公文包，走出门。坐到熟悉的位子上，背靠着阳光，气势跟春天一样提早复苏。听说舅又打牌了，李浩波想了个主意，他把四万块钱输给了朋友，朋友又从村头输到村尾的牌桌上，最后这钱到了杨继新的手上。

那天杨照看到一个红光满面的父亲，不仅提早回到家吃饭，还给家人夹了菜。隔天父亲把车子开到 4S 店里装了导航，买的时候没装，省一万块钱。杨照看到开回来的车子，知道自己终于可以上路了。

杨照把车从停车场开出来，路过姑母家门口，刘杰没有在洗车。是啊，他不能总是洗车。听说长辈又给刘杰介绍了一个对象，是临县的南山人。山里人好，手脚也比外地人干净，长辈说。那姑娘还有驾照，刘杰的车不用白白耗损了。可还是没成，她说伺候一个神经病，一辆小车不行，市里得有房。

刘杰惹事了。他通过家里的四台监控，看到傻子林巍总把水壶往自己车上敲打。刘杰下楼在门缝后蹲着，看到傻子过来，冲出去把他扛起来，紧走几步，扔到了河里。事实证明，水壶是没有用的，林巍扑腾着，把绳子缠满了全身。所幸没死，刘杰又下去救起了傻子。

初七晚上，有一对情侣跑到那座被爬山虎覆盖的老房子里，在二楼走廊上亲热。女孩说，嘿，从这扇窗户还能看到对面的月亮。男的说，怪了，老头平时都是拉着窗帘的。他们往窗户里张望，寻常的独居老人的家居，床上被子铺得整齐，没有睡人。男的试探性地拧了门把手，门竟没锁，但推了几下，推不开。男的不推了，转身拉起女友往楼下走。女孩问他怎么了，他不作声，走到底下时用气声说，妈的，老头好像在偷看我们，刚才我推门时在门后抵着跟我使劲。女孩听得毛骨悚然。没道理啊，她说。男的回去想了一夜，也觉得没道理，第二天早上又跑过去推门，还是推不开。他把脸贴在玻璃窗上，尽力斜眼往门扇后看，真的看到老人在那儿，只是脚没沾地，吊在门梁下。

村里人说，是儿子赌钱欠了五百万跑了，当父亲的没想开。出了这事后，万寿村一时间少了很多扑克声。众人玩起了麻将。麻将脆响，却没气势，也打不出弧旋。

听到消息后，杨照心里有说不出的怪异，好像传闻里的那对情侣，不应该是别人。很多夜晚，他和陈宁月同老人也只有一墙之隔。他和她在拥吻，而墙后的老人在等待，等待儿子赌输钱，等待儿子跑路，等待自己上吊。那房子不再宁静诗意。万寿村再没有藏身的地方。

杨照跟母亲说要去外面走一趟。母亲问他去哪里。他说还没想好，出去散散心。母亲问不会太远吧。他点了点头。母亲给他收拾行李，买一袋苹果，洗好了，让他路上吃。杨照说，你是不是还要放几包话梅啊，我不是去春游。他不要话梅，但需要钱。母亲把这个月的菜金都给了他。

杨照开车上路了。往前开很容易，因为看得到。看不到才恐惧，他学车的时候不知道看后视镜，把教练车倒进了田里。拿到驾照后，还是手生。有一次，车身左侧抵着边上一辆车的屁股不停画圆，前进后退，他就是不知道该怎么离开那辆车。他撒了个谎，说不知道谁干的。父亲难以置信地看着那条刮痕，说，外地人用钥匙划的吧？开到阿发汽车维修店，店主阿发说，你们惹到仇家了，刮这么深。从此杨照每天在意念中学习倒车。

杨照越过省界，去找陈宁月。陈宁月说在家这边不好，谁都认识。她想去山上玩，住在山上的小木屋，清晨会有小鸟在木窗上啄，人咳嗽一声，鸟就飞扑而去。

傍晚，他在永泰的火车站等到陈宁月。她裹在玫红的呢大衣里，温和地燃烧着。他抱住她，有些激动，在陌生的地方相会，仿佛一切都是新的，包括手中的触感，身上的香味，对视时怯怯的眉眼。他想为她取一个新的名字。

去青云山游玩的人大部分是为了泡温泉。山中有雾，人们走在路上，好像已经浸没在温泉里。杨照牵着陈宁月往山上去，她的手很凉，这温度让他觉得洁净。他拉着她在山上找旅店。这些大多是新开的小店，素雅简约，每一处装潢都为了勾引他们这个年纪的情侣。杨照说，看来这山上没有你要的小木屋了。他走近一处灯光，进门时，陈宁月轻轻挣脱了手，坐在角落的沙发上翻杂志。他看一眼前台，说，你好，我要大床房。

他在电梯里忍不住抱她，抱她的时候把臀部紧紧按在手掌上。她挣了几下，轻声说，你疯了，有监控的。挨到房间里，他又去抱她，吻她，她"噗"了他一下，嬉笑着跑到窗口。她看了半天，突然说，都是黑的，就我们这儿是亮的，他们看得见我们，我们看不见他们。他问，他们是谁？她说，鬼啊。他走过去，从身后抱住她，她扭头跟他亲吻，红色大衣滑到地上，火熄灭了。她推开他，说，不行。他说，又不是没看过。她说，我在火车上就想，我们找这样一处地方，就是为了做些龌龊的事情吗？他说，龌龊？她说，就是龌龊，如果不龌龊，我们为什么要躲躲藏藏，为什么要躲到这里来？他说，那是因为你怕羞。她说，怕羞就是龌龊，龌龊龌龊龌龊！杨照烦了，龇着牙说，我今天要定你。

她不喊了，盯着窗外看了一阵，然后莫名地点着头，关掉了灯。他听到布料摩挲肌肤的声音，响了一阵，又归于寂静，接着传来“马马姆”的声音：可是，我觉得我们还是小孩。杨照没有笑，他把她扔到床上，左手摸着她的右乳。

她没有反抗，只是说，好，我可以跟以后的老公说，我在外面做过鸡，反正你说的，白天卖衣服，晚上做鸡。杨照找准位置，狠狠地抵住她。他打开床头灯，想看看身下人的脸，一点羞怯，甚至屈辱，都可以是兴奋剂。她却只是看着他说，你呀，你就不能让让我吗？这句话忽然就奏效了，他从她身上离开，掉到床角。他们洗完澡，躺在床上，看着电视，像多年的老夫妻。

我们结束吧。杨照听到房间里有人这么说。他注意到，说话的不是水仙，是“马马姆”。

10

杨照觉得自己是逃回来的。

从青云山把陈宁月载回永泰，他就开始逃。告别没有那么伤感。他把车开疯了，一口气开回万寿村，途中只是进服务站加了一趟油。村里停车场没有位置了。他把车塞进一户人家的院子里，正面入库。院子很小，地形下陷，车呈俯冲之势，因此没有什么车停这里。没事，自动挡不会滑坡。下了车，看看四周，想着这是年前他们打群架的地方。

刚进家门，母亲让他去店里叫个焊工来焊铁门。他才注意到，铁门还是那样倚在门框上。现在要修门，似乎一切都好起来了，日子依然有盼头。

他走出巷子，坐进车里。车停这里就挺好，出门方便。之所以要开到停车场，是怕被人刮花，几年前有个外路人把一条街的车都刮花了。他梦见过这个外路人，不止一次，梦得多了，都有些相熟了。那人不躲不藏，当着大家的面把事情办了，一点不猥琐，一点不龌龊。杨照不动，而是打开了广播。他有些明白陈宁月的意思了。他想起有一天，因为嫌麻烦，答应去接陈宁月，却没有践行，结果编织了更麻烦的谎言。那天他应该去接她的，那本该是无限美好的一天。他想起无数个类似的记忆节点。他想着，看着车前那户人家的大门，木门上的漆剥落了。什么东西搁置久了，都要往下掉，比如人的感情，感情总会从心口掉到裤裆里。

赖天明从一个院落里走出来。他趿拉着拖鞋走在路上，无忧无虑的样子。杨照想起铁门的事，哦，还得给母亲叫焊工。想起门，他又想起小时候，曾经有一天，他跟堂姐杨欣吵架。姐姐晚上来看电视，他把姐姐关在门外。那天放大结局。杨欣一直试图透过玻璃往里面看，而他时不时过来挡她。他就光挡着她玩了，也没有看电视，也不知道结局。这是小事，但在他心里产生的悔恨，没有随时间淡去。他觉得那几乎就是一个缩影，概括了糟糕的此生。

他的眼睛盯着后视镜，挂到R挡，然后松开电子手刹，赖天明走进左侧后视镜，车往下滑，底盘刮上人家的台阶——一声揪心的响声。谁说自动挡不滑坡？他猛地踩下油门，车向后蹿。

“嘭”一声巨响。车没有停止的意思。他有点忘了，左踏板右踏板哪个能让车停止。

一次完整的汽车撞击有四个步骤：第一，车撞击人体；第二，人由于惯性再次与车撞击；第三，飞起落地撞击地面；第四，碾压。这四个步骤没有全部实践在赖天明身上。他没有飞起来，车子只是在他身上碾过。杨照看不见，但汽车整个踉踉跄跄地从物体身上轧过去，却能感觉到。

之后有尖叫声，一大簇的尖叫声，各种声音奔跑着过来。八宝街像一条奔涌的河，人们争先恐后地泅水而来。晚霞映在水面上，河水漆黑，却也晶莹。

杨照的手扣着门把，想开门，却怎么也打不开。他拧着自己的大腿，却没有痛感。

动啊，快动啊，像一个小孩那样跑出去，哭喊着摔在地上，啊，我不是故意的，天啊！那样，会有人保护你的，“马马姆”不是教过你吗？动啊，快动啊。

他一动都不动。

薛超伟，1988年生于浙江温州，现居杭州。2014年毕业于复旦大学MFA创意写作班。曾获全国新概念作文大赛一等奖。作品散见于《上海文学》《青年文学》等刊物。

去满洲里

陈再见

十月底，我从一家广告公司辞职出来，一时找不到事做，想趁机休整一下，便打算出去走走。我咨询了一位常年在外穷游的朋友，问是否可以与他相伴上路。朋友在微信里大半天都没回复我。我想他要么是车子卡在半道上，要么是遇到什么恶物野兽了。没事，我有的是时间，可以捧着手机慢慢等。

天都黑了。我的出租屋采光不好，白天也要开着灯，否则房东也不可能以那么低的价格出租给我。要知道，这里可是深圳，不是我的老家扇背镇。我并不知道外面已经黑了。我来到窗台前，想洗把脸，看到窗外黑魆魆时，还吓了一跳。我以为时间错乱了。第一天没上班，生物钟就混乱成这样了。过了许久，手机终于响起。

我的朋友说，如果你不怕半路死掉，倒是可以跟上。

看样子是没戏了。

我放松下来，转而问他，怎么这么久才回。

他说，哦，刚在路上遇见一位姑娘，她没水了，我给了她水，还捎了她一段路，然后我们就在蓝莓小镇开了房。

我回了一个“靠”字。

第二天，我便买了深圳到呼和浩特的机票，主要是买不到深圳直飞呼伦贝尔的班次，得到呼和浩特转机。即便到了呼伦贝尔，离我那朋友还远着呢。他说了，他会在根河逗留三天，留给我赶上的时间还算充裕，他在蓝莓小镇等我，然后一起去满洲里。他哈哈大笑着说，满洲里到处是大长腿的俄罗斯姑娘，睡都睡不过来。

我这位朋友叫余树，是位设计师，华强北街头偶尔抬头还能见到他设计的作品。几年前，我们结识于一次完美的合作，我不知道他从哪儿打听到我的联系方式，大概在文案界我也是名声在外的吧。毫无疑问，我们合作的结果获得那届深圳设计大赛的金奖，奖金十分丰厚。余树那会儿大概是缺钱了还是怎么着，印象中他应该是那种不屑于参加任何赛事的艺术家。事后，余树给我打来一笔辛苦费，我都觉得打多了，有时我会在潜意识里自降身价，觉得我的文字值不了那么些钱，这大概也是我迟迟混不出来的原因吧。

我虽然不是第一次出远门，但像现在这么匆忙，还只身一人，确实是第一次。不过，倒是挺刺激的，像是在赴一场爱情的约会。由于匆忙，都没意识到南北的温差，直接穿着一件长袖薄棉T恤就登机了。十月对深圳而言还是秋天，偶尔热起来比夏天还要命。我在深圳生活多年，别的没学到，倒是学会了对寒冷失去该有的畏惧。

随身带的双肩包里，除了换洗的袜子和内裤，唯一能给它带来重量的就只有两本正在交替翻阅的书了，一本是帕慕克的《红发女人》，这本书看得我心都酥了。我只看到杰姆跟随师父马哈茂德去一个陌生的地方挖井，而他最喜欢干的却是去附近的恩格然镇上偶遇红发女人……我可舍不得把没看完的书丢在那间阴暗还没有信号的出租屋里，我得把它带上路，一是因为我特别喜欢书封面上光芒万丈的太阳，二是存有幻想，不知能否在旅途中，也能偶遇一个红发女人。我已经当了五年单身狗了。另一本书与《红发女人》比起来就有些无关紧要，不过我还是在收拾的最后一刻，把它塞进了包里，像是塞进一块过夜的面包。它是我去年自费出版的诗集，名字叫《自持》。我主要是想带上送给余树，到时我得在扉页上郑重地写上“余树兄雅正”之类的话语。余树还不知道我出版了一本诗集，尽管以他的敏锐，大概一眼就能看出这是自费书，但他还是会蛮惊讶地接过去，翻一翻，读上那么几首吧。不过这两年，也就是我出了诗集之后，最为尴尬的便是坐在旁边看别人翻阅，然后等着他们抬起头来点评几句。有时我多想他们能一直沉默，把书放进包里，或者放在屁股后面，酒饭过来，个个都酩酊大醉，清醒的我再到各个座位上把诗集回收。

我高估了世人对诗歌的热情，就像我也高估了内蒙古的温度，任何高估都得付出代价。在呼和浩特的白塔机场转机时，我还不怎么感觉出来，不过衣着单薄的我已经在众人里显得异类了。登上飞往呼伦贝尔的飞机时，天已是傍晚，也就是说，我要到晚上才能到达呼伦贝尔。这个时间点让我感觉害怕，不单是冷的问题，我对黑夜有种天生的畏惧。当然，还有一个遗憾，据说在这条航线上能看到最辽阔壮丽的草原。当我对邻座一位中年人表达遗憾时，中年人疑惑地看了我一眼，说，这个时候的草原没什么好看的，枯黄一片，唯一的颜色就是白茫茫的积雪。中年人东北口音，语气幽默。他还送了我一小包牛肉干，他说飞机上的伙食难吃死了，牛肉干可以用来填肚子。不过我没吃，一直到下机还握在手里。

手机显示，呼伦贝尔的温度是零下四摄氏度。

我有些蒙了。机场门口显得有些寥落，同一架飞机的人似乎都在一瞬间蒸发掉了。我冷得不行，连忙把双肩包抱在胸前。我都不好意思把这么重大的失误告诉余树，他准会笑话我。我可不能在机场里猫一个晚上，像卖火柴的小女孩那样。我得先找个旅馆住下。不过这地方的寥落还是挺出乎我的意料，连个出租车都不是那么好打。我躲在出口的柱子后面，嚼完了邻座送的牛肉干；有个老人过来卖给我一个打火机，我只能一根接着一根地抽烟。

待我在海拉尔的旅馆住下来时，已经是晚上十点了。

旅馆里的暖气让我的鼻炎开始发作，像头牛犊那样频繁地擤鼻子。我只好把窗户打开，像是在深圳的炎夏打开空调，都忘了在机场被冻成狗的傻模样了。旅途总算告一段落，我该给余树报下喜。我给余树留言：在海拉尔住下了。从旅舍窗口望出去是一条湿漉漉的街道，那是积雪融化出来的冰水，跟雨水不太一样。街上几乎空无一人，偶尔有个妇女出来丢垃圾，也是三五步小心翼翼的，然后瞬间就消失了。橘黄色的路灯看样子也实属无奈才依然立在街边。这地方还真不一样，冷是一方面，关键是人还真少。低矮的楼群一眼扫过去，亮着的窗口并不多。该死的鼻炎已经弄得我呼吸不畅，但我还是接连抽了几根烟，似乎也没其他事情可以干了。翻开《红发女人》看了一页，再也看不下去，这是一种很奇怪的感受，环境的陌生似乎让我对一切细腻的事物丧失了兴趣，唯独像抽烟这种粗暴的方式能继续维持。

余树很快就回复了我。他先是有些惊讶，有点不相信我已经到了海拉尔。我拍了张窗外的图景给他看。他说，那确实是海拉尔的街道。我说海拉尔太冷了，我从没有到过这么冷的地方。余树说，根河更冷，你要是怕，就赶紧回深圳去吧，那儿暖和，冬天都穿短袖。还别说，我真有点怀念深圳，如果不是自己没事找罪受，此刻我应该躺在那间阴暗的出租屋里看电影。

按计划，我明早起身，先到额尔古纳，住一宿，再往根河。行程排得有些满，但我还是觉得应该在额尔古纳住一晚。我喜欢额尔古纳，具体说是喜欢这四个字，这四个字我在小说里读过，也在民谣里听过，如果错过了，我会觉得白来一趟，或者说，多少会留下遗憾。我不想把赶上余树之前的旅程变成索然无味的赶路。这么想时，我倒放松了下来，觉得时间充裕了，大概也是海拉尔慵懒的生活气息让我产生了错觉。尽管余树催我赶紧来，他在根河已经住得不耐烦了，涮羊肉涮得一身臊。他倒是可以顺道来额尔古纳接我，不过我们都没这么说，也不打算这么干。

第二天，我跑步穿过宽阔的成吉思汗广场，到对面的商场买了一件羽绒服。我被冻得脸色发紫，脑门生疼，给钱的时候手一直在摆。那个收银员诧异地看着我，她脸蛋红红的，长得很漂亮。她让我把羽绒服赶紧穿上。我说你们这地方怎么冷成这样，真是要人命。她扑哧一声笑了，问我是哪里来的。我说深圳。她瞬间眼神发光，说深圳可好了，我过了年也要去深圳。我说是，深圳至少不冷。她问，那你跑来干什么？我说，我来看雪啊。姑娘又笑了，她说昨天倒是下了，今天怎么就停了，不过听说山里的雪已经积得很厚了。我问山里是哪里。她说，就是根河那边。

出商场时，天果真飘起了小雪，很细微，轻易看不出来，不过落在我的黑色羽绒服上，倒是清晰可见。身体暖和了，心情就没那么糟了，都有点急于赶到根河跟余树会合了。我打了辆车直奔额尔古纳，司机是个十分健谈的小伙子，年纪大概和我差不多。一路上，他像个导游那样滔滔不绝。出了海拉尔，地势开始从丘陵趋向于平原。所谓的大草原，此时呈现在眼前的是金黄一片。司机说我来得不是时候，要是夏天来，几乎是另一番景象。也就是说，同一个地方，一年来两次，你都不觉得来的是同一个地方。这说法倒是吸引了我。我能想象夏天的草原长什么样子，图画上，影视里，也见多了，倒是这秋冬之间的草原，还真是没印象。

树木都是光秃秃的，可以肯定没有一片叶子，有大卡车经过时，能惊起一树的黑鸟。是的，所有的鸟都是黑色的，跟草原上被翻起来的泥土颜色一致。路过一片白桦林时，司机还冒着违章的风险靠边停车，让我下车拍照。我几乎被眼前的景致惊呆了，这是我第一次近距离看见白桦林，最后还扯了一张白桦树皮揣进包里带走。再往深处走，就连一棵树也见不着了，到处都是起伏的草原，草场刚被收割完，一捆捆车轮状的草堆由近及远，棋子一样散落在大地上，事实上，它们比车轮大多了，有的比人还高，像是随时等待着某个巨人，来把它们像滚车轮那样滚走。这情形很有异域风情，似乎在某本画册上见过，跟我在南方所见的草垛极为不同。司机见我好奇，又开始了他的常识普及。他说这些草都会远销韩国，我们这里有全世界最好的草，比粮食还值钱。

路上车辆稀少，有时目之所及，竟不见一辆车子，整条公路就像横卧在草原上的水蛇，起伏向前。偶尔有一两辆摩托车呼地超过我们，那可不是一般的摩托车，看似哈雷，开得比汽车还快。司机笑着说，他们和你一样，都喜欢冬天来草原。我问为什么。司机说，夏天来的话，这条路上堵得比你们深圳还厉害，摩托车怕是只能贴着走。我想余树也是这么考虑的吧，几天之前，他正是顺着这条公路从海拉尔去额尔古纳的，再从额尔古纳去了根河。那时他一定心情舒畅，一个人顺着宽敞的草原公路狂奔，像匹落单的野马。这应该也是他迷恋自驾游的原因，而且是反季节的自驾游，要是让他来挤人堆，估计打死也不愿意。从这点看，我倒是和余树不太一样，在此之前，我还挺喜欢扎堆玩闹，对人少的地方天生排斥，也说不上什么原因，大概是害怕孤独；或者我不喜欢孤独看起来那么明显，至少在人群里，它还可以适当隐藏。我想，如果让我一个人开车来这样陌生的土地上狂奔，我可干不来。我的安全感只能依附在熟悉的事物上，陌生的事物，即便再美，在我心里也建造不起保护的堤坝。

汽车在草原公路上不知道驶了多久，这很出乎我的意料，我想草原再怎么宽广，也不至于这么漫无边际。雷同的景象开始让我有些疲劳，目之所及，无非就是草、草垛、近处的羊群、远处的马匹……羊群举头乱窜，马低垂着长长的脖颈，埋头吃草，隔着距离看竟像是雕塑。我歪着头睡了一会儿，其间做了一个小梦，模糊而破碎，被路面的颠簸弄醒后，就忘了梦见什么了。这倒无所谓，我又不是弗洛伊德，不需要对梦感兴趣。车窗玻璃上被我哈出一块水汽，顺着水幕往外望，景色倒是发生了些变化，草原不见了，窗外是大片被翻开的黑土地，那土真黑，黑得铺天盖地，一眼望不到头。

隐约能见低矮的楼群了，我想额尔古纳已经到了。

一个裹得圆乎乎、脏兮兮的老头举着长杆坐在桥头，他的身后是一群同样脏兮兮的羊群，在干涸的河床里吃草。司机过桥时却突然慢下来，在老头面前停下，我以为他要问路。不是，司机递给了老头二十块钱，老头头也不抬，接了过去。车子又慢腾腾的，爬上桥面。还没等我表达疑惑，司机率先说：“三年前，和现在一样，也是拉一个客人去额尔古纳，开太快了，车子一头栽下了桥，差点连命都没了，是他救了我，把我从着火的车里抱了出来。”说着，司机拍了拍大腿，“这儿，现在还镶着钢板呢。”

我问：“他还记得你吗？我看他都没瞧你一眼。”

司机说：“不知道，他可能忘了，也可能记得。没关系的。我记得啊。”

我回头看了老头一眼，发现他继续埋着头，好像是睡着了。

司机把我拉到一家不错的酒店，他说这儿又便宜又实惠，我想他们之间可能有合作，不过也没关系，反正是要住下的。额尔古纳看起来要稍微热闹些，至少能见着不少人，不过灰暗萧瑟的气氛倒是一致的，空气很干，我的喉咙开始发痒。登记好房间，我把双肩包一放，下楼，想到街上逛一会儿，顺带买包烟。外面越来越冷，可是没下雪，路上也没见积雪，地面干得快要裂开的样子。我沿街走了大概有五百米远，除了几家冒着热气的餐馆，没见到一家卖烟的小店。路上打照面的行人都裹着大衣埋头前行，根本看不清面容。我似乎一下子闯入了一个充满诡异色彩的世界，时间模糊，空间模糊，人和物也都模糊起来。我沿着小街继续走下去，终于在一家羊肉店隔壁发现了一间杂货店。店里没有我喜欢抽的烟，可供选择的不多，几乎都是本地烟。我要了一包额尔古纳，结账时又要了一包。一包留着吧，存着纪念。我知道一般这种本地烟都不好抽，买的也是个情怀。离开时，我弱弱地问了店主，店主是个年轻姑娘，不过长得很高大，直起身子时能高出我半个头。我问："额尔古纳河离这里近吗？"姑娘一脸疑惑，大概是我的问题超出了她的理解范围，姑娘突然笑着说，额尔古纳河离这里还远着呢，在中俄边境……我想我对额尔古纳的理解有误，这大概是我在南方生活久了产生的错觉，以为任何一座城市要么就建立在海边，要么总有一条河流穿城而过。额尔古纳市里并没有额尔古纳河。我到边上的羊肉店吃了一瓯羊肉汤面，整个人热乎起来，看样子南方人更能扛住寒冷，我遇到的北方人无不把身体裹得严丝合缝，我一件羽绒服却也能把这零下十度左右的寒冷扛下来。

回到酒店，已经是下午三点，我想睡一觉。睡觉前，我给余树报了下位置。我说原来额尔古纳市里没有额尔古纳河。余树回复说，放心，后天我们从根河出发，沿着中俄边境去满洲里，边上就是额尔古纳河。我们在额尔古纳河右岸，左岸是俄罗斯……听余树这么一说，我兴奋得像是打了鸡血，期盼着后日的到来，并开始在脑海里想象穿行在中俄边境时所能见到的情景。还真是不虚此行，我一个鱼跃跳上床，高兴得睡不着觉，只好拿出《红发女人》，刚好读到十一小节，开头就是一句：“第二天正午，七月的酷暑灼烧着我们的脖颈。”

烟确实难抽，有股辛辣味道，我却站在窗台处连续抽了三根。如果余树路过额尔古纳时住过这个房间，他大概也会如我这般站在窗口抽烟，看着傍晚的太阳慢慢落在平民区尽头的草原上。我无法揣测余树会想些什么，事实上，我也无法表达当下所想，只是感觉，经过两天的适应，我开始习惯了北方的干燥、冷冽，以及沉默。喜欢热闹的人大概在这里生存不了，至少一整个冬天是十分难熬的事情。他们会干什么呢？大概也只能躲在家里，或者在酒馆里喝酒。我似乎能想象他们的生活，如同此刻，我看着窗外的平民区，仿佛可以透过生锈的铁皮屋顶和脏兮兮的玻璃窗户窥见他们的举动。太阳即将下去时，整个天地都染上了非常浓重的色彩，像是翻开一本儿童绘本，大块的色彩淹没了细小的文字。这样的景象，我在深圳不可见，在任何地方都不可见，似乎也一下子理解了余树为什么热衷于满世界跑，他肯定极其讨厌熟知的事物，尤其是周而复始的熟知。我和他并不是一类人。未出行之前，我还深觉人的某些固执是根深蒂固的，任何熟悉的地方与事物都能给我安全感，我喜欢反复去出租屋附近的公园游荡，喜欢去同一家杂货店买烟，喜欢抽同一种牌子的香烟，喜欢听同一个歌手的歌……仅仅就因为我熟知他们，包括工作，我居然可以在一个公司上班十年之久，如果不是公司濒临倒闭，我大概还会继续干下去，直到它倒闭。现在我才知道，我十多年来，过的是多么单调的日子，还不及眼前的落日来得壮烈。

我并没有在额尔古纳过夜，决定连夜去根河。这里的司机好像不跟乘客聊几句就会死，我也没说自己是个旅行者，旅行者哪有连夜赶路的，我说是来寻亲的，亲戚在根河工作，司机问是在林区工作吗，我附和说是的，看守大兴安岭。司机说现在正是防火期，都不让人上山进林了，再说也下雪了，有一拃多厚了，听说。我也希望能看到一拃那么厚的雪，可以在雪里打滚，那种情形，我只在别人的生活里见过。我却故作淡定，假装跟余树打电话，让他到车站接我。可是，余树的手机半天没人接，还早，他不应该这时候睡着。我有些慌乱，但也不至于紧张，或许余树的手机在充电，他在浴室里洗澡也说不定。一直到余树的号码拨过来，我才松了口气，忙接上来一听，喊了声余树，却听到一串呻吟。我问余树你怎么啦？余树沉默了一大会儿才说，刚被人揍了一顿，看样子手不行了，妈的，还是右手，好像断了。我一惊，没想到还会发生这样的事情，这也太意外了，而我突然改变主意，从额尔古纳连夜赶来根河，似乎成了一种预知，这也太神了。我忙跟余树要了定位，让司机加速。

我们赶到时，余树正倚在路边一张柴椅上抽烟，右手垂着，像晃着一截木棍，左手也受了伤，流了好多血。如果不是受伤，我还真不敢认为，眼前这个人，就是设计师余树。我们大概有两年没见了，虽然经常在朋友圈里互动，但我也只能知道他的动态，今天到了哪里，明天又去了哪里，他从来没有发自己的照片上去的习惯。简直判若两人。如果他混迹在深圳工地上那些搬砖的中年人队伍里，我大概也不会觉得违和，事实上，作为一名设计师，他可以跟明星那样闪烁、风光，他给我的印象也曾是那样。如今，余树受伤了，坐在异乡的街头，看起来更像一个流浪汉了。当然，这些都没什么，我只是有些慌乱，不知道该怎么处理余下的事情。我提出报警。余树阻止了我，说算了，也不是第一次了，大家都喝多了，没什么好追究的。他转而笑着对我说，你小子还真行，在我最需要的时候出现了。

我先是送余树去医院，说是医院，其实就是比深圳的社康大一点的门诊部，做了简单的检查和包扎后，医生说没什么大碍，只是骨头裂了，需要包扎一段时间。折腾了一晚，我们回到蓝莓小镇，我才知道蓝莓小镇只是一家小旅馆，我还一直以为小镇叫蓝莓，多么好听的名字。蓝莓小镇装修得挺文艺，纯黑色的门口装饰，在夜里应该会被人误以为是一家工厂的墙体，拐了几道弯推了几扇门进去一看，温馨如春，前台对面的动画火炉墙栩栩如生，让我瞬间有置身于火灾现场的炙热感。进电梯时，余树突然问我，对了，你会开车吧。我说我是有驾照，不过没开过车。余树说，没事，有驾照就行，明天就上路，去满洲里。

这事让我几乎紧张了一晚上。几年前拿的驾照，如今我连怎么挂挡都忘了。

这么说，是不是幸亏我赶来了，要不余树得在这被称作冷极的根河过上半月一个月？不过话说回来，要不是为了在这里等我，余树也就不会被人揍一顿吧，这时候他早在美丽的满洲里搂俄罗斯姑娘了。我不知道余树具体是因为什么被揍，他不说，我也不会问，大概也是喝多了，多看了对方一眼，对方一句“你瞅啥”，然后就干上了。不管怎么样，既然事情遇到了，余树没有怪因为等我而出了事，我也不能以一个救驾者自居啊。况且，我能不能顺利把车开到满洲里去，还是个未知数，少说，也有两百公里的路程吧。想想，除了紧张，还有些兴奋呢。

余树开的是一辆手动挡的丰田越野车，车子脏得可以用一塌糊涂来形容，除了前挡风玻璃上雨刮器刮出来的弧形空间是干净的，其他没有一块地方不沾满泥土和厚厚的灰尘。难怪，车子被余树这么一路从深圳开过来，差不多一个多月了吧，从秋天开到冬天，还能保持动力，已经很不错了。车当然没问题，问题出在我身上，因为手生，我只能以三十迈的速度谨慎驾驶。尽管如此，几次还因为听不明白导航的指示拐错了道。在根河城里绕了好几圈，总算把车开上了道，沿着县道904，一路朝西，去满洲里。

毫无疑问，除了地势有点起伏，目之所及，依然是漫无边际的草原和山林，羊群布满山坡，像是满山的积雪，马群排队埋头在公路边静静前行。余树说，马认得回家的路，根本不需要人守着赶着，牧马人把马群往自家的草地上一放，几乎可以不理不睬，在家里喝酒睡觉就行了，不过一个月左右要给马群送一次盐，马跟人一样，离不开盐。余树知道的还挺多。经过几十公里的适应，我基本找回了开车的感觉，甚至还因此有些兴奋，总有一种要把油门一脚踩到底在草原上驰骋的冲动。余树看出了我心里的苗头，这大概也是他开车时的冲动，并且他就是那么干的，不那么干才怪，以余树性格，他会认为难得遇到这么空荡荡的公路，可以试下车子的性能，看它到底能跑多快；要是在深圳，他想都别想。余树歪着头，一手绑着绷带吊在胸前，一手还抽着烟，他嘿嘿笑着说："一脚踩到底吧，跑起来，跟马一样，要多疯狂有多疯狂。"我尴尬地笑着，双手紧紧抓着方向盘。事实上，我的右脚却下意识地往下推出去了。车子一个激灵，突然在路上飞一般跑起来，车窗没关，风呼呼地灌了进来，把余树的烟都吹灭了，他哈哈大笑，像个孩子。随着速度的加快，我整个身子几乎都立了起来，感觉路边的羊和马都纷纷转头看我们，不明白我们歇斯底里的奔跑。余树笑着喊："放松放松，没什么大不了的，死不了人。"他的声音断断续续，被风声裹挟着，像是信号不怎么好的收音机。

十几分钟后，我终于把车速降了下来，一是怕出事，二也是实在太冷。靠驾驶座的车窗玻璃卡在半道上，坏了。几天前就坏了，余树说，不过懒得去修它，反正不碍事。余树打开车载音乐，放的是陈鸿宇的歌，他说这些歌还真适合开车时听，都听了一路了。我也挺喜欢陈鸿宇，他的声音有种不让人讨厌的深沉，即便是故作深沉，也有让人讨厌和不让人讨厌的区别。

余树突然问我："你想不想知道我昨晚为什么被人揍？"

我摇摇头。

余树说："你就当是收集写诗的素材吧。我前几天在半道上拉了一个小姑娘，我记得跟你说过，我把人家给睡了，昨晚揍我的人当中，据说有一个是她的男朋友，我都不知道是哪一个，是高的那个，还是矮的那个，是帅的那个，还是不怎么帅的那个。哎，我昨晚喝得有点多，还没弄清楚呢，这揍挨得还真不明不白。"

我说："你都把人家女朋友睡了，挨一下揍关系不大。"

余树说："你是明白人。"

我说："这种事傻子都明白。"

余树朝我竖起一个大拇指。

余树说："你继续开，我眯一会儿，这段时间，我看草原都看吐了。"

余树的心还真大，我开车，他也睡得着。不过也正如余树所言，这枯黄的大草原刚开始看有点新鲜，看多了确实也没什么。我都不知开了多久，除了偶尔被皮卡车超过，几乎没见着一个活人，所见的山和坡也都同一个模样，似乎就是在一个地域里死循环，而我们却蒙在鼓里。如果不是导航的提示，我真有点怀疑。

我竟然对余树搭上的姑娘长什么样感兴趣，甚至在脑海里想象她的身材和容貌，以及他们在蓝莓小镇缠绵的情形。好几次，我都差点儿把车驶离公路，窜到草原景区的马棚里去。当车子下了一个大坡并拐上一片空旷之地时，导航显示已经到了路程的中间。这地方是个半路休息站，几间闲置的房子锁着，可以想见，要是旅游高峰期，这里会停满多少辆大巴，多少旅客会在这里下车驻足，小便、喝水、买纪念品、拍照合影……我把车停在空地上，随便我怎么停，反正这地方就我们一辆车。我想下车休息一会儿，顺带解个手，抽根烟。我伸手推醒了余树。余树睁开眼，二话没说，也跟着我下车。外面还真冷，比车里冷多了。我们并排站在一片用树枝编织物围起来的地方撒尿，从土地的颜色看，这地方就是小便处了。余树单手解开裤子，这过程有点漫长，等他开始尿时，我都已经拉好裤子了。余树一边尿一边举手指向前方，不远处立着长排的水泥柱子和铁丝网，更远处是茂盛的草和矮山。

我正有恍然之感，余树提前先说话，“看到了吗？过了铁丝网，就是俄罗斯的国土了，我们现在就游走在国境线上啊。只要我们冒险从铁丝网上跃过去，要么被子弹打死，要么就越境到了俄罗斯，就像我们这边的牛羊跑过去，红毛鬼贼着呢，从来不给我们送回来，如果是他们的牛羊跑我们这里了，我们还得物归原主——所以说，我们现在要是跃过去，跟牛羊一样，他们是不是也不会把我们还回来啊？”余树看着我，意味深长地一笑。我当然明白他的意思，不过此刻的我已经被某种悲壮的情绪摄住了，没时间跟他讨论那么国际化的事物。我只想知道额尔古纳河在哪里？余树又指着远处，说，你看见了吗？那一片红毛柳，比草还高一些的，暗红色的枝叶，你看，这篱笆就是红毛柳编织的。我低头一看，眼前的编织物确实是红色的藤条。余树继续说，有红毛柳的地方就有河流，藏在红毛柳后面的，就是额尔古纳河。

当然，那么远，我们肯定是看不着了，除非真如余树所言，我们像牛羊一样越境过去。重新启程时，我一路都斜眼望着远处的红毛柳，它们确实绵延不绝，随着公路，时而被山坡阻隔，时而又在某处出现。我甚至都把红毛柳当成了额尔古纳河，那是一条暗红色的河流，而我们正行走在河流的右岸。

余树又睡着了。

睡前他跟我说："到了满洲里，记得叫我。"

我说："放心，我一定第一时间让你看到俄罗斯姑娘的大长腿。"

余树嘴角一扬，安静了。

陈再见，男，1982 年生于广东陆丰，现居深圳。已在国内各文学期刊发表作品多篇，并多次被选刊选载；出版有长篇小说《六歌》，小说集《一只鸟仔独支脚》《喜欢抹脸的人》《你不知道路往哪边拐》《青面鱼》《保护色》；荣获《小说选刊》2015 年度新人奖。

鸭子河圣诞

高　翔

圣诞节的下午，星燃将吉姆尼开到那条可以看见鸭子河的路上。外面正下雪，雪片像从天空的屋顶脱落的墙皮，糊在挡风玻璃上。“至少应该搞懂怎么把它们清理掉。”星燃看着静止不动的雨刮器咕哝道，继而想到自己其实也不懂怎么打远光灯和双闪——这是她第一次独自驾驶，但她懒得打电话问李维这些名堂。

车窗外排列着整齐的油松，连同远处的河坝，都白茫茫一片，只有麦秆一样的蒿草，伸长脖子，尽力保持着焦黄色。上冻许久的鸭子河上缩满越冬的赤麻鸭，它们秋天的时候飞到这里，度过热闹的交配期，在此后的日子里，有的选择飞走，有的却留了下来。

“宁愿在冰上挨冻也不愿意上岸的家伙。”星燃想，她将目光从河边收回，专注于眼前的道路。

鸭子河不是这条江的名字，确切地说，只有星燃这么叫它。她指的是江的下游段。她父亲经常在那儿钓鱼。那里的河道很窄，并且经常干旱，星燃觉得它没有被叫作江的资格，就自己起了名字。就像她以前给玩具命名，“鸭子河”这三个字，只对她自己有意义。这条河是她忠实的见证者，她住过的每一栋房子，总有一扇窗户能够看到它。

童年时代，除了那些被命名的玩具，星燃没什么朋友，大部分原因在于身高。“巨人”是她的同学们送给她的第一个绰号，后来他们也喊过她“女乔丹”。那时候女生不喜欢跟一个比自己高太多的女生玩，她们缺少安全感。课间的时候，她晃动着瘦嶙嶙的长腿，独自在高高的旗杆边徘徊，她跟入云的铁架旗杆交谈，对它说，离天空越近越容易孤独，她觉得它能明白这种感受。自初中起，她便入选排球队，成为一名孤僻的排球队员，直到高中，由于学业缘故废止。她的撒手锏是发球，最多一次连续六次发球得分。短发也是从那时起保留下来的习惯，现在她把它染成了紫色，每洗一次，颜色就褪去一些，最后会完全变为蓝色。

这辆吉姆尼星燃坐得并不舒服，身体蜷曲得厉害，特别是腿。开车前，她调整过座椅，但现在看起来没什么用。这车最近都是她父亲和兄弟开，驾驶座被调得离刹车和方向盘过近。他们二人比星燃矮得多，父亲李耀龙刚刚到她胸的位置，哥哥李维也只到她肩膀的位置。不过他们都娶了高个子女人做妻子。大二的时候，星燃设计的一款游戏被一家公司看中。李耀龙很高兴，说要送她一辆车做礼物。星燃不要，自己用版权费偷偷买了辆吉姆尼。李耀龙得知后，嫌掉价儿，不让她开。他们家从不缺车，最多的时候，有一辆卡宴、一辆宾利、一辆牧马人和一辆改装的福特猛禽。“我不是你家少爷。”她对李耀龙说，李耀龙没吭声。少爷指的是李维。李维视车如命，但一事无成，他对这个家的唯一贡献，就是负责了几辆车的清洁和保养。他禁止别人在车内吃东西。有一次，星燃在猛禽的副驾驶位上吃曲奇，被李维逮住，他揪着她的短发，骂她是漏嘴巴的假小子。她回敬道，小矮人。两人在车内扭打起来，曲奇屑洒了一地。星燃那时没什么要保护的人，不过若遭到攻击，也会像邓文迪保护默多克那样——用练过排球的大手狠狠扇对方耳刮子。几年前，李维同一个叫落乔的好脾气女人结了婚，有了新的发泄对象。

那天下午稍早一点，李维对落乔发了一通火，因为一件快递。落乔接到快递的电话，说她的东西到了，但家里没人，大门被贴了封条，问她怎么回事。落乔打开门，外面没有快递员的影子，门上也没有封条。她问快递员现在在哪儿。快递员说在山上的别墅。落乔于是让快递员把快递放在门卫室。

“你生孩子生傻了？”放下电话后，李维对落乔说。山上的房子是星燃家的旧宅，前一段时间被抵押给了银行，他们几年前就搬到了这栋离鸭子河更近的房子里了。落乔称自己没买东西，更不可能把地址填写成旧宅的，她早改了，她找出手机购物软件里的订单给李维看。李维不看，他翻出旧账，说发生这种事不奇怪，落乔之前在网上买儿童车，因为手误，买了两次，现在还有一辆闲置在车库里。后来他们彻底吵翻了，落乔说她就算记忆衰退，也是被李维的无所事事逼的。他们的女儿啾啾，坐在摇晃的木马上，对父母的战争充耳不闻，她哼着一首自己瞎编的歌儿，“今晚要有一只鸡，今晚要有一只鸡。”

“闭嘴”，星燃对啾啾说，她用手做出刀抹脖子的动作。女孩立刻不唱了。李维和落乔同时停下来，朝星燃这边看。表面上，星燃是为了制止啾啾，其实是做给李维和落乔看的，他们的争吵惹得她心烦。啾啾不明所以，吓得缩紧脖子。她怕这个高个子的姑姑，她是个娇生惯养的小姑娘。

“怎么跟孩子说话呢你？”李维说。星燃没理他，在远处看，李维跟一个小矮人无异。她丢下打哆嗦的孩子，懒懒散散地走到大门口，穿羽绒服，换鞋，最后抓起搁在鞋柜上的车钥匙。

“我跟你说话呢。”李维冲她喊。

“我去取快递。”星燃说，她拿着钥匙，冲李维晃了晃，脸上露出一副嘲弄的神情。

星燃家今年走背运，李耀龙的生意出了问题，工厂、房子都被抵押，院子里的卡宴、宾利、牧马人、猛禽一辆接一辆被人买走。猛禽被买走那天，李维号啕大哭。李耀龙在当地经营一家海鲜食品加工厂，早年辉煌过，过节的时候政府、企业给职工发的福利，很多都是从他们家批发的。但这种风气被禁止后，厂子效益大不如前。上半年，环保部门大力整顿工厂的环保设施，派人挨家巡视检查工厂，没有一家合格的。厂长们被要求引进一整套环保设备，所需费用高昂，算下来要几百万元，不然的话便要停业整顿，像星燃家这样规模的工厂死了一半。这倒不是最要命的。李耀龙之前有对朝贸易进出口的通行证，因为近几年生意难做，他便利用这个便利条件，帮其他没有对朝贸易资格的企业进行出口商品交易，从中赚一笔中间费。但东窗事发，被眼红的同行告发，他们家的很多资产被冻结和抵押。星燃这次提前从学校回来，也是听说了这件事，她延缓了一门专业课的考试，心里很平静。她觉得自己该这么做，为了证明自己并不冷血。很多时候，她将自己的这种冷酷归于身高，她觉得自己不属于这个家，可这种感受很难向别人解释清楚，为什么呢？他们会问。世上可没那么多为什么。回来后，她只见到李耀龙一面，那是回来的当天，李耀龙去车站接她，随后全家人吃了顿貌合神离的晚餐。第二天早上醒来，李耀龙已经出门，星燃算了下，到现在为止，差不多过去一个星期了，他没再露面，而是通过电话联系。李耀龙的手机还能打通。李耀龙告诉星燃，他在外面处理点儿纠纷，很快会处理完。

她这次回来也没见到母亲，梅高美不在家。李耀龙刚出事后不久，李维同她吵翻了。她被自己的儿子指责为对这个家毫无用处，父亲出事，她并不殷勤地出去跑关系找门路，而是坐在家里抽烟。“八国联军都来了，你还以为你是慈禧？”卖掉猛禽这件事让李维觉得自己为这个家贡献了一切，他有资格指责所有人。梅高美看着儿子，什么也没说，当天晚上，她收拾行李飞去了上海，说出门借钱。两个月过去，她向李维的银行卡上汇了三万块钱，再没有动静了，似乎也不打算回来。她在上海有些同学，混得都不错，有局长、院长，还有一个演员。其中一个长相白净、耷拉着眼、个子很高的男人同她母亲关系很近，是个电子公司的主管，姓罗。星燃记得那个罗叔叔以前经常从上海寄来母亲爱吃的奶味小胡桃，还给他们兄妹寄过一些电子产品，带计算器的油笔，或者能够显示时间的电子笔筒，诸如此类，一律银灰色，在当时看来很有未来感。梅高美的美貌里有苏联味道，深眼眶，大眼睛，身材高挑，一生从未对胖瘦这类事发愁。从青年到中年，她都不乏追求者。她最终选择了李耀龙。上世纪 80 年代末，他们在一个军队俱乐部里认识，李耀龙是舞池里的名人，因为矮小，外号“地豆子”。他从未好好跳过舞，也没有一个舞伴，无论轻歌曼舞，还是快节奏舞曲，他永远用同一种步伐，一种朝鲜族式的，摇头晃尾巴的舞蹈姿势跳舞，两个胳膊像母鸡的翅膀伸开，一抖一抖的，所以也有人叫他跳大神的。他独自一人穿梭在一对对青年男女中，在他们的大腿和屁股之间钻来钻去，不时挤眉弄眼捣乱，逗得人哈哈大笑。梅高美跟百货公司的同事来俱乐部跳舞的那个夜晚，李耀龙也在场，他一改往日嬉皮笑脸的作风，邀请梅高美跳了一支交谊舞，样子极为深沉。梅高美没有拒绝。李耀龙的舞姿技惊四座，人们没想到，在他们的大腿边晃来晃去的地豆子原来真的会跳舞，而且跳得不赖。二人被围住，那个圆圈成为独属他们的人形舞池，上演了一出白雪公主和小矮人的奇遇，王子被淘汰出局。李耀龙从此转运，他从跑码头的穷小子，到后来开厂子的老板，一路顺风顺水，他说是梅高美给他带来的好运。他为她换了一个又一个房子，一个比一个大，山上的房子是他们购买的第一栋别墅。

在别墅区门口的岗亭，门卫将一个长条形的、沉甸甸的快递盒交给星燃，她将它夹在腋下。“不进去看看？”门卫说。星燃摇摇头，她从岗亭里向别墅区内张望，看到她家门前的苹果树上落了一层薄薄的雪，青苔色的房子，看不到爬山虎的影子，却仍尽力在一片白雪皑皑中舒展自己沉沉的绿色，仿佛为了证明此时仍是夏天。

拨掉挡风玻璃前的积雪后，星燃以缓慢的速度将车开到了附近一家他们以前经常会去的超市。超市一层有一家卖香港炸鸡的门店。店内一片圣诞气氛，树上闪烁着彩灯，橱窗上贴满雪片、马车、驯鹿和圣诞老人。她向伙计要了一只炸鸡，最大的，伙计称重包好后交给她。她跑出去，将冒热气的炸鸡放进衣服里，不一会儿，又跑回来，炸鸡仍抱在胸前。

“你知道怎么打开雨刮器吗？”她对店员说，“呃……还有双闪和远光灯。”

厨房和餐厅的灯全亮着，没人做晚餐，星燃将整只炸鸡放在一只洁白的瓷盘里。按照梅高美的习惯，鸡肉应该一条一条撕好才能上桌，但星燃没这么做。她找了把餐椅坐下，盯着那只炸鸡看。因为这只鸡，家里忽然有了圣诞的气氛。

啾啾循着炸鸡的味道，从角落的淘气堡跑过来，她忘了姑姑之前向她吼过，撑着椅子跳来跳去。“今晚有了一只鸡，今晚有了一只鸡。”落乔走出来，瞥见桌子上的食物，对啾啾说洗手后才能吃。“你饿吗？”她对星燃说，“我和你哥晚上不吃了。你要饿的话，我给你做点疙瘩汤？你知道，除了方便面，我只会做这个。或者你点外卖。”自从保姆被辞退后，他们家的伙食一落千丈。星燃点点头，说可以。落乔于是进了厨房。

头顶塔形的贝母片吊灯散射出柔和的光线，钱币大小的贝母透出鲑鱼的绯红，使炸鸡也染上一层淡淡的粉色。星燃记得，吊灯挂好那天，李耀龙刚从外面回来，他用一种奇怪的目光打量着头顶上那堆层层叠叠的坠片，问梅高美，这玩意儿是虾片做的？李维和星燃被逗得哈哈大笑。他们知道李耀龙说的是什么，那种圆形、透明、坚硬的虾片，一下油锅就立刻膨胀起来。梅高美脸色难看。她那阵子对贝壳感兴趣，不仅买了贝母吊灯，还买了贝壳状的餐椅、螺钿贝母装饰的歌剧望远镜。原先在山上的家住着的时候，她喜欢红木，家里都是仿古太师椅、罗汉榻，后来她又着迷于北欧家具。有一年，她收到一只从上海寄来的日食灯，姓罗的男人寄给她的，产自意大利。灯的主体是球形，有可以转动的红色灯罩。当转动灯罩时，球形的白灯便会显现出被遮挡后的形状，仿佛日食变化。这件来自 1967 年的设计品，恰好是梅高美出生的年份。梅高美把它摆在卧室的床头柜上。后来星燃在阿莫多瓦的某部电影里看到了一盏一模一样的。李耀龙从山上搬到鸭子河附近新盖的房子里，一半是为了离工厂近，另一半是因为梅高美无法再忍受老宅的装修格调，以及沉重的红木家具，她说她感到窒息。搬家后，她用从上海淘来的那些半旧不新的家具塞满了整栋房子：丹麦的柚木电视柜、多功能梳妆台、意大利的三套小咖啡桌、英国双门玻璃餐边柜、荷兰玫瑰木蓝丝绒沙发……红木家具都被留在山上的房子里。

“什么快递？”李维出现在二楼走廊。他一边下楼一边问星燃。自从一楼的马桶坏了之后，全家人都跑去二楼上厕所了。没看，要看自己看，星燃说。李维骂了一声。

快递盒被平放在门口的地上，李维走过去，先用脚踢了踢，之后才蹲下身子，用车钥匙划开快递盒上面的胶带。“这是什么玩意儿？”他说。

星燃以为是炸弹。她最近总梦见恐怖邮件、匕首、手指头、数额巨大的欠款单。

盒子里装着假草皮一样的东西，翠绿色，比草皮长，被捆扎在两根漆成绿色的铁棍上。旁边的透明袋子里装着金色的雪片、挂球、星星、小礼物盒、彩灯，还有用印刷体写的几个字，Merry Christmas。一棵廉价的圣诞树。

“这是哪位天使大姐给我们送来的惊喜？”李维仰头，看着星燃。星燃耸耸肩。李维越过星燃高大的身影，又朝厨房喊了一声。落乔在一片哗啦哗啦的自来水流动声中回应说自己没买什么圣诞树。“这不见鬼了吗？”李维最后说，他拖拉着拖鞋，转身离开这堆被肢解的圣诞树，像离开犯罪现场一样。

星燃无事可做，她把盒子里的东西一一拿出来盘点。三枚可以插在树下起支撑作用的支脚，两个圣诞树的树干，两包圣诞树装饰用品。树干上绑着一根一根由铁皮和塑料松针组成的枝丫，它们服帖地挨着树干，还没有被展开，固定它们的是同样贴着松针的粗铁丝。没有说明书，当然也不需要。星燃可以搞定。这些东西在她手里形如玩具。

虽然邮寄者不明，但不妨碍她过一个圣诞节。既然圣诞树来了，那就该满足它成为圣诞树的愿望。星燃先将两根树干拿出来，打算组装它们。这两根树干几乎一模一样，需要分清哪个枝干在上面，哪个在下面。“如果下面的枝干要起支撑作用，那么有三个插孔用来插支脚的应该在下面……这个是下面的。”她自言自语，抽出那棵下面留有三个插孔的树，将另一棵插在它的上面。接下来，只要把支脚固定好，圣诞树就可以站起来了。她轻松将三个支脚卡在插孔里，把圣诞树扶起来。圣诞树站起来那刻，其中一个支脚从树干底部掉了下来，仿佛是插孔与支脚的衔接做得不好，她于是重新插了一次，觉得还是不牢。她一面托着支脚让它固定，一面再次将圣诞树扶起来。圣诞树站了一会儿，向一头栽下去。这下三个支脚都掉了。星燃挠了挠头。支脚不稳定固然是一个原因，还有一个原因可能是圣诞树的枝干还没有被展开，所以不够平衡。

“你要是闲得慌，去厨房帮你嫂子做做饭，懂点事儿吧。”李维躺在沙发上打游戏。星燃懒得理他。她将没有支脚支撑的圣诞树立在地上，从下开始掰开那些铁皮枝丫，尽量让它们错落有致，展现出一棵松树应该有的伸展模样。

这时候，门口传来脚步与钥匙的声音，她下意识停下来，不一会儿，看到一个头顶落满雪花的男人出现在门口，身上穿黑色貂皮大衣，背微微有些驼，仿佛雪把他压弯了。星燃喊了声，爸。李维也从沙发上直起身子，走过来，喊了他一声。

“闺女蹲门口干啥呢？”李耀龙将大衣脱下来，抖落掉身上的积雪，一副打猎归来的模样。

“组装圣诞树。”星燃说，她盯着他身上的雪，觉得他似乎走了很远的路才回家。李耀龙在她一边蹲下来，身上一股酒味。“我以为圣诞节过完它还来不了呢，没想到赶上了。今年咱也狗长犄角，整点羊事儿。”

“干吗买这种东西？”星燃说。

“怎么样？”

“不怎样，便宜没好货。”

“别这么说，你爹上网买这玩意儿费老劲了，我不像你妈。”李耀龙说。

“不是让别人帮你买的？”李维背着手问。

“自己买的。”李耀龙斩钉截铁。

“你地址写错了。”

李耀龙愣愣地看着李维。

“家里的地址，你写成山上房子的地址了。”李维说。

“那不是我干的。”李耀龙说，“你爹这点谱儿还是有的。地址是餐馆的服务员帮我填的，这怪不到我头上。”

“我说什么来着。”李维笑起来，他走回沙发玩游戏。

星燃告诉李耀龙，圣诞树是她开车去取的。李耀龙问她，是李维陪她开车，还是自己开车。星燃说自己。李耀龙问那时候下没下雪。星燃说下了。李耀龙于是骂了李维几句，说雪天怎么能让她一个没开过车的人去取东西。星燃对李耀龙说，行了，你以为你能指望你儿子做什么？李耀龙没听见似的，看着星燃傻笑，好像女儿在雪中开车是件什么了不起的事情。

“你爹帮你装圣诞树，现在进行到哪个阶段了？”李耀龙问。他蹲在地上的时候有点打晃，后来直接坐在了地上。星燃告诉他，她正要把圣诞树上的枝干掰开，李耀龙说怪不得现在没一点圣诞树的样子。他把两棵拼在一起的圣诞树树干拆卸下来，拿在手里看，仿佛打算重新认识它们一遍。

“你整错了，傻姑娘。”研究一番后，李耀龙说，“圣诞树是什么，圣诞树就是金字塔。上面细，底下粗。你现在看这棵树，很明显，如果你不把这些枝枝干干拆下来，重新摆一遍，这棵树就会上下一边粗。”

“不会的，没人做那么麻烦的圣诞树。”星燃说，她想到了这棵树的价格，三十或者五十，不能再多了，这种廉价货没资格花那么多时间。

“你不懂。”李耀龙说，他将上面的那棵圣诞树树干拿在手里，底下的被他放在一边，“听我的，我会把它搞好。”

“我劝你别这么做。”星燃说。

李耀龙没有听她的，他眯缝着眼睛，找到了那根缠绕在圣诞树上的铁丝，把它从圣诞树上一圈一圈绕了下来。星燃看到里面密密匝匝的绿色丙纶线，它们绑在枝杈的铁片上，这才是枝杈之所以能被固定的最重要原因。

“看来是一个大工程。”李耀龙说，“来吧，我们把线解下来。”

星燃感到头痛。李耀龙像解开铁丝那样解开丙纶线，线头堆在一边，这种材质很容易起静电或者打结，随便丢在一边，很可能变成一团乱麻。星燃只好将那团被解下来的线头缠成球，她小时候帮姥姥缠过毛线，她觉得缠毛线这个动作有停止时间的作用，如果没人讲话，它几乎可以达到永恒。

“像以前帮你做手工。”李耀龙忽然说，“你记得我们帮你做过什么？”星燃注意到他脸上的皱纹，因为被寒风扫过，显得更加清晰。她当然记得，小学的时候，李耀龙曾帮她做过一架飞机。

“没错，一架飞机。”李耀龙一边解丙纶线，一边说，“你们学校组织飞行比赛。说白了，就是骗你们钱，让你们买飞机模型。”

“我求你很长时间，你才帮我。”

“不是，我主动帮你的，你那时候手才那么大。”他比画出一根图钉大小，“那小手能干什么？剥花生都费劲。”

星燃觉得太夸张了，“你说如果我自己做不了，就不应该买它。而你也组装不上飞机模型，你冲我发火。”她说。

李耀龙摇摇头。“我不会，你爹是喜欢钓鱼的人，钓鱼的人最耐得住性子，不会发火。”他说，“不过我确实没组装好，比赛那天，我和你妈陪你去，你的飞机没飞多远就掉下来了。你觉得丢脸，我们也是。我们后来补偿你了，我记得我带你去罗曼餐厅吃饭，你那时候喜欢吃他们家的冰淇淋。”

“你最近钓鱼了吗？”

“没钓，心不静。”他说，“你觉得咱俩还要多久才能把这线缠完？”

“这还不到三分之一。”星燃说。丙纶线很毛躁，那些细细的绒毛不时刮在她的指甲上。她没有剪指甲的习惯，都是用牙咬，指甲上布满锯齿，它们像钩子一样钩住丙纶线，这要她花一点工夫再把线从指甲上拽下来。

“你小时候老让我带你去钓鱼，”李耀龙说，“我以为你真的喜欢。”

“我没有不喜欢。”

“我认为你不喜欢，难道不是？我总是不太了解你。”李耀龙说，“有一年夏天，记得吗？我带你去钓鱼，还给你买了一个钓鱼竿，小的，很轻。我开车带你去江边下游，那个地方适合钓鲤子和鲫子。你戴着你妈给你买的遮阳草帽，但你还是嫌天热，太阳晒。你要我给你找个阴凉的地方。没有那种地方，没有树荫，我们只能坐在太阳下面。你以前是个吃不了苦的小姑娘。我给你架好鱼竿，在钩子上挂好蚯蚓，我让你用手把住，你一开始很听话，你把着鱼竿。你一直问我鱼什么时候上钩。我说我不知道，需要等。你等不了。你把鱼竿放下了。你开始玩蚯蚓，我的小盒里还有一些，你拿着一根树枝捅它们，看它们在里面扭来扭去。你告诉我，蚯蚓的血是红色的。后来你又开始玩别的，蝴蝶、蚂蚁，你在车里睡着了，我一个人钓鱼。我一条鱼也没钓上，我在岸上坐着，想着我一点也不了解你，你究竟像谁？你刚上学前班的时候，身高已经快一米四了，我这辈子的身高也就比你那时多那么一点儿。”

“我有点忘了。”星燃说，“我只记得我们回家已经很晚了。那时候你经常很晚回家，因为生意或者钓鱼。”她说了假话，她记得那天的一切。

“你妈总会给我留灯。梅高美，你妈，是个好女人。”李耀龙说，“但是我写错了快递地址，她没有收到今年的圣诞树。”

“好在你今晚没有进错家门，跑回山上去。”

“苹果树怎么样？”

“我没进去。”

“你应该去的，那还是我们家，我们随时可以把封条拆了住进去，谁也不敢把我们怎么样，知道吗？”

“你的事处理得怎么样？”

“别问大人这些你们不该问的。”李耀龙吐了一大口酒气，“你秋天的时候没有回来，我们去摘苹果了。”

“我们可没去摘，苹果都让保安摘了。”李维在沙发那边说。他一直听着李耀龙和星燃的对话。

“怎么没去？摘了整整三筐，像往年一样。咱们家的苹果树从来没有减产过。那是 2003 年，我托人从研究所那里整回来苹果树苗，一开始就是个苗，现在长这么大，比你妹还高。你妹摘苹果也要登梯子。想想你们以前，你妈给你们一人披一个斗篷，让你们给邻居送苹果。你们记得吗，一人挎一个篮子，里面塞满苹果，像外国小孩，就是不像我的孩子。”李耀龙说。他使劲拽了一下丙纶线，那些绑在圣诞树树干上的枝杈、松针忽然噼里啪啦地掉下来，像一个个飞镖。线终于被拆光了。

李耀龙将树干平放在地上，将那些飞镖捡起来，排列在树干两侧，排列出他想象中的圣诞树的样子。他试图让枝杈显得错落有致。星燃不知道李耀龙下面会做什么，她记下了圣诞树的枝杈没被拆解下来时所在的位置。她觉得一切很可能都会再推倒重来。

“我们来把它们再固定好。”李耀龙说。他让她把刚才的铁丝拿过来。她不觉得铁丝能把这些枝杈固定住，但还是把铁丝递给他。她将树立起来，两只手把住那些枝杈，让李耀龙用铁丝把它们绑在树上。李耀龙拿着那根铁丝，一圈一圈地将它重新缠绕在树干上。铁丝没法绑得那么紧，李耀龙刚一松手，铁丝仿佛也泄了力气，枝杈再次从树干上掉下来。它们像被修剪植被的机器整齐地剪落。这些完全在星燃的预料之中，事情就是这么回事。

李耀龙又试了两次，都没有成功，他的额头冒汗了。“看来还是需要丙纶线。”李耀龙说，“我说什么来着？还是需要它。”

他把那堆枝杈胡乱地安插在圣诞树的树干上，像一堆准备烧着的烂柴火，他打算重新把线绑上。星燃制止了他，按照枝杈的大小和它们此前的位置，重新布排了一番。

“你妈会说什么？如果她回来，看到圣诞树。”李耀龙问。

“不知道，”星燃说，“她从没买过圣诞树。”

“她当然买了，这可是圣诞节，她每年都过。”

“可她从来没买过圣诞树。爸，你把线绕得再紧一点……我妈只准备用小叶黄杨编的圣诞花环。”

“你妈真奇怪，一个每年都过圣诞节的人，却不买圣诞树。”李耀龙笑起来，笑得前仰后合，好像这一发现有什么可笑的。“说实在的，你妈奇怪的地方还有很多，你发现没，她不敢吃家禽的脖子，不敢走夜路，也从来不参加别人的追悼会，她怕的东西很多，还怕你，怕知道你的秘密。她很爱你，但是她怕知道你的秘密。你个子跟我一般高的时候，就不愿意同我多说话了。你有个上锁的日记本，你喜欢把秘密藏在苹果树下，我看到过你在苹果树下挖坑。你藏过饼干、香包、硬币、弹珠。蓝色的弹珠，你说那是海洋之心。不过我从来没把你藏起来的东西挖出来过。干这种事情的是你母亲。她把你埋在树下的东西都刨出来了。你埋过一些纸条，有一天我在门廊看到她在读它们。你妈跟你一样喜欢咬手指，她一边读，一边咬手指，我站在她身后，她也没发现。你妈不想让我知道你写了什么，但是我在她背后的时候看到了。”

“我写了什么？”星燃问。

李耀龙将刚刚缠绕好的线从树干上绕下来，线把他的食指缠进去了。“你怀疑我不是你爹。”他说。

星燃当然没那么写过，记忆因为酒而扭曲。在星燃的印象里，她写的是希望有个高个子的父亲。李耀龙那时候会去给她开家长会，班里的同学都打趣她，说她不是她爸亲生的，她不可能有那么矮的爸爸。这让她很没面子。

她想对李耀龙说他记错了，不过她没说，李耀龙喝了酒，吹了风，差不多醉了，她没必要跟一个醉酒的人谈论真假问题。

“从那时候开始，我希望更了解你一点，但我没什么时间。我只能用一些粗暴的手段，比如把你上锁的日记本撬开。别那么看我，我知道你没发现。我撬锁很在行。但是你更精明，你的日记本里什么也没有。一个标点符号也没有。我拿着那本空的日记本给你妈看，想让她看看我们的女儿多精明，但是你妈捂着眼睛跑了，好像里面有什么见不得人的东西。她是不是很奇怪？读过那些字条以后，她不再偷挖你藏在苹果树下的东西了。”

他们有一阵子没再说话，外面的风从门缝钻进来，门发出嘘嘘的声响，仿佛在练习吹口哨。星燃静静地看着李耀龙把丙纶线缠上去。李维咬着一个苹果走过来，看了他们一会儿，又走开了。

“你不准备说点什么？”李耀龙问。

“你当然是我爸。这没什么可说的。”星燃说。

李耀龙点点头，“不管怎么样，我很歉疚，那次带你去钓鱼，你被吓坏了。不过这些都过去了。”他说。

“我都忘记了。”星燃说。

“能忘记最好。”李耀龙说，“后来我想通了。我这条命是你妈给的。我为你妈活着，她从俱乐部里救出了我。她自己不知道。不是你妈，我还会在那里做傻事，跳大神。傻事我到现在也时常想做的，但是我想到你妈，我会让自己少做一点。后来也为你哥，为你，为啾啾。我们家还会有其他人。我还得为他们活着。我很满足。你不要怪你妈，我知道你对她有想法。我了解你妈，她有时候是这样的，像个小女孩，不只是被我惯的，还有别人，还有你们。你们也都惯着她。就像现在，她不在家，我也想给她过个圣诞节。”

线缠好了，枝杈回到了最开始的位置，李耀龙已经尽可能地将它们缠紧，但树干上还是显出绿色的丙纶线肿块，是线缠绕不均造成的，它像树皮被剥掉后长出来的一颗节瘤。这是一棵有节瘤的圣诞树，像自然界中真实存在的一样。

“你之前说你会留在北京，你快毕业了。”李耀龙将丙纶线在树上打了个结，然后将铁丝取来，开始缠。

“对，这么打算的。”星燃在一边把着树干。

“最近又做游戏了吗？”

“做了个丧尸游戏。”她不准备给李耀龙解释“丧尸”是什么。

“听起来不太积极，要做点积极的东西，真搞不懂，你爹这么乐观，怎么你一点也没遗传过来。”星燃告诉李耀龙，游戏的结尾光明，充满善意。李耀龙点点头。

“不用考虑家里太多。知道吗？你爸都能应付得过来，都是小风小浪。”李维听到李耀龙说话，在沙发那边发出冷笑。星燃瞥了他一眼。

“你按照你的计划来，该毕业毕业，该工作工作。既然要留在北京，我无条件支持你。我给你预备了一笔钱，足够你买房子和车子。这些我都会安排好。”

她想说不用，她不觉得租房子有什么问题，况且家里现在情况特殊。但是李维抢在她之前说话了，他没穿拖鞋，光脚跑过来。

“你疯了吧，爸，咱家现在什么情况你清楚吧。你别忘了你还有儿子，还有孙女，落乔现在肚子里还怀着一个。”

“我当然清楚，”李耀龙说，“我有多大江山，我很清楚。”

“你知道在北京买房子买车要花多少钱？咱们家剩下的人都去喝西北风？”李维说，他显得很激动。

“我给你花的钱也不少，到目前为止，我还没看见谁喝西北风。”李耀龙说。他更用力地将铁丝捆绑在树干上，他的手劲变得很大，并且快，他绕一圈铁丝，星燃把着树干的手便向下挪一点。

“好好。”李维掐着腰说。星燃看到他的脸色很难看。远胜于那次她坐在猛禽里吃曲奇。毕竟这次是有人动了他的曲奇。她对李维的反应不感到意外，她知道早晚有这么一天，不管是怎样的家庭，都有这么一天，大家统统撕破脸，谁也不认识谁。她走神了一下，就在那时候，李耀龙将缠绕的铁丝狠狠勒住了她食指与拇指之间的那块皮肉，那像是一块新长出来的节瘤，鼓了起来。星燃发出一声轻微的叹息。李耀龙没听见，他又在星燃那块被夹住的皮肤上缠了一圈铁丝。

当星燃把手从铁丝里面拿出来时，手已经流血了，破了的皮肉像张开的鱼嘴，有节奏地呼吸着。她捂着手，向二楼的卫生间走去。李维和李耀龙吵了起来。

她把卫生间的门关上，声音被阻隔在外，打开水龙头，让水冲刷伤口。血水变淡后，她擦干手，在镜柜下面找到药箱，从里面拿出医用纱布和棉花按住伤口止血。最后，她用酒精给自己的伤口消毒，并且上了一点红药水。门外传来三个人的声音。李耀龙、李维，还有落乔。声音很模糊，像从枕头里传出来的，听不清楚。她小时候睡不着觉的时候，喜欢将耳朵搁在枕头上，听枕头里发出的声音。那些块状的声音，尖锐的声音，间断或不间断的声音，飘了过来。她推开卫生间的门，准备下楼，她想告诉他们别吵了。这时候，她听到几个词，李维喊出来的，上海、私生子、绿帽子，他说他都知道，他听到过李耀龙和梅高美之间爆发的那次争吵。接着，一声耳光响后，外部的声音都消失了。星燃愣了下，随即轻轻关上门，卫生间立刻安静了，这种安静让她觉得不适，她再次将水龙头打开，看着水流打着旋，消失在黑漆漆的下水口，一时忘了自己在什么地方。

那个钓鱼的傍晚，差不多也是这时候，天快黑了。她从车里醒来，没有盖衣服，感到很冷，裸露的腿被蚊子叮满了包，她一边挠着酸痒的腿，一边喊着爸爸。李耀龙不在河边，他的钓竿也不见了，只剩下她自己的那根，又轻又小。她在河边坐了一会儿，又把钓竿拿了起来，梅高美说，不要乱跑，待在原地。她就待在原地，等了一会儿，李耀龙没有来。这个办法没用，她哭了起来。眼前是一扇被雨淋湿的窗户，一切都是模糊的，她在岸边高高的草丛里穿梭，喊着爸爸，有时候也喊李耀龙的名字。一些鸟飞起来，她闻到陌生夜晚的气味，槐树的气味，河边泥沼的气味。她感到后面仿佛有什么东西在追赶她，她加快了奔跑，最终迷失在蒿草中。等到她终于跑不动了，才停下来，后面的声音也随即消失，仿佛追赶她的东西停住了。她鼓足勇气，回头看过去，发现了一个男人的身影，就在她身后不远的地方，脸上什么表情也没有，没有哀乐、没有恐惧，也没有疲倦，有的似乎只是一种疑惑。不知道为什么，星燃在那一刻忽然明白，如果不是她停下来回头看，这个男人不会告诉自己他就在后面，也许，他会让自己这样一直跑下去，直到消失不见。

后来男人把她领回车里，他们什么也没说，她没有哭喊，男人也没有安慰，像两个陌生人。上车后，她没有坐在副驾驶座位上，而是坐到了后座上。男人摇下车窗，在车里抽了一支烟。抽到一半的时候，他打开了雨刮器，两根来自远古时代鸟类化石的腿骨在微暗的挡风窗前划动起来，没有雨，没有水，它在干燥的舞台上表演，发出吱扭吱扭的怪响，仿佛是这个世界上唯一存在的活物。

星燃打开卫生间的门。落乔站在门口，一脸探寻的目光。没事吧？她问。没事，星燃说，一点小伤口，处理好了。她对落乔笑了笑，她知道她问的不是这个。不过落乔什么也没说。

下楼的时候，她看到李耀龙已经将圣诞树移到了客厅的酒柜旁。李耀龙蹲在一边，一手将枝杈舒展开，一手扶着树。它依旧站不住，每隔一会儿就要倒下一次，树上的那些树瘤似乎让它的重心更加不稳。她走过去，试图帮李耀龙，但李耀龙把她推到一边。他像个笨手笨脚的孩子，执着地做着某项不可能完成的事业。他像他头上那些根根竖立的头发一样倔。星燃盯着他的头顶，发现已经有白色露出来，他一直染发，但染发的速度越来越难以追上白发新生的速度。她一时间觉得他老了，时间对每个人都不慷慨。

李耀龙用力捶了几下树底部的支脚，希望它们能稳固，但是由于太用力，它们纷纷从树上脱落。他呆呆地看着树，像个弹尽粮绝的猎人，几乎就要放弃。星燃再次走过去，她蹲下来，将三个支脚安好，又把树调整到看起来更稳定的角度，扶住。李耀龙这次没有拒绝。落乔也加入了他们。她和李耀龙一起，将那些枝杈从下到上，一点点掰开，让它看起来像真的松树那样。

当一切组装妥当，星燃试着一点点松开了手。谁都没想到，树居然立了起来，虽然还不那么稳，却也完全不必担心它会一头栽倒下去了，仿佛已经生了根。这一瞬间发生的事，简直像个奇迹。星燃小心翼翼地把顶星、小礼物、雪片、彩灯挂在圣诞树上，把灯点亮，她把灯调成一种只有黄色和白色的模式，她知道梅高美不喜欢那种花里胡哨的，有红与绿的灯光，她会觉得像发廊。李耀龙难以置信地看着闪烁的圣诞树，不知道在想什么，灯光映着他的脸微微泛红。星燃问落乔李维去哪儿了。落乔说他和啾啾在院子里堆雪人。雪停了。星燃向窗外望过去，借着路边的灯光，她看到院子里有个男人和一个小小的身影在雪地里滚动着一个雪球，像是一个幻觉，好像之前的一切都没有发生过。它们真的发生过吗？星燃不知道。

那个圣诞节的夜晚，吃过饭后，星燃很早就回到自己的房间，关上灯，准备睡觉。她躺在被窝里发了一会儿呆。后来，门打开了，一个人走进来，坐在她的书桌前。她背对着那个人，没有回头，假装已经睡了。她想起梅高美，有时候她会这样进她的房间，在黑暗中注视她，仿佛她在黑暗中会比较好辨认一点。不管从哪个方面来说，她都是一个合格的母亲，星燃心情不好的时候，她会亲自端饭菜送到她的房间。可她拒绝母亲看她的日记。她真是一个奇怪的母亲。

过了一会儿，那个人离开了，他尽量让自己发出的声音很小，星燃一直等听门被关上的声音，可一直没等到。她注视着窗外的鸭子河，它在路灯下泛着光，路灯仿佛一排等待被人吹灭的蜡烛。她什么也没想，然后睡眠找上了她。

第二年春天，星燃在学校上一门选修的小说鉴赏课程，课上，她接到李维的电话，说李耀龙被收押进了看守所。他帮别的企业向朝鲜出口商品的事情没压住。那段时间不允许亲人探监，李维拜托一个在看守所工作的亲戚去看望李耀龙，他们得到那个亲戚的回复，说李耀龙状态不错，没有被打垮。

一个月后，李耀龙在看守所心脏病发作了，狱警将他送去医院，一开始医生要给他开胸搭桥，但后来选择了做支架。手术做了三个小时，被推出来后，李耀龙身体里多了三小块镍钛合金。医生在操作室给星燃和李维看支架的位置，星燃觉得那三个支架还没有她咬下的手指甲大。

李耀龙被保释出狱。梅高美回来照顾了他一段时间，之后又回了上海，她说要在那边做点生意试试。李耀龙没反对。“五一”后，天气渐渐暖了，为了赚生活费，李维和落乔在鸭子河附近的一个广场做起淘气堡的生意，很多孩子去玩。淘气堡里到处是充气的滑梯、城堡、跳床和海洋球，章鱼、海盗和鲨鱼被装饰在最高的地方，海盗缺了一颗牙，用黑色眼罩绑住一只坏眼。李维负责维护，落乔收钱。他们被午后毒辣的阳光晒得黑黢黢的。

星燃在家过了一个生日，全家人为她唱生日快乐歌，落乔给她买了一块抹茶蛋糕，上面插一根蜡烛。吃过午饭后，李维和落乔准备回淘气堡。李耀龙说也想去那散散步，星燃于是陪他一起去了。

他们在鸭子河岸边走了一会儿，五月有一段时间是枯水期，河岸露出了黑色的淤泥。赤麻鸭的队伍庞大起来，去年新生的鸭子长了不少，一旦有人靠近岸边，它们便贴着水面飞起来。李耀龙走了一会儿，星燃便扶着他回到淘气堡附近，落乔把座位让给他休息。他回来以后没闲着，每天跟许多人打电话，约各种各样的人到家里来做客。

“我得好好干，不然你妈还得在外面跑，她哪是做生意的料？”李耀龙说。

“她会回来。”

“当然”，李耀龙说，“等我东山再起，你妈还得继续享福。”

“悠着点吧，不然医生下回让你开胸。”星燃说。

“你张叔叔最近要跟我承包码头，张叔叔你知道吧，做事靠谱。这次差不多。”

李耀龙对星燃说起即将诞生的宏图伟业，星燃有时候听进去了，有时候没听。她看着不远处苗圃新栽的松树，绿油油的。她觉得自己失去了什么，又因为这种失去，仿佛有所获得。

“你刚才吹蜡烛的时候许了什么愿？”李耀龙问。

“说出来不灵了。”

“偷偷告诉你爹。”李耀龙嬉皮笑脸地说。

“算了吧。”星燃很为难。

“说。”

星燃笑起来，她告诉李耀龙，她许的愿是下辈子有个个子高点的爹。

“哈哈”，李耀龙也笑了，“你应该许你爹这辈子个头能再长点，这样才能划算。你跟你妈一样，做生意准完蛋。”

高翔，1988 年生，辽宁丹东人，青年写作者。目前就读于中国人民大学创造性写作班。

他　杀

——

盐　糖

1

酥麻的感觉在掌心散开，屏幕的光也随着振动而亮起，瞬间吞没了灰黑色的倒影。陈晖蓦地感觉到自己正喘着粗气，脸颊也烫得有些刺痛，显然刚刚的幻想从他身体中抽走了太多的能量。

还来不及伸展僵硬的身体，只听耳后“哗”的一声，倚在车门上的后背一下子空了，强烈的下坠感如电流划过全身，将陈晖彻底拉出了待机模式。

眼前微微泛黄的车顶装饰着绿色横条，这是他最熟悉的二号线车厢。

毕业三年有余，陈晖早已适应了平淡的工作和两点一线的生活。所谓平淡，就是既没有丰厚的收入也缺乏值得奋斗的发展机会。唯一的好处就是每天五点能准时下班，搭乘办公楼底下的地铁二号线到“时代广场”站，接着换乘六号线至“银桥路”下车，最后步行大约 10 分钟，通常不到六点就能到家。

晚高峰时二号线发车间隔不到两分钟，但由于线路横贯整个市区，两头又连接着机场和火车站，因此在大部分的路段中，车厢就像是一个能够无限加压的铁罐头，不停地压入原料和令人窒息的气息。若不是比其他任何交通方式都要快上半个小时，陈晖也不愿意每天忍受这份煎熬。

他总是从最后一节车厢上车，然后直奔两节车厢相连的位置，因为上车的人群总是习惯性地分布在车门到车厢中部的区域，这里反倒留下了少许空间。如果滞留在车门附近，对于这条两侧都会开门的线路，用不了几站，就难逃夹缝求生的命运了。

但是今天有一点特别，他要在“新城路”站提前下车转乘七号线，所以他一上车就站在了左侧车门口，因为“新城路”之前都是对面的车门上下客，他可以一直背靠着车门，不必担心被夹成肉饼。等到了“新城路”站换成左边开门，他也无须穿过人群就能第一时间下车。

这是背后的车门第一次打开，“新城路”到了！

外侧的屏蔽门打开了，脑中出现片刻空白，陈晖只觉得背后有股不可抗拒的力量推着他往车厢深处走，但没挪动几步，又被身前的人墙给挡住了。背后压力稍一减弱，陈晖猛地向右转过身，顺着人流边缘往车厢外边钻。与此同时，还没上车的乘客又发起了一波更强烈的冲击，陈晖本就姿势别扭，这一下直接被顶得失去了平衡，幸好车厢里空间狭小，左边身体被人结结实实撞了回来，才没摔倒。

门灯伴随着蜂鸣开始警报，陈晖顾不上道歉，两只手并用赶在最后时刻扒开了一条缝隙，钻出了车厢。

这一站下车的人并不多，陈晖在站台上确认了站名之后赶紧沿扶梯上行，右边的楼梯是如瀑布一般汇入站台的人流。再回头时，屏蔽门外刚刚缩短了一半的队伍一下子又看不到了尾巴。

下了扶梯，跟着站厅的换乘标志，很容易就找到了七号线的站台。七号线是典型的潮汐线路，一头几乎都是住宅区，而另一头经过好几个商业办公中心，每天早晨上班的人流从住宅区涌向办公场所，傍晚又按相反方向回流，刚才换乘二号线的乘客，就多是这样的上班族。陈晖要去的方向，正好与潮汐相反，因此这里候车的队伍明显短了不少，等了不到一分钟他就坐上了到站的列车。

终于能够放松一下绷紧的神经，陈晖下意识地走到了车厢连接的地方，不知何时，这已经潜移默化成了一种习惯，虽然车厢间连接的关节在转弯时一直发出“嘎吱嘎吱”恼人的噪音，但在他听来反而有种特殊的安全感，一种能够在你争我抢的密闭空间里享有片刻自我的感觉。

和其他乘客一样，陈晖不自觉地掏出了手机，解锁后的屏幕上直接弹出了刚才那个振动所提示的新信息：“不好意思，打扰了，请保留我的联系方式，我们下次再聊。”

陈晖有些恍惚，一时间竟想不起来曾和对方说过些什么。

刚想向下滑动手指浏览之前的内容，又一条新消息在最底下跳了出来。屏幕上的文字让陈晖产生了强烈的不真实感，就连耳边报站的声音也变得模糊不清，他甚至怀疑自己仍被困在梦境之中，需要再一次跌落才能真正逃脱。

“帮我报警，有人要杀我。”这是陌生人发来的最后一条消息。

2

站厅内没有开暖气，仅仅是每个匆匆而过的人留下的几口二氧化碳就足以让空气变得浑浊而燥热。这让赵云泉刚被寒风侵蚀过的颧骨感到阵阵刺痛，冰凉的脚底板竟也开始冒汗，产生了一种非常不舒服的黏腻感。

现在已经进入春运，站厅内每个重要的人流节点都有武警协助维持秩序，只粗略一扫，就能发现当前的岗哨布置正处于高度戒备状态。他们个个站姿笔挺，表情肃穆，从他们眼神中很难察觉出这里曾发生过怎样的混乱。

远处派出所所长张韩民正小跑着过来，他身后的站台上围拢着数名警察和地铁工作人员，和简报中一致，出事的是二号线。

“赵队，你亲自出马了啊，这下好了，撞在了你的枪口上，明天就让他上头版头条。”张韩民寒暄着，面色却一点也不轻松。赵云泉也赶紧上前握手，他俩之前有过数次合作，不算陌生。

“最好是能上今天的夜新闻，不过出了这档子事，兄弟们的年是别想好好过了。”说到这里，赵云泉瞥向了武警执勤的位置，“案发经过清楚了吗？”

“只知道有一个乘客在二号线上被人用针筒扎伤，并且怀疑注射了有毒物质。但案件性质还不好说。赵队，我先发个现场视频给你看看。”说着，张韩民给赵云泉的手机发送了一条链接。

视频只有12秒，在人群骚动和站台广播混杂的背景声下，两个地铁工作人员正跪在站台上处置一名晕倒的乘客。镜头一虚，重新对焦后可以看清那个男人的左侧腰间插着一个银灰色的物体。

“这是围观的人拍的？”

“嗯，有好几个视频，这个最清晰。我们都没有的一手资料，网上就已经满天飞了。本来最多是内圈围观的几个人会察觉到异样，现在网上一放，什么分析都出来了，你往下翻翻，有说吸毒的，有说谋杀的，还有什么散播艾滋病毒的，最要命的是恐怖袭击，搞得人心惶惶。”

如果只是普通伤人案，的确用不着赵云泉坐镇，但案子发生在春节前夕，又是在人流密集的地铁上，社会影响之恶劣可想而知。来的路上，赵云泉已经接到了两位领导的指示，限时今晚 24 点前破案。

“你有什么看法？”

“凶手应该不是临时起意，但不好说是针对被害人还是随机选择的对象。”张韩民一边说一边轻轻摇头。

赵云泉同意他的观点，凶手模糊的作案动机是目前最令他在意的。如果是针对被害人的蓄意谋杀，众目睽睽的地铁车厢无疑是最冒险的作案地点。从行凶手段来看也达不到在公共场合杀人曝尸以宣泄极端仇恨的目的。若是从无差别袭击的角度考虑，凶手的目的似乎又不仅限于制造恐慌，能够策划如此从容的逃脱，倒更像是一场近景魔术表演。

“有目击证人吗？”

“同一节车厢的乘客目前只找到两个，都说没有异常情况。”

“监控录像也还没进展吗？”这也是赵云泉隐隐感到担忧的地方，张韩民他们抵达现场已经超过 20 分钟，按理以地铁站的监控密度，应该早就发现了凶手的踪迹。倘若嫌犯真有本事隐匿在人群之中，再从社会关系开始排查的话，所需的工作量和时长就完全不可控了。

“监控室里只有站台上的录像，人流量太大，场面又混乱……赵队，你看了就知道了。”张所长的表情有些为难，“现在要等总控室把车厢内的监控送来，那里面应该能直接拍到作案过程。”

赵云泉点点头，“老张，你们人手也不够，王占辉，你带人去监控室帮着一起查一下，这么多监控肯定看不过来。”赵云泉相信张韩民的能力，措辞上也尽量不表现出对其工作进度的质疑。

随即，现场勘查和证人问询也换由刑警大队继续展开。

张韩民引着赵云泉来到事发现场，“时代广场”站是S市换乘线路最集中的大站，共有4条线路在这里汇集。二号线站台与站厅落差最小，由十余级的阶梯直接相连。此时线路已经恢复正常运营，站台上候车的队伍有几条已经从屏蔽门排到了阶梯上，唯独站台的最左侧有一个扎眼的大缺口，那扇屏蔽门已经停止使用，外围拉起了黄色警戒线。

赵云泉抬头扫视了一下监控的布局，站台后侧大约每隔10米就装有一个摄像头，拍摄方向正对着屏蔽门，两侧的墙上还有几部摄像头横向掌控着整个站台，此刻自己所站的位置就至少有三个摄像头可以拍到。

哪几个监控能提供有价值的图像他已经心里有数了，赵云泉相信没有人能在监控中隐身，也没有人可以凭空消失。

“老张，你去借一下站里用来疏导人流的隔离带，再找一块正在维修的牌子，先把警戒线给换下来吧。另外留在站台上的人最好也换上工作人员的制服。”

张韩民心领神会，马上安排下去。从现场环境来看，几乎没有取证的价值，此时一条刺眼的警戒线只会提醒着周围的乘客这里曾发生过可怕的刑事案件。虽然挡不住网络的传播和媒体的报道，但也没必要敞着伤口继续刺激人们脆弱的神经。

向上级初步汇报后赵云泉来到监控室，每一台屏幕前都有民警全神贯注地盯着不同角度的监控画面，监控室负责人和站长则站在一旁待命。偌大的房间中除了键盘与鼠标的敲击外，只有重重的呼吸声，就连王占辉看到赵云泉进来，也只是交换了一个眼神，轻轻摇了摇头，似乎谁也不愿意率先打破这沉寂。

正对屏蔽门的影像被接到了主显示屏上，赵云泉打算从这里开始。

3

进站时间是 17 点 33 分，一列地铁在站台缓缓停稳，焦急的候车人群迅速向前聚拢，只给下车的乘客留下了一人宽的位置。屏蔽门开启，刚有一个人下了车，就看到原本簇拥着准备上车的乘客突然都停了下来，转而朝外退开，这时可以看见一个扭曲的身体倒在车门右侧，上半身伏在站台上，腿还在车厢里。身后的乘客有的刹车不及，只能从他身上跨过，多数人发现状况之后都转从相邻车门下车。大约 30 秒后，两名站台上的工作人员赶来，将倒在地上的男人抬下了列车，在原地展开急救。

17 点 35 分，受伤男子仍然躺在地上，但周围的秩序在工作人员的快速反应下已经得到控制，列车恢复运行，驶离站台。

赵云泉在脑中快速列出了几个时间节点以及相应的重点排查对象。凶手作案时间一定在 17 点 33 分之前，如果他此前就下了地铁，从车厢内的拥挤程度来看，他特意换到别的车门下车的可能性不大，在排查监控时首先要盯住之前几个站台同一扇车门下车的乘客。第二种情况是凶手趁着刚才的混乱在这一站下了车，由于被害人倒在门口，不少人都借由别的车门下车，因此排查范围至少要扩展到相邻的两扇车门。而 17 点 35 分之后，如果凶手依然还在这班地铁上，就只能通过一些诸如横穿几节车厢后才下车这样异常的举动来甄别了，不过他不认为凶手会如此轻易地暴露。

“有没有人看到被害人倒地的过程？”

“据说被害人一直坐在一张折叠椅上，就靠在车门附近，到站后车门刚一打开，就倒了下去。”回答的是张韩民。

“目击者离他有多远？看到完整的经过吗？”

“两个证人都在车门附近，不过下车的时候人太多，再加上被害人本身坐着，没人会去特别注意。等看到的时候被害人已经倒在地上了，整个过程只能是大致的猜测。”

赵云泉闪过一个不安的念头，被害人所处的高度要低于常人平视的视线，那么在身前的重重阻挡之下，车厢内监控能恰巧拍到作案经过吗？不过从伤口的位置推断，凶手应当站在被害人的左侧，在这一点上，监控还是能够给出有用的信息。

“那么是否可以假设被害人在到站前就已经失去了知觉，只是正巧倚在了车门上才能暂时保持平衡，到站之后，因为车门打开，他也就顺势倒下了。”赵云泉边说边在心中计算着这个假设所能推导出的结论。

“赵队，我明白你的意思，但想据此来推断案发时间恐怕有困难。”老张顿了一下，继续说道：“二号线并不是只开这一侧的车门，‘时代广场’上一站开的就是对面车门，再往前的‘美术馆’和‘新城路’才是被害人这一侧开门，这当中就有两站的时间。而且我们无法得知被害人是在遇刺时就倒在了车门上还是在之后的行驶过程中被人不小心挤过去的，甚至有可能他从没有靠在车门上而是恰巧被下车的人流带倒的。每一个假设都无法验证也无法排除，也就没法推测精确的案发时间。”张韩民详细分析，一下子就把这条路给堵上了。

“你说的这一点非常重要，如果不能确定真正毒发和最后倒地之间的间隔，这样即便知道了毒药发作时间，也没法反推作案时间。”张韩民点头表示同意。

赵云泉的思绪稍作停留，便将目光又聚焦在了站台的监控录像上。画面中围观的群众越聚越多，如果凶手此时就混迹在人群中，赵云泉有信心把他揪出来。但是逐人地搜寻，逐帧地分辨，都如同想从黑洞里寻觅一丝光亮般徒劳无功。

突然，围观人群里又发生了一阵骚乱，内圈的人开始向外退，外面看热闹的人还不明就里，相互冲撞之下好几个人都摔倒在地，幸好有武警在旁执勤，否则很有可能会酿成一次踩踏事故。秩序再次恢复后，有些好事的群众拿出手机开始拍摄，传到网上的视频应当就是这时候拍的。

“当时现场到底发生了什么？”

“我们看他有胸闷的迹象，就想帮他把外套脱了透透气，谁知道衣服一脱，竟然看见腰上插着一个针筒。”回答的是站长，当时她也在现场维持秩序。

看见赵云泉面色更阴，站长继续补充：“我们虽然接受过简单的培训，但毕竟不是医生，当时的情况下也不敢随意挪动伤者，一直等到救护车来才把人抬走。造成了这么大的影响，我们的工作有失误。”

赵云泉轻轻点头表示理解，那样的现场即便是经验丰富的警察也不一定能处理妥当，地铁方面已经尽了力。只是从站长的态度来看，一起可能的“恐怖袭击”已经让各个部门都绷紧了神经，连锁反应已经开始，现在唯有尽快破案才能将最终的影响降至最低。

证物被递了过来，站长口中的针筒并不是常见的医用针筒，而是一个自制的注射器，外形类似战争电影里用于战场急救的镇痛药，或者可以想象成一个前端装有针头的小牙膏。一条略显斑驳的银灰色金属软管，上面没有任何商品信息的标识，针头部分有一个明显的弯折。工作人员称，这个注射器在救助过程中就至少经过了三四个人的手，所以指纹比对会是一个麻烦的过程。

“这个东西攥在手里就能往人身上扎，手一捏，就直接注射，整个过程应该又快又隐蔽。但不管怎样，受害人应该当场呼救，怎么会等到倒在地上才被人发现呢？这一点非常奇怪。”郑东刻意压低了自己的音量，但他高亢的嗓音还是显得十分突兀，赵云泉知道这家伙的性格，憋了这么久没说话已经是极限了。

郑东提出的疑点确实蹊跷，但一阵小声讨论之后谁也无法给出一个合理的解释。接下来的几分钟里，整个监控室内仿佛也被按下了暂停键，没有任何声音和走动，只剩屏幕上还滚动着各个视角的录像画面，直到房间里唯一的女性声音突然在角落里响起，“是……赵队长吗？我想到一个事情，不知道是不是和今天的案子有关。”赵云泉这才注意到站长的长相，留着干练的短发，气质倒挺适合一身警服。

姓名刘添安，56岁，本地户口，离异，在一家外资电子厂工作，没有任何犯罪记录。顺着站长手指的方向，赵云泉看到了一台屏幕上显示出的被害人信息，他示意站长继续往下说。

“刚刚救人的时候我就觉得眼熟，后来我一直盯着这个照片，才总算想起来了，我见过这个人。”

“什么时候见到的，你认识他？”

“我不认识，但是半年多前出过一个事情。应该是七月份吧，有个人在地铁上突发心梗，当时现场处置和送医都很及时，才保住了命。本来领导还想将此事作为一个优秀事迹来宣传，谁知道那人出院后没多久就跑来地铁站闹事，说口袋里一块价值好几万的手表被我们给弄丢了，最后还是找了警察看了监控才算证明了清白。”

“之后，所有的站长都参加了专项会议，学习如何在救助过程中保护好自身权益，这件事我印象很深，就是这张脸，不会错的。”

“谁会把几万块钱的表装在口袋里，哼，这还真是坏人变老了啊，有人对他下手也不奇怪了。”郑东突如其来的情绪是因为警察在办案过程中时有这样的遭遇，因此执法记录仪才成了必不可少的装备。

“这样的人还挺多，谁碰上都算倒霉，这么一说我才想起来，听说他当时也是搬了一张椅子，在站务室里坐了一整天，就差睡在里面了。”站长越说越激动，肢体动作也夸张了起来。

受到站长的情绪感染，底下的刑警们也是声讨之声四起，眼看着监控室快要变成批斗会场，赵云泉突然提高了音量：“我们的职责是将那些行为上犯罪的人绳之以法，而不是让每个人都成为道德楷模，并且我们也没有那个能力做到。”

说罢，他拿起手中的证物袋朝着站长晃了晃，“这样的危险品在安检的时候发现不了吗？”地铁安检的形式主义赵云泉怎会不知，但是这样一个问题确实能让对方很快安静下来。

他扫视了一圈，确认所有人都重新恢复了专注才继续往下说：“现在车厢内的监控还没送到，证物检验也需要时间，不能再等了。郑东，你负责被害人的背景调查，伤势情况也由你跟踪，一旦有条件，第一时间拿到证词。”

“王占辉，你留守监控组，除了站台和车厢内的录像，可能还要结合被害人的生活路径调阅其他的监控，你们的任务最重，还麻烦李站长继续协助我们。”

“老张，帮忙联系线路上所有的站内民警，让他们调查一下两个小时内是否有异常的情况发生，遇到可疑人员也要加强盘查。”

“现在还不到 7 点，抓紧时间。如果没有重大突破，10 点开分析会，希望到时候证据都能串起来。”缺乏目标的等待对这帮刑警而言才是最为难熬的事情，接到指令后，他们反倒是松了口气，欣然投入到了任务之中。

现场的物证短时间内指望不上，目前最大的希望仍是车厢内的监控，但是一旦监控无法直接锁定犯罪嫌疑人，被害人的背景调查就变得非常重要，只要能够找到作案动机，凶手就八九不离十了，到时候再辅以视频监控就能定罪。这两条线必须同步进行，王占辉细致缜密，在框架下办事绝无差错；郑东机智果敢，善于和人打交道，两个都是他极为信任的人选。

赵云泉留在现场又反复看了另外几个角度的监控，结果并无意外，仍旧一无所获。他在房间里来回踱着步，脚底却愈发觉得冰凉，就连腹中也接连不断地生产着气体。他的胃对于不能正点吃饭早就妥协了，因此这不是简单的胃酸分泌过多，而是他太紧张了。

“赵队！”门砰的一声打在了墙上，赵云泉转身看见了气喘吁吁的张韩民，“刚刚得到的消息，七号线‘三里’站半个小时前曾有人报警，怀疑和这个案子有关。我已经让人把他带去所里了。”

“好，去你们所。”

4

陈晖直直地坐在木制的桌子前，对面的警察简单核实了身份之后便没再发问，自顾自地在那儿看着手机，陈晖的手机则被收走放入了一个透明的袋子。

收到那条消息之后，陈晖先是陷入了慌乱，但转念一想或许只是对方一个无聊的恶作剧，他接连发送了两条消息询问情况，陌生人始终没有回音。直觉告诉他还是应该报警，如果真出了事，说不定还来得及救人。在“三里”站下车之后他立即找到了在站内执勤的民警，报告了情况。

民警同样对内容的真实性存疑，但一时间也没有办法与对面取得联系。出于正常程序，民警记录下了案情和陈晖的联系方式。

出站的时间是 18 点 05 分，因为刚才报警的耽搁，已经比计划晚了 20 分钟。然而陈晖心里却有些暗自庆幸，因为今天的计划，本就不可能取得真正意义上的成功，与其品尝行动完成后的苦涩，倒不如一开始就错过为好。正是这种矛盾的心理让他既没有选择更加直接的行动方式，也没有给计划预留足够的时间。

天已经彻底暗了下来，细密的雨幕将城市的各色灯光模糊成了一幅印象派油画。迎面而来的行人裹挟着风雨，无不抓紧着最后几步，向地铁站发起了冲锋，逆流而上的陈晖也将冲锋衣的帽子和衣领全部束紧，正好可以掩饰他不停搜寻的目光。

沿着三里路往北走，在第一个十字路口右拐，很快就能看到一个创意园区。说是园区，其实就是由无法继续经营的厂区改造废旧厂房而成的商办综合体。在地图上，整个园区有两个大门，他选择了更靠近地铁站的大门边上的一家便利店。便利店的落地窗前有一排可供小歇的座位，这是最适合悄悄观察的地方，而窗外理应是女孩下班的必经之路，现在他要做的就是等待。

“咔嗒”一声，右侧的铁门打开了，面前的警察赶紧起身迎接，简单交流过后，门外的两个人便径直坐到了对面。左侧那人穿着警服，年纪稍大，皮肤黝黑，陈晖很容易将他的形象与宣传画册上辛勤劳作的农民联系在一起。右边的人身着一件卡其色冲锋衣，两鬓的白发让人猜不透年龄，阴晴不定的目光此刻正如同高中班主任一般审视着自己。

“我就开门见山了，我是刑警队的赵云泉，把你找来的目的是要和你核实一下你之前报案的内容。”开口的是右边那个人，声音并非想象中的那样低沉嘶哑，而是平稳有力。

“你叫陈晖，今天 17 点 50 分左右在‘三里’站向值班民警报告了一起杀人案件，没错吧？”

陈晖在便利店接到了警察的电话，又生平第一次被警车接走，他就清楚刚才收到的信息绝不是什么恶作剧了。

“我不确定是不是真的杀人了，只是我手机中收到了一条消息，说有人要杀他，让我帮他报警。”

赶来的途中，赵云泉已经和前往医院的物证人员联系过，被害人的外套口袋里发现两部手机，其中一部经技术鉴定正是发消息给陈晖的手机，但由于密码锁定，暂时还不知道所有的对话内容。

赵云泉拿起了陈晖的手机，“能否告知解锁密码？”这是不容拒绝的语气。

“××××。”

赵云泉翻开了两个人对话的内容：

17:16 陌生人：“您好，还记得我吗？”跟着一个微笑的表情。

17:16 陈晖：“你好，请问你是？”

17:20 陌生人：“上次我们公司做推广的时候加了您的微信，现在有个新推出的产品您可以了解一下。”

17:24 陌生人发来了一条链接，赵云泉粗略浏览了一下内容，是介绍投资理财的，但不像是正规的渠道。

17:24 陈晖：“谢谢你，但我不感兴趣。”

17:27 陌生人：“不好意思，打扰了，请保留我的联系方式，我们下次再聊。”

17:37 陌生人：“帮我报警，有人要杀我。”

17:37 陈晖：“你是谁？你在哪里？”

17:38 陈晖：“发生了什么事？”

“你认识这个人吗？”赵云泉问话时眼睛仍然没有离开手机屏幕。

“我完全没有印象，连什么时候添加了这样一个好友也不记得。”

“还能记得你收到每条短信的大致时间吗，当时你在什么位置？”

“我大概 17 点 10 分在‘高新路’上的二号线，上车没多久就收到了第一条消息，聊了没几句我就走神了，那条说下次再聊的消息正好是地铁停靠‘新城路’站的时候发来的，因为差点坐过站，所以记得比较清楚。最后那条消息我是在七号线上收到的，应该才坐了一站。”所有经过已在陈晖脑中回顾了好几遍。

“我们查过你的住址，回家应该是二号线转六号线，今天为什么坐七号线？”

陈晖犹豫了一下，此行的目的虽然没什么好隐瞒的，但真要说出口还是有些尴尬，“我去找一个人。”

“说一下对方的姓名和联系方式，和你什么关系，我们会去找他核实。”

“我没有她的联系方式，我只知道她的名字，叫唐佳期……嗯……我想她应该不认识我，也根本不知道我要去找她。”陈晖说完也觉得自己十分荒唐可笑，不过事实就是如此。

他在大一的选修课上第一次见到了那个女孩，他刚起身想去走廊里透透气，就看到了匆匆走进教室的她。仅仅一刹那的对视，他便再无力挪动半步，只能狼狈地再次坐下，其余的记忆里，只剩下女孩的一袭白装。然而接下去的故事也就如同那次坐下一样，没有前进半步。他始终默默地观察着，幻想着，却不敢有任何情感上的表达，因为他自认为能力平庸，绝对无法与女孩相配，就连女孩的名字也是在课堂上传作业时悄悄记下的。整个大学四年，他清晰地记得每一次或长或短或偶然或故意为之的相遇，有时他会觉得女孩也注意到了那个一直悄悄注视着她的人，甚至偶尔的目光相触，他也能感受到淡淡的温柔与好感。他曾无数次告诉自己，下一次见到女孩，一定要说上一句“你好”，然而，直至毕业，女孩对于他始终只有一个名字，没有一句对话，一个问候。

“你是说你要找的人根本不认识你？所以你今天晚上去三里的事情没有一个人知道？”赵云泉摸了摸鼻梁。

“是的，我和家里说的是在公司加班，因为是下班之后，公司里就更没人知道了。”

“那你为什么去找她？”

“暗恋，我喜欢这个女孩，我只是想要看她一眼，看看她现在究竟怎么样了，这就是我的目的。”这一次陈晖回答得很快，像是早就准备好了答案，面对警察他反而可以毫无负担地坦白心声。其实毕业以后，这份深刻的牵挂已慢慢变成了一种遥不可及的念想，如果不是昨天的梦再一次点燃了他压抑已久的冲动，他也不会有勇气再去窥探女孩的生活。然而他最终的计划一如当年，只是在女孩下班的路上能悄悄看上一眼，就心满意足了。

“你是怎么知道地址的？”

“我知道她的名字，很容易就能在网上搜索到她的简历，通过公司的名字就能确定地址，不过简历已经有两年没有更新了，我不确定她是不是还在那里上班，而且因为报警的事耽搁了，我没等到她，不过她也可能还在加班。”陈晖仍自顾自地享受着倾诉的畅快。

赵云泉此刻无暇关注年轻人的感情问题，他提问之后更多的是在观察着对方的神情。对面的男人相貌并不讨厌，但略显后退的发际线让他失去了神采，深深凹陷的眼眶也显示着长期积累的疲劳。他试图在细微的表情中寻找一丝作案成功后难以掩饰的兴奋或者紧张，但他看到的只有无尽的沮丧和倦怠。

“好的，你说的我们会逐一核实。”

“还有一个问题，你今天在地铁上还遇到过什么奇怪的事情吗？”赵云泉深信每一个当事人总能感知到一些证据之外的关键线索。

“想到什么都可以吗？有些事情可能只是心理作用，不一定是什么线索。”陈晖最感奇怪的是为什么警察一直问他关于地铁上的情况，难道命案就发生在地铁上？

“想到任何事情都可以说，无论是看上去就不正常的，或者是心里觉得奇怪的。就像你刚才那样说就行。”赵云泉并非有意调侃陈晖将他当成了感情顾问，他只是希望陈晖能说出最直观的感受。

在陈晖的脑袋里，每一次记忆片段的重新拼凑都像是在放映一部黑白的无声电影，清晰却不真实，而他此刻要找的，是画面中闪现的奇异色彩。

“有两件。第一个是我上车的时候看到了一个奇怪的中年人，他摆了张自己的凳子坐在车门旁边，当时车厢里还挺空的，他坐着也就坐着，但之后车厢里就越来越挤了，那个人还一直那样占着一个挺大的位置，完全不顾周围的人。”

赵云泉没想到会一击命中，眼前这个人竟然和被害人在同一节车厢，不过这与他之前描述的上车时间是相符的。“你上车之后站在了哪里？那个中年人或者他周围的人有什么奇怪的举动吗？”

“我因为要在‘新城路’下车，所以就靠在了他旁边的车门上，那个人一直弯着腰，感觉像是睡着了，我也没特别注意。”

两个近在咫尺的人却在用手机聊天，一个是被害人，另一个人收到了死亡留言，赵云泉觉得这很难用巧合来解释。他再次死死盯住对面年轻人的脸，他是真的不知道被害人就在他身边吗？其实从一开始赵云泉没有向陈晖详细介绍案情就有这个考虑，一些冒充目击证人的凶手往往会在编造证言时尽可能多地使用真实细节来增加故事的可信度，但最终还是会因为某些只有罪犯才知道的内容而露出马脚。

“也就是说你一直站在那个人的左边？当中还隔着人吗？”

“我不太明白您的意思？”

“就按照实际情况说，他的左手边和你之间是否还站着其他人？”

这个奇怪的问题让陈晖的回忆有些磕磕绊绊，“他的位置……应该不是完全靠在车门上，所以我其实是在他……左后方，我身前和右边都有人进进出出，我也不太确定这算不算是隔着人。”

赵云全感到心率加速，“另一件呢？”

“就是最后发来的那条消息，我觉得那不像是真正的求救信息。”

“说下去。”

“……假设那个人早就知道有人要伤害他，或者说他被人限制了人身自由，好不容易才拿到了手机向外求救，那他为什么要先和我说一堆做广告的内容，他应该立即就要我报警才对，除非整个过程中他都是受人胁迫。如果他是在和我对话时遭到了突然袭击，第一反应也应该是大声呼救或者直接进行搏斗，用手机并且使用打字的方式来求救也说不通。即使他有时间完成这一操作，从信息的内容来看，一个面临生命危险的人哪有工夫打那么多字，直接发送一个位置定位，再加上报警两个字，不是速度更快，信息量也更大吗？”

“我感觉，之前推销产品的和最后向我求救的其实是两个人。”这句话更像是陈晖在自己嘟囔。望着默不作声的赵云泉，他觉得自己又说得太多了，“我说的有问题吗？”

赵云泉用手搓了搓脸颊，深深呼出了一口气：“不，你说得很好，看到消息之后我也有相似的疑问。”说着，他又狠狠地蹂躏了一番自己的鼻梁，仿佛是鼻骨被揍歪之后的矫正手术。

“今天恐怕你没办法去见那个女孩了。”

“嗯，现在有点晚了。”

“我的意思是因为办案需要，今天晚上很有可能还要找你来核对证词，我让张警官给你安排一个休息的地方，请你不要随意活动。另外你的手机暂时也不能还给你了，你可以用派出所的电话给家里报个信。”

陈晖已从之前的架势中感觉到了案情重大，他也有可能被认作潜在的犯罪嫌疑人，这样的说辞恐怕是将他监控起来的一种方式，不管怎样，总比直接丢进牢房里要好。

“赵警官，我只有一个要求，能不能给我一颗止痛药，我现在头实在疼得难受。”

赵云泉终于明白陈晖面色颓然的原因了，他也无数次在镜子中看到这样的面容。剧烈而不规则的头痛就像是一个深入脑髓的钻头，不停地绞拧着神经，整个人的体力和意识都会随着血管的搏动慢慢流失殆尽，这是唯一让他想要结束自己生命的体验。

他熟练地打开钱包，找到了一板已经被抠得千疮百孔的药片，所幸上边还留着两颗止疼药，他分给陈晖一片，又倒了一杯水，自己服下了最后一片。陈晖被带走之后，他还特意嘱咐张韩民再给陈晖送去一盒止痛药，这或许是出于同病相怜吧。

感到疼痛被稍稍抑制后，赵云泉再次拿起陈晖的手机，将整段对话反复翻看了好几遍。如果撇开那条求救信息，其余内容是一次再正常不过的网络推销，但就是最后那句话却和这起现实中的伤人案联系在了一起，只是这种联系暂时还无法用逻辑来解释。

但好在还可以通过发信息的时间来还原整个凶案的时间轴，赵云泉决定换一个思路。17 点 16 分陈晖第一次收到消息，当时他和被害人在同一节车厢，17 点 27 分陈晖收到了求救消息前的最后一条消息，几乎同时他在“新城路”下车，换乘七号线，到这个时间点为止，之前的对话内容是通顺连贯的，那么可以大胆假设被害人此时还没有遇害。

17 点 37 分，求救信息送达，此时地铁驶到了哪一站？赵云泉快速在记忆中检索着。突然，他感到背后一阵寒意袭来，浑身上下都立起了鸡皮疙瘩，他清楚记得监控画面右下角的时间，17 点 37 分，被害人乘坐的列车早已驶离了事发站台，距离他倒地已经过去了 4 分钟。

5

“我们的职责是将那些行为上犯罪的人绳之以法，而不是让每个人都成为道德楷模。”

这句话一直在郑东脑袋里回响，自己从事警察这份职业的意义真的只是这样吗？有些人犯下过屡屡恶行，只是因为没有触及法律的边界，就可以潇洒度日，这样的人难道没有办法去惩罚他们吗？如果发生了以恶治恶的罪案，那么究竟哪一种恶更可怕？哪一种才是自己想要努力去根除的呢？

郑东明白任何理由都不能成为犯罪的借口，只是他也的确无法回避对于某些罪犯的情感认同，或是对某些受害人所作所为的深深厌恶。常有人说他当了这么多年警察，看透了人性善恶之后依旧保有初心，他也不知道这能不能算作表扬。

那么对于医生而言是否也有同样的困扰？救人一命胜造七

级浮屠，但是救助的每条生命真的是等值的吗？如果延长的是某些奸恶之人的生命，那究竟是在行善，还是在助长罪恶？若论职业道德，医生自然应该平等看待每一位患者，但如果知道手术刀下的病人转天就会在网上将自己全心全力的救治说成是谋财害命，心里真的可以做到没有一丝怨恨吗？

郑东茫然地盯着 ICU 的玻璃门，看着磨砂玻璃透出各种仪器忽明忽暗的灯光，就像是生命之火与死神一次次地奋力对抗，被扑灭之后，又顽强地燃起。

刘添安工作的电子厂位于城南郊区，他是生产流水线的维修组组长，不用轮值夜班。今天他也是 16 点 50 准时下班，和平时一样乘坐二号线回家。据领导和同事的描述，他平日里人际关系非常简单，工作之余也没有什么不良的爱好，属于不太可能与人结仇的性格。唯一值得注意的是，同事反映他近半年来穿衣风格有了一点变化，开始偏爱一些淡色的衬衫或是 T 恤，大家都觉得他可能新交了女友，不过警方从通话记录和平时的消费习惯上都暂时找不到这样一个人。

没想到的是，在进一步梳理被害人网络社交关系的过程中，却意外发现了刘添安的另一面。去年治愈心梗出院后不久，他的各种账号就频繁活跃在几大门户和论坛有关医患矛盾报道的评论区，痛斥国内医生手术水平低下，导致他心脏功能严重受损，住院期间也只顾乱开药赚钱，却疏于对病情的关心。虽然他的言语几近恶毒，却总能引来众多网友的共鸣，甚至他在某起杀医案的评论中大呼“杀得好”时也得到了一片的声援。

听完郑东的汇报，赵云泉立即同意将这个发现作为新的调查方向。对网络暴力言论的惩罚，这个不同寻常的动机符合案件所呈现出的特殊仪式感。

“咔嗒”，电磁铁松开了，护士长将玻璃门拉开一个很小的角度，露出了全副武装的脑袋，“张主任从急诊室出来了，马上过来，你在这里等着就行了。”20分钟前，护士长就说过类似的话，不过郑东完全能够理解。

“刘添安有苏醒的迹象吗？”护士长摇了摇头，似乎已经厌倦了向门外的刑警一次次解释病人的情况，郑东只能识趣地表示感谢。

又过了大约5分钟，正对ICU大门的电梯里终于出现了一位医生，不等郑东开口，对方先做出了一个歉意的手势：“警官，不好意思，让你等了这么久。”相较略显疲惫的面容，对方的声音仍饱含着精神。

“哪里，是我们打扰了你的工作。不过这个案子非常紧急，只能这么晚来找你了解情况。”

“我刚刚在网上也看到了这个案子，之前科室里同事们还在讨论呢。你就直接问吧，希望我能帮上忙。”张主任摆弄了一下口罩，大概是刚刚匆忙赶来的原因，口罩都甩到了脖子后边。

“病人之前就有过心脏的问题吗？”

“是的，我们查过他的病史，去年有一次心梗，当时做了血管舒通，也放了支架。”

“那次手术效果如何？现在能知道吗？”

“从今天的检查来看，手术效果还是很不错的，不过当时他的血管堵塞程度比较严重，心脏功能还是受到了一些影响。”三甲医院急诊科主任的判断应该是值得信任的，刘添安所谓的谋财害命则完全是罔顾事实的偏见。

“刚才护士长和我说，刘添安血液中 X 离子非常高，这是他今天心脏病再一次发作的原因吗？”

“X 离子偏高会造成心肌收缩乏力，对于他的心脏情况来说，这就是致命的打击，但这和之前的冠心病不同。”

郑东似懂非懂地点了点头。

“病人的伤口情况怎么样？能否大致分析出针头刺入的情况？我知道这对一心抢救病人的你来说可能有些强人所难了。”

张主任却会心一笑，“跟着救护车过来的警官也提了这个要求，所以之前特地留意了。伤口在左侧腰上，由下往上刺入。比较奇怪的是针头进入人体的长度比较长，但是深度不深，也就是说进入人体的角度较小。”

“他那个时候是坐着的，并且弯着腰，从下向上刺的话，的确有可能形成这样的角度。”

“嗯，这样倒也说得通。是像网上说的有人故意在地铁上用针筒扎人吗？”

“目前还只是怀疑。”郑东没想到对方突然发问，只能给出这个模糊的说法。物证科已经有了结论，注射器里残留的液体含有大量 X 离子，针头上也提取到了伤者的组织，毫无疑问这是一次故意实施的杀人行动。

“按你的经验，X 离子从注射到发作大概要多久？”郑东顿了一顿，“假设真的有人这么做。”

“我不清楚注射的浓度和剂量，而且肌肉注射的反应会慢一些，你们可以咨询一些药理学的专家，但我猜测不会超过 10 分钟。”

“10 分钟。”郑东重复了一遍，目前这个时间推测还派不上用处。

“这个 X 离子获取困难吗？”

“X 离子在药品中就很常见，虽然不是谁都能轻易买到，但通过医院或是别的渠道弄一点来应该不是什么难事，如果你们要从这个方面入手，怕是范围太大了。”张主任的回答和已经掌握的情况一致，从毒药源头来追踪凶手看来行不通。

“对了，还有一个事情差点忘了说了，他的血液中还检测到了安眠药的成分。不知道对你们破案有没有帮助。”

郑东不住地点着头，“我也正要问这个事，被害人在案发过程中没有做出任何抵抗或是呼救，很自然让人联想到他是否服用了安眠药之类的药物，非常感谢你们的细致工作。”听到郑东的夸奖，张主任颇有些不好意思地挠了挠头。

最后郑东又询问了刘添安究竟什么时候才能苏醒，却还是得到了“谁也不能保证”这样的答案，权威专家在这类问题上显得尤为谨慎。

问话在 20 点 30 分结束，时间对郑东来说刚刚好，他下一个要走访的对象，刘添安的前妻，应该已经到了医院。刘添安父母都已经去世，离婚之后就是孤身一人，所以今天这样的情况，医院只能通知他的前妻来办理各种手续和缴纳相关费用，这倒是为郑东省去了路上的耽搁。

6

看着姜华办理住院手续的过程比刚才在ICU外的等待还要难熬十倍，郑东有种强烈的预感，一定能从眼前这位被害人前妻身上找到缺失的那几块拼图。他不停揉搓着脸颊，掌心传来粗粝的触感，但姜华的动作却是不紧不慢，既没有流露出对于为前夫处理这些事务的厌烦之情，也看不出有些许紧张或是关心的神态。

精致、知性，符合年纪的衣着，明显经过护理的身材和皮肤，这是郑东作为刑警对她的第一印象。

手续办完后，此时门诊大厅就诊已经结束，只零零星星坐着几个病人，两个人找了一处空着的长排座椅，开始了谈话。

“找你来的原因不用多说了，你的前夫现在也还没脱离危险，大家都希望能早点抓住凶手，所以请务必认真回答我的问题。”

姜华点了点头。

“你和刘添安离婚几年了？”

“已经快三年了吧，2015年5月份离的婚，现在已经是2月了。”

“离婚的原因是因为那件事情吗？就是你女儿的事？”郑东也无意一上来就揭人伤疤，不过这是能最快切入主题的方式。

刘添安和姜华的女儿刘嘉依在5年前曾经因为交通肇事造

成一个小女孩腿部留下终身残疾，她因为随意变道被交警认定为全责，这在当时也算是一个热点新闻。事情过去两年之后，刘嘉依在美国留学期间突然失踪，至今生死未卜。

姜华并没有对这个问题表露出太多惊讶之情，或许她早就预感警察一定会问起这件事，“我们的感情一直挺好，如果不是女儿的事情我们应该不会走到这一步。”

“离婚是你提出的吗？”

“是的。”

“那么你提离婚的根本原因是刘添安私下接受了那笔赔偿金，对吗？”

姜华一怔，似乎无法理解这个问题与案子有什么关联，“其实无论他当时是否接受了那笔钱，最终导致离婚的原因还是女儿的自杀，没有了女儿，我们已经无法面对对方了。”看来在这对夫妻的心中，女儿已亲手结束了自己的生命。

“你心里怪他吗？”郑东通过背景调查已经了解了故事的大致版本，当年的交通事故中，刘嘉依驾车违规变道造成后车追尾，被撞之后车辆失控翻上了人行道，才造成了那个小女孩的受伤。虽然交警方面已经认定了刘嘉依负全责，但一位小有名气的律师曾受托为刘嘉依进行辩护，他主张后车应该为整个悲剧负上主要责任。就在准备上诉的前夕，后车的驾驶员主动表示愿意承担小女孩 20 万元的医疗和赔偿费用，刘添安就此主导放弃上诉。案件的结果对刘嘉依造成的巨大心理压力，被认为是她日后失踪，甚至自杀的主要原因。

“当然是怪的，他做了懦弱的决定。”姜华下意识地拨了一下垂落的发丝，声音开始透出悲伤的味道。

“他一向这么看重钱吗？因为我们查到他在做一些网络理财的推广？”因为20万元就主动放弃了替女儿辩驳的机会，也难怪会去讹诈地铁公司那几万块钱了。不过女儿都已经不在了，对钱的执念还有什么意义呢？郑东对此不能理解。

姜华一脸茫然，郑东继续说道：“就是在手机上向别人推销一些在网络上借贷的平台。”

“年轻的时候还好，不过就是因为太没把钱当一回事，造成了人到中年还要不停为钱操心的局面吧，想要将女儿送出国，留学的巨额费用让我们对钱的态度一下子改变了，不单单是他，我也一样。”这一点郑东也深有体会，成家之后的经济负担，他也是倍感压力。

“但你说的推销我没听说过，说实话，出事之后我根本不关心他还在干什么事了。”姜华又恢复了之前的平静。

“你了解他现在的社交圈吗？他有没有可能因为新交了女朋友而存在缺钱的情况？”这个问题似乎对一个晚上赶来为前夫缴纳住院费的女人来说有一些残忍。

姜华没有说话，只是摇了摇头。

刘嘉依的那起案件，在郑东看来应该和今天的伤人案没有什么联系，受伤小女孩的家属没有理由在5年之后选择对刘添安进行报复，不过当年的种种，都可以说为今天再一次的悲剧埋下了种子。

“你觉得刘添安是一个怎样的人？有可能与人结仇吗？或者你知道有什么人会有伤害他的动机？”

“他怎么说呢。”姜华轻轻叹了口气，“就是读书人的性格吧，做事没什么魄力，还总是在意别人的眼光。以前性格是挺温和的。不过离婚之前，脾气就越来越差了，至于得罪过什么人我不清楚。”

“也就是说，女儿的事让他的性格有了巨大的变化？”

姜华的眼神有些闪烁，“女儿的事，离婚，自己又因为心梗去鬼门关走了一遭，可能心态彻底坏了吧，谁能经得起连续的打击呢？”

郑东认同姜华的说法，人生中的重大变故往往会让人心态失衡，价值观崩塌。有些人会一蹶不振，自暴自弃；有些人会武装自己，报复他人；有些人会从谦谦君子变成无耻小人。虽然可悲，但这些变化都是合乎人性的。

郑东把一叠早已准备好的资料递给了姜华，上面是刘添安的账号在网上的发言记录，“请你确认一下这些账号是否是刘添安本人的，你知道他在网上都说过这些话吗？”

姜华只是粗略地翻过了前几页纸，便停了下来。她轻哼一声，不停地摇着头：“这完全不像他，我也没想到他现在会变成这个样子。”

7

由于空腹吃止痛药，加之偏头痛引起的胃部不适，赵云泉已经呕吐了两次，但这只不过是给已经过热的钻头稍稍冷却降温，随之而来的又是一次急速地启动。他只能逼着自己在服药前先咽下几块面包，直到第三颗药起效，才算是暂时拉下了给钻头供电的闸刀。

大脑的混沌消散之后，过于亢奋的血液迅速充盈进了胃里，这是赵云泉极少体验到的饥饿感，好在现在外卖便捷，在热汤热饭的滋润下，他的所有生理机能开始慢慢恢复。每一次这样的复苏都会让赵云泉清楚地认识到，自己所谓的毅力和斗志只不过是在刚才那样的绝望困境下能撑得久一点罢了，一旦失去了不停驱使的外力，他的大脑只想静静地休息。

见过陈晖之后，他第一时间联系了技术部门、通信软件公司以及手机网络运营商，半个小时前他已经得到了较为完整的回复。被害人口袋里有两部手机，都是苹果 6 代的型号，虽然尚未破解密码进行实机的检查，但可以确认其中一部手机装有刘添安实名认证的电话卡，亲友和同事也证实，这就是刘添安日常使用的手机号。

另一部手机的机主是贵阳市一位 36 岁的女性，身份信息与链接所推广的理财平台上绑定的提现银行卡一致。但这样的套装显然并非本人持有，而是常用于金融诈骗和羊毛党，因此出现在这类无法界定的金融平台上也不奇怪。

这个卡号几乎没有电话和短信，也就没有可以证实身份的联系人，而用这个手机号注册的常用通信软件也只有微信一种。刚才软件公司已经将服务器上该账号的聊天记录全部发送了过来，这个账号最后一次通信就是和陈晖之间的那段对话，在发出那句“帮我报警，有人要杀我”之后，便再也没有向外发送过任何信息。在发送时间这个关键问题上，赵云泉向运营商以及软件公司分别做了确认，双方都提供了详尽的后台日志，时间精度达到了毫秒级，最后这条求救信息的发送和接收时间都是 17:37:42，无误。

对于这条如鲠在喉的求救信息，赵云泉不愿过早去做主观的推测，他只深信一点，在现在的刑侦技术面前，凶手所有的行为都会留下不可磨灭的痕迹，为了制造谜团而做的多余动作也只会进一步暴露自己。甚至在其他证据充足的情况下，警方完全可以暂时不去踩这个可能的陷阱，不过他还是简单罗列了几个疑问：

第一，这条消息是否是刘添安自己发送的。如果是，是什么因素造成了延迟，这个因素是否可以模拟或者复现。

第二，如果信息是刘添安发出的并且找到了延迟的原因，那么能否知道精确的延迟时长，从而反推刘添安遇袭的时间。现在唯一确定的是，这段时间要远大于 4 分钟。

第三，鉴于内容和时间上的疑点，有理由怀疑信息并非出于刘添安本人，那么应当是凶手发送了最后那条信息。这时问题又一分为二：一种情况是刘添安就是机主，凶手是在行凶之后才拿到手机并且在发完信息后又将手机放回到刘添安的口袋里。另一种情况是凶手才是这部手机真正的使用者，所有的聊天都是为了让警方对作案时间产生误判，但他还是要找到机会将手机放在刘添安身上。

第四，假设一切都是凶手所为，目的不外乎混淆案发时间，同时制造不在场的假象。那么最终又是什么原因导致整个计划出现了失误，让这条信息出现了明显的时间漏洞。

第五，这是赵云泉最不愿意看到的局面，所有的一切都是凶手刻意营造的，为了炫耀和挑衅。

最后一个归队的郑东也赶在 21 点 50 分回到了局里，会议室里所有办案人员都已就座。像警察这样的职业，每个人的能力评价都是靠着一起起案件的侦破实打实积累下来的，没有投机取巧之术。也许正是出于对他工作能力的笃信，当赵云泉汇报案情复杂，在限定时间之内难以破案的时候，领导也给予了最大限度的理解和支持，不仅协调了与运营商以及软件公司这类行业巨头的顺利沟通，也暂时为他挡下了来自舆论无孔不入的压力。

会议一开始，先由赵云泉全面介绍了案件的情况和目前的进展，有关那条时间错位的信息，赵云泉思考再三，还是决定和盘托出，他既不想整个调查方向被凶手牵着鼻子走，也不愿意由于个人的好恶而错失任何一条线索。经过激烈而短暂的讨论，大家一致同意将这条线索暂时搁置，继续按照原定的侦察方向投入力量。

接下去就轮到王占辉和郑东汇报他们的调查进度，王占辉那边的实时情况赵云泉心里有数，他负责的监控组仍处于大海捞针的状态，此刻他的面色自然不太好看。反观郑东，虽然连续奔波了近四个小时，但仍一副蓄势待发的样子，赵云泉相信这小子一定找到了一些有趣的线索，甚至是整个案件的突破口，此时正憋着一股劲，等着自己的发言。

“王占辉，还是你先介绍一下监控那边的情况吧。”赵云泉并非故意打压郑东，只是他在外调查，有许多进展还没得到及时更新。王占辉所讲的监控分析，即是确凿无误的事实，如果郑东在背景调查中已经有了一些推测，此时就能相互验证，理清思路。这样想来，倒是委屈了王占辉做了他人嫁衣。

8

“刚才赵队介绍了当前的调查进度，我这里结合监控再做几点补充。”

“事发站台的监控录像我们看了不下 10 遍，从被害人在列车开门时倒地，到被送上救护车，大约 15 分钟的时间。这一过程中，除了车站的工作人员，还有一位医生在听到了求助广播后参与了急救，围观群众中我们一共圈定了 3 个可疑人员，经过调查都已经排除了嫌疑。”

“关于车厢内的监控，二号线在每扇车门处都安装有一个摄像头，位置在车顶正中，360 度的镜头正好可以完整覆盖整个车厢，但前面介绍过被害人一直坐在一张折叠椅上，估计头部的高度不超过一米二，因此在大部分监控中，他完全处于被身前的乘客遮挡的状态。”

“被害人在‘高川镇’上车，这和他交通卡上的信息一致，上车之后他看到没有空余座位，就直接用随身携带的椅子坐在了车门与座位的夹角的地方。当时车厢里还比较空，监控录像能完整拍到被害人和周围情况，没有发现任何作案的可能。四站之后的‘金城路’开始，他就完全被身前的乘客给挡住了，再拍到他的时候，就是‘时代广场’站他倒在车门口的场景了。”

会议室的大屏幕上投影着几段监控录像，分别对应着王占辉介绍的情况。大部分人此前都没想到原本寄予希望的车厢监控能给出的信息竟然如此之少，既没有拍到行凶的画面，更别提凶手的正面影像了。

“‘金城路’到‘时代广场’，当中还有七站，目前只能把作案时间缩短到这七站之间吗？”一位旁听的专家立刻提出了问题。

“目前是这样的，通过监控，王占辉他们已经对这七站之间被害人附近的乘客进行了锁定，一共22人次，现在已找到8人。按照伤口位置，曾经出现在被害人左侧具有重大嫌疑的，一共5个人，目前找到3人，包括我刚才提到的陈晖。但初步的调查都没有发现作案嫌疑，也没获得什么新的线索，只知道被害人一直保持着弯腰低头的姿势，像是睡着的样子。”赵云泉对这个问题做出了回答。

“说实话，谁看见这么一个人都会刻意保持一定距离。再加上现在每个人一上地铁就只盯着手机，谁会一直去注意一个坐在角落里的人呢？没有直接目击者的确挺可惜的。”赵云泉的话透露出无奈的味道。

王占辉接着赵云泉的话继续往下说："鉴于被害人的行为比较特殊，我们按照赵队的意思查阅了案发前两个星期的地铁监控，发现被害人每天都是 17 点左右在'高川镇'上车，前后相差不超过两班。应该是由于之前心梗导致的身体原因，他总是随身带着一张折叠椅，如果车上没有座位，他就会自己坐在车门附近。可以说被害人的生活作息就像是机器一样运转着，同一时间，同一节车厢上车，甚至坐在几乎同一个位置。从这个角度出发，凶手应当是通过长期观察了解被害人的行为习惯，才能在监控如此严密的地铁车厢内找到由被害人自己创造的监控死角。"

赵云泉摩挲着嘴唇，这个结论符合他此刻对这件案子的定性，目标明确的蓄意谋杀而非临时起意和无差别袭击，他希望能够引导所有力量集中在这个方向上。王占辉汇报结束之后，赵云泉做了总结并布置了监控组接下去的工作。此时市局已经增派了人手，对接近过被害人的那22个乘客进行监控上的追踪，在座所有人都清楚这项任务的烦琐与艰巨。王占辉也明白他们所有的工作都不会白费，现在唯有坚持再坚持。

紧接着通信方面的专家也被安排发言，他主要针对被害人的两部手机进行了分析。其中从刘添安的实名手机卡最近一个月的通话、短信以及网络消息上看，无论是通信对象，还是通信内容，均没有可疑之处。

对于另一部手机，警方本想从话费的充值记录中获取机主的身份信息。但根据运营商的反馈，该手机号一直在使用线下的充值卡进行充值。这类充值卡在移动支付普及之后数量已经不多，但购买渠道依旧存在，一般书报亭或是小卖部都有销售，同时也不能排除机主此前收集了大量充值卡进行充值的可能。鉴于手机号和相关银行卡都是冒名的，机主如此小心地回避身份信息也在意料之中，这个思路就此中断 。

第二个调查方向就是通过信号定位来画出这个手机平时的运动路线，通过和刘添安的生活轨迹进行对比，以确认刘添安是否就是真正的机主。结果显示，该手机大量时间都处于无法获取位置的状态，而开机时段所显示的行程与刘添安所乘坐的二号线路线吻合。同时微信的聊天记录也可以佐证，所有通信均发生在他乘坐地铁回家的时段，内容与陈晖的那段对话大致相同，都是进行互联网金融的推销，通信频率约为每周两次，每次时长都不超过 20 分钟。

通常情况下据此就能初步认定机主即为被害人，但考虑到凶手对被害人的日常行为了如指掌，很有可能也经常同乘一班地铁，目前也有部分人持有机主是凶手的观点，平时那些通信只是为了模拟被害人的生活轨迹。

第三个重点就是那条迟到的求救信息，被害人的外套在信息发出前就被脱下，因此他没有可能接触到手机。软件商确认微信没有延时发送的功能，同时基本可以排除使用第三方工具或自行修改程序进行延时发送的可能性。并且现场几十次的试验也证明了站台手机信号良好，即使曾在隧道内发生过信号丢失的情况，到站后也几乎不可能造成长达 4 分钟的延迟。

解开机主的身份，一定有助于解答那条消息究竟是如何发送的，但此时赵云泉也说不好自己站在哪一边，无论往哪一边想，都还有许多解释不通的地方。

赵云泉转向下一个发言的郑东，没想到郑东也正以一种难以名状的灼热眼神望向这边。他不是那种容易紧张或是怯场的人，那么一定是在刚刚的发言之中，他的某些猜想得到了印证。

9

站在白板前的郑东两颊涨得通红，利索的短发根根竖直。介绍被害人背景调查时他的语速像是被按下了快进键，听上去有些荒腔走板，但他激昂的状态无疑是给奋战了五六个小时的战友们打下了一剂强心针。

调查内容介绍完毕，郑东丝毫没有停下而让大家展开讨论的意思，反而更加抬高了音量："被害人日常生活中没有找到具备杀人动机的嫌疑人，而从对他网络上的言论进行报复这一特殊动机出发，又根本无法限定犯罪嫌疑人的范围，直到刚才我在监控视频里看到了一个人，才有了一个大胆的设想。"

说毕，他望向了赵云泉，他接下去要说的内容还没来得及和队长沟通，赵云泉点头示意继续。

"王占辉他们可以说已经做到了滴水不漏，但到现在还没有实质性进展，这意味着我们的监控排查有极大概率存在着某些盲区……我想这个盲区来自于一个最为基本的判断，就是凶手一定和被害人在同一班地铁上。”

郑东的视线似乎故意避开了王占辉，“而那条特殊的求救信息，更无意间加深了这一判断，因为假装成被害人发送消息，行凶，最后再把手机放入被害人的口袋，这一过程应当只有在同一车厢的人才能完成。这让犯罪嫌疑人的范围被限定在了周围的乘客之中，也就此忽略了其他的可能。”

“你说凶手并不在被害人所在的车厢，那他是怎么做到隔空杀人的？”对于自己的工作被指出了疏漏，王占辉有些不服气。

“没有人能做到隔空杀人，我想说的是凶手完全有机会在车厢之外完成整个作案过程。请你在屏幕上播放那个叫陈晖的犯罪嫌疑人下车时的录像。”

王占辉迅速调出了这段监控。

郑东看着监控画面开始了他的讲解：“就像我所说的，之前在看这段监控时，所有的注意力都集中在了陈晖身上，因为按照之前的逻辑，他是画面里唯一具有嫌疑的人。”

“稍等一下，停，下一帧，好，就在这里暂停！现在的画面中其实还出现了另一个与被害人有过密切接触的人。”

“那个医生！”其他人还在小心分辨的时候王占辉瞬间给出了答案，现在他不得不同意郑东的观点了，在事发站台的监控里出现的重要人物却在这里被忽略了，因为此时他只是一个在站台上等候上车的乘客，和整个案件看似没有任何联系。

“你是指他就是凶手？那么他是如何作案的呢？”

“以一种即使在监控中看来，也并不可疑的方式。”

录像继续往下播，这一次，在“新城路”下车的陈晖不再是焦点，所有的眼睛都紧盯在医生身上。车门打开，车厢里的空间已经不多，外边的乘客都奋不顾身地往里挤，医生也跟着队伍往前走，很快车厢里就塞不下更多的人了，医生赶在关门之前还试图往里挤了一次，最终没能找到容身之处，又退出了车厢，陈晖也在同时下了车。

所有人都倒吸了一口冷气，郑东所说的作案方式已经明白无误地体现在了画面中。

“被害人随身携带的矿泉水里检测出了安眠药的成分，虽然还不清楚凶手是如何下药的，但此时被害人应该已经处于昏睡状态。他所坐的位置就在车门旁边，医生借着最后时刻挤入车厢，会靠近被害人，迅速完成了注射，然后假装没能挤上车的样子，又退了下来。这段录像中像他一样没能挤上车的乘客就有好几个，这样一个再正常不过的上车过程，凶手既完成了刺杀动作，同时也将自己置于一个从来没在车厢内出现过的安全位置。”

“但是有一个问题，医生如何确定被害人就在这班地铁上呢？”王占辉已经完全进入了郑东的思路中。

“这个我不敢确定，但前面提到过被害人所坐列车班次前后误差不超过两班，那么他到达‘新城路’的时间也是相对固定的。我时常在地铁站内看到这样的情况，有些人看见车厢快满了，就会让到一旁，等待下一班较空的列车，有时候运气不好，要等上两三班车，才会凑巧碰到较空的车厢。我想医生如果快到车门口时发现被害人不在车上，也会采用这样等一等的方式，最多相差几班车，被害人一定会来，这个行为在地铁站台上并不突兀。”

郑东吞了一口唾沫，润一润干燥的喉咙。

“另外考虑作案手法和药物来源，医生通过注射 X 离子的方式来攻击患有心血管疾病的被害人，也非常符合职业特征。”

“最后，关于那部手机的诸多疑点，我只能提出一些符合逻辑的猜测。凶手和被害人没有直接的个人恩怨，他是在替整个医生群体，对一个在网上不断侮辱攻击医生、恶化医患矛盾的网络暴民进行制裁。对于这样具有强烈象征意义的复仇行为，仅仅杀死对方是不够的，整个过程必须具有特殊的仪式感。”

“因此凶手选择在众目睽睽的地铁车厢内进行作案，对被害人曾被医学成功治愈的心脏进行攻击。为了让整个案件看上去更加神秘，手机就成了一个重要道具。他知道被害人对于钱财的需求，所以伪造了一个被害人进行网络推销的假象，实际上一直都是凶手在和这些人进行通信。凶手通过大量相同的对话，不但增加了手机属于被害人的可信度，也同时为这个精密计划进行反复的测算和排演。”

“如果进行详细调查，我想这些通话对象应该是在相同时间段内乘坐二号线的人，因为凶手还需要一个亲历者来向警方描述被害人是在聊天过程中突然遇害的。这样做极大干扰了对作案时间的判断，也同时增强了整个案件的离奇程度。塑造一个来无影去无踪、把警察骗得团团转的制裁者，这就是使用手机这一道具的根本目的。”

“行凶之后，医生会继续搭乘下一班地铁。如果被害人病发被人发现，地铁站通常会发布求助广播，听到广播他就会下车参与急救。即使没有广播，鉴于被害人心脏病发的症状，地铁方面绝不会贸然将他移动，所以同一位置的车厢内一定能看清站台上的情况，只要看到被害人，医生便会下车。在他主导的整个救治过程中，借机在手机上加上被害人的指纹，再把手机放进被害人的口袋里，整个计划就完成了。”

“并且无论他在凶器或是被害人身上留下了多少指纹或是DNA，都可以解释为是在救治过程中留下的，由此完美洗脱了物证嫌疑。”

“这就是在车厢之外完成所有犯罪过程的方法！”

郑东一直观察着赵云泉的反应，他的右手比成八字支撑着脑袋，这是他平日里思考问题时的姿势。他们没有过多的眼神接触，但郑东相信赵云泉已经部分认可了他的推论，当然，他还要解释最后那个疑点。

“凶手没有料到的是，被害人会在三站之后的‘时代广场’就被发现，此时他刚刚发出了最后的求救信息。当他乘坐的地铁突然因故停留在两站之间时，他便意识到下一站他就要下车了，紧绷的神经让他完全没有注意到此刻隧道里根本没有信号，信息一直处于等待发送的状态。直到他在下一站下了车，手机才连上信号，消息也才最终成功发出。他下车的时间与求救信息发出的时间基本相符，这就是造成被害人倒地后 4 分钟信息才发出的原因。”

“不过我想这个失误应该不在他的计划之中，他没有理由破坏自己的不在场证明。”

郑东的脸颊随着情绪的高涨而越来越烫，但会议室内却突然静得出奇。现在还没到谢幕退场的时刻，郑东再一次看向赵云泉，胸口还在大幅度地起伏。

赵云泉正了正身子，“立刻确定这个医生的身份，所有调查人员优先按照郑东的推论寻找相关证据。”他果断下达了命令。

10

李道雪，知名的神经内科专家。刘添安被送往医院之后，他继续坐二号线前往火车站，搭乘当晚 19 点 42 分的 D31 次列车，21 点到达 H 市，此行是为了主持一期由他的团队组织的研修班。

车驶入 H 市的时候已经将近 18 点，冬天的空气不好，天色就像是在纸上随意晕开的墨水，开始透出浅灰色的晨曦。破解谜团后的亢奋状态支撑着郑东一夜没睡，身旁的赵云泉刚接完一通电话，此刻正闭着眼睛，从深深浅浅的气息中可以判断，他并没有睡着。

“你的推理错了。”如果郑东不是一直注意着赵云泉的表情，他一定以为这是一句梦话。

“赵队，是刚刚的电话吗？王占辉他们有结论了？”

“是的，如你所言，那部手机的通信对象的确有一大半是二号线的乘客，但李教授平时的生活轨迹和手机信号的运行路线完全不相符……按照你的推理，这部手机应该一直在李教授身上，但实际上，李教授从‘新城路’才上的地铁，而手机信号却在之前就出现在了二号线的沿线上，因此他不可能是凶手。”

“他有没有可能使用了伪造定位的软件。”郑东在大脑里迅速重演了一遍案发经过，试图找到赵队话里的破绽。

“运营商给的解释是，伪造定位只能骗过手机内部的程序，但对于使用基站来连续定位的方式是无法伪造的。”

赵云泉清了清喉咙，“而且你疏忽了一个情况，二号线是双侧都会开门的。李道雪上车之后就在车门口，如果刘添安是在同侧车门打开的站被抬下车的，那么他能够看见站台上的情况，但如果是开对面车门的站呢？李教授如果不知道什么时间点下车，就无法保证能够实施最重要的作案步骤。”

“那就是说，凶手真的一直在这部地铁上，平时也一直乘坐二号线？”

“恐怕是这样的。”

郑东把视线转向窗外，牙齿紧紧咬在了一起，这个结论一下子将他所有的猜想都推翻了。本来争分夺秒赶往 H 市，是想在证据坐实的第一时间对犯罪嫌疑人进行讯问，现在却成了白跑一趟，一种来自内心深处的困倦迅速在郑东的身体里扩散开来。

“你觉得有自杀的可能吗？”赵云泉突然的提问吓了郑东一跳，从前座的后视镜里看，队长依旧闭着眼睛。

自杀在调查初期已被排除，郑东不明白赵云泉为何又突然提起。

“是上面的意思吗？”郑东试探地问道。

赵云泉的脑袋似乎随着汽车的颠簸上下晃动了一下。

“被害人的伤口在左腰后侧，从刺入的角度和力度来判断，不符合自行注射的行为特征。对外要用自杀来结案，恐怕太过牵强了些，不过如果不公布细节的话，也能说得过去。”

郑东本还想抱怨几句，却见赵云泉仍闭着眼睛并不接话，他猜不透队长正在琢磨些什么，只能识趣地终止了话题。

又开了大约 20 分钟，车直接驶进了一家位于城西的民营医院。和公立医院每天清晨人山人海的场面不同，整个大厅里只有寥寥几个参加体检的人，倒是协助工作的当地警察和院方的接待人员已经等在了这里。

在电梯里，郑东又忍不住发起了牢骚：“一大早的，为什么不去宾馆，或者把人直接带回局里，要跑到这医院来？”

“李教授是业界知名专家，也有很强的社会关系。既然不是犯罪嫌疑人，只能采用协助调查的方式，我们也得配合他的工作安排。”

会面被安排在 5 楼一间气派的会议室内。对于李教授这样的专家，选择任何一家民营医院来举办一次研修班，都会给医院带来大量的医疗资源，相较于公立医院，他也能在这里得到更高等级的待遇。

李教授披着一件印有医院标志的白大褂，端坐在长桌的正中，审视的目光完全像是在看等候求诊的病人。

“赵警官，有什么问题尽管提，只是希望不要耽搁太久，你知道，现在的病人都等不起。”

“李教授，我们来的目的您应当已经清楚了，我们就直奔主题。昨天您乘坐地铁二号线去火车站，是在‘新城路’站上车的吧？”

“是的，昨天下午我和一个美国的同学小聚了一下，差不多 17 点结束，本来想打车去火车站的，但半天都没叫到车，正好地铁站在附近，就去坐地铁了。”

“地铁里人很多吧，我们看您第一次都没挤上去。”

“确实很久没挤过晚高峰了，说来有些不好意思，昨天我穿了一件比较贵的西装，虽然我不像女人爱护奢侈品那样，但衣服弄皱了也很麻烦。所以我第一次挤了上去，想想不对，又退了下来。”

看着做工考究的金丝边眼镜和白大褂里露出来的精致袖口，赵云泉相信李教授平日里的确注重自己的仪表和着装。

“昨天您帮助地铁工作人员对一位乘客进行了急救，您还记得吧？”

“记得，车到了‘时代广场’，门还没开，我就听到广播在放有一个乘客晕倒了，如果现场有医生，希望提供帮助。和你们警察碰到罪犯就一定会去抓一样，听到有病人，我一定会去帮忙的，我从医二十多年，这是我对自己最基本的职业要求。”李道雪的说法没有漏洞，地铁方面证实，当时的确播放了求助广播。

“当时您做了哪些急救措施？”

“那个人是心脏的问题，其实现场做不了什么，我只是帮病人调整了一下姿势，让他感到舒服点，给他服了他带在身上的保心丸，之后只是做一些简单的观测。救护车没多久就来了，我向随车医生简单交代了情况，地铁恢复后我就去赶火车了。昨天晚上我问过一个学生，说他的情况不怎么乐观。”说到这里，李道雪的眉头皱了起来。

“嗯，到现在也还没有醒。”如果不是出于凶手对犯罪结果的关心，这就是真正源于一位医者对于任何经手病人的负责态度。

“他身上的注射器，当时是您拔下来的吧？”

“是的，看到那个东西我就意识到了问题，马上也有工作人员报了警。相比证据而言我想救人更要紧，不能让更多有毒物质进入他的体内了。”

“您做了正确的事情。但我们也需要比对指纹来排除一些干扰项，所以之前有同事来采了您的指纹。”

“非常理解。”

“那么李教授，耽误您的工作了，感谢您的配合。”

“赵警官，你们才是真的辛苦，希望我能帮上忙。”

“虽然不是什么好事，但如果你有需要，可以直接来找我。”李教授递来一张名片，赵云泉起身双手接过，顺势低头一瞥，上面印着个人的手机号。

“这个人已经完全排除嫌疑了吗？”出了会议室，郑东立即问道。

“在没有新的证据指向前，已经暂时排除嫌疑了，当地警方会监控他的动向。看你刚才心不在焉的样子，有新的想法了吗？”

“还没有，如果不是那个医生，那只能是同车厢的乘客，他们虽然都有可能装成被害人和陈晖进行对话，在完成刺杀后再把手机放回被害人的口袋里，但如何控制延迟发送信息呢？仅仅是因为信号不好造成的偶然因素吗？这根本讲不通，到站之后信号恢复最多只需要几十秒，不可能出现 4 分钟的间隔。”

“这个问题我也暂时没有答案，但是刚才提到的凶手一直在同被害人差不多的时段内乘坐二号线，这让我想到了一个人。”

和当地的同事快速完成交接后，他们立即动身返回 S 市。车还没开出 H 市的城区，郑东已经耗尽了最后的电量，瘫倒在后座上沉沉睡去。

11

白色光晕笼罩的梦境里，陈晖又见到了她，熟悉的教室里，女孩与他隔着一条走廊。

只有在这样的时刻，他才敢肆无忌惮地看着女孩的侧脸，如同欣赏一件艺术品那般专心致志。他用力地呼吸着，试图捕捉空气中女孩的味道，即便是梦里，他仍能感受到喉头的干涩。

当他终于下定决心，慢慢走向女孩，心里酝酿着一句“你好”的时候，梦又醒了。

阳光洒在白色的床单和被套上，让不再剧烈搏动的大脑产生了异常温暖和幸福的感觉。如果不是立即意识到自己正身处监视之下，他真想彻底释放一下积攒已久的欲望。令陈晖倍感疑惑的是，女孩的形象竟从来没有出现在那样的幻想之中，他自己也无法说清其中的心理原因。

躺在床上发了会儿呆，困意又渐渐涌了上来，再一次惊醒是因为敲门的声音，但门已经打开了，张局长正站在门口。

“总算醒了啊？”

“醒了。”

“你现在可以走了，手机还不能还给你，但电话卡你可以带走。记得保证我们随时都能联系到你。”张韩民将装在塑封袋里的电话卡递给了陈晖。

“已经抓到凶手了吗？”

“还没有，难不成案子破不了就关你一辈子？不过看你睡得这么好，要不我再给你多安排两天？”

陈晖赶紧跳下了床，从张韩民那里接过了其他的随身物品，随后张韩民安排出勤的民警将他送到了附近的地铁站。

今天地铁站的安检几乎达到了机场的等级，所有背包都必须经过安检仪，随身携带的物品也会进行抽查，稍有不配合的行为就有可能被民警叫到一旁进行身份核验，这让平日里那些对地铁安检视若无睹的人也只能乖乖排起了队，因此光是进站就花了 20 分钟。

眼前的场景更加印证了陈晖此前的猜测，昨天就是在地铁里发生了严重的刑事案件，严重到警方已经无法再顾忌这样大张旗鼓的行动所造成的社会影响了。

因为不知道何时才能重获自由，陈晖第一次向单位请了三天假。现在案子还没破，想到随时随地会找上门的警察，他打消了销假回去工作的念头。

回到家正好是21点20分，以为他加班睡在公司的父母早已经出门了。陈晖从冰箱里找了点吃的，接着就把自己在淋喷头底下足足冲了半个小时。

家里有一部大学时用过的旧手机，仅仅是屏幕裂了，此时翻出来还能将就使用。装上电话卡，开机，电话和网络都正常，想到不知何时能够拿回自己的手机，他又安装了几个常用的应用。

握着手机许久，陈晖才反应过来，自己内心隐隐的失落究竟来源于何处。他期盼着微信里会跳出一些询问或是关心的话语，然而整整一晚的失联，除了家人，的确再也没有人在意了，这才是他愿意和一个推销骗子聊这么久的原因吧。

那个骗子，那个求救的人，到底发生了什么？

旧手机用起来并不顺手，陈晖翻下沙发，坐到了快成摆设的台式电脑前。不用任何关键字进行搜索，昨天的案件就在头条推荐里跳了出来，无论是现场视频、案情分析，还是被害人的个人信息，都已是铺天盖地了。

警方对于这个案子已经毫无秘密可言，这让陈晖想起了地铁站内严密布防的场面。

其中有很多报道和分析都提到了一篇名为《杀人者说》的文章，虽然大多数相关链接都已失效，但因为转载量太大，还是能够搜索到原文的内容。文章详细介绍了被害人的背景，也深挖出了他在网络上有关医患矛盾的极端言论，并将此作为凶手的杀人动机。但最令陈晖震惊的是，作者还提到了一条在被害人倒地之后数分钟才发出的求救信息，作者猜测这是凶手在完成手法精妙的报复行为后，向社会和警察的一种挑衅。

陈晖盯着电脑屏幕，只觉得气息上涌，冷汗一阵阵袭来。他一直以为自己只是因为恰好在和被害人聊天，才偶然卷入了一起命案。他根本没想到被害人就是同一节车厢里的那个中年人，两个人近在咫尺，却在用微信对话。

不对，按文章里描述的内容，真正和他对话的其实是凶手，而自己收到的那条求救信息有极大可能是凶手精心设计的诡计。想到这里，陈晖几乎能看到屏幕另一头信息发出时那张既紧张又兴奋的脸。

陈晖再次回忆事发经过，自己在“新城路”下车换乘七号线，收到信息时，七号线刚坐了一站，这当中大约是 10 分钟。按照他对二号线的了解，“新城路”到“时代广场”正好是 6 分钟。从网上曝光的监控视频来看，被害人的确是刚一到站就摔倒在地，这 4 分钟的戏法究竟是怎么完成的呢？

待在空荡荡的房间里，想到自己正是凶手作案计划中的一个重要道具，陈晖感到不寒而栗，想再去浏览一下别的内容也根本看不下去。看着左半边屏幕上因为阳光而清晰浮现的灰尘颗粒，陈晖迫切地想要出门走走，他急需一些温暖来扫去身上的阴霾。只是在这难得的假期，他能想到的也只有那个地方。

“三里”站的 1 号出口直接通向一个大型的购物广场，昨天的大雨中，陈晖根本没有留意这片充满欧式风情的建筑。现在还没到午饭的点，守在女孩公司楼下也没有什么用处，他漫无目的地绕着广场走了两圈，才选定一间咖啡屋来熬过这悠闲的时光。

大概是工作日的关系，店里只有零散的几桌客人，陈晖点了一杯美式咖啡，坐到了一个靠窗的阳光正好的角落。陈晖并非故意偷听，但邻桌情侣越来越激烈的讨论，特别是女孩清亮的嗓音，还是搅扰了他不知飞向何处的思绪。

“你买了哪部电影的票？”

“《东方快车谋杀案》，今年又翻拍了最新的版本。”

陈晖觉得男孩的选择很有意思，毕竟这并不是适合约会的类型片。

“哦，我记得小时候好像看过这部小说，新拍的版本还是原来的设定吗？”

“设定？你指哪一方面？”

“故事背景换到现代了吗？毕竟那个年代的作品现在看来总会缺乏一些带入感。”女孩托着腮帮，搅动着面前的咖啡。

“你傻不傻啊，如果这个故事发生在今天，电影只要拍前一半就够了，结局用一个字幕就可以搞定了，就是警方调阅了监控录像，顺利抓住了罪犯。”

“哈哈，这么说来大侦探要失业了。”

侦探先生根本没有出场机会的窘境也让陈晖不自觉地笑了，不过联想到昨天那起理应被摄像头完整记录的凶案，他又顿感浑身乏力。

“对了，再看一下电影票是几点的，我们先去超市买些零食。”

“我来查一下，应该是11:30的，等等，手机好像连不上网了。”

“我来试试，嗯，我的手机也不行了。你连的也是店里的WiFi？”

“是的，我换4G试试。”

“老板，你们的无线网坏了，帮忙看一下呗。”女孩的口气像是在撒娇。

“稍等，我马上去看。”老板的声音差点淹没在了咖啡机的研磨声里。

陈晖看了一眼自己的手机，之前他按照菜单上的提示也连上了店里的WiFi，现在确实无法上网了，断开WiFi，4G网络还能正常工作。突然，提示栏连续跳出了几条妈妈发来的微信消息，询问他加班是否顺利，今天能不能休假早点回家休息。

“老板，等等，先别动网络，给我一点时间！”陈晖突然拍着桌子站了起来，震得金属调羹在杯子里直打转，其他顾客投来的异样目光也没能让他停下手里的操作。

老板就这样怔怔地看着陈晖站在那里摆弄了大约15分钟手机，他也吃不准眼前一脸凝重的年轻人究竟在搞什么名堂，直到对方放下手机匆匆离开之后，才松了口气。

陈晖边走出店门边翻出了今早张所长交给他的赵警官的联系方式，输入号码时他有些微微发抖。还来不及后悔，颤动的手指已经触到了拨出键。才响了一声，电话就接通了。

“喂？”

“是赵警官吗？”

“陈晖，你有什么事？”

“有关昨天案子的一个事情，我也不知道对不对……想要和你说。”

“你说。”

“就是那条求救信息，如何延时发送，我想到了一种可能。”

对面一下子没了声音，接着听筒里传来了嗡嗡的电子干扰声。

“好的，往你右边看，长凳上应该坐着一个穿夹克的人，他会带你过来，我们见面再说。”

陈晖猛地转过头，穿夹克的人已经起身，朝他的方向走了过来，更远的地方似乎还有两个人正盯着这边。

12

这是陈晖坐过最快的车，20 分钟就到了市公安局。走进房间的时候，坐在赵云泉身旁的年轻警察还在闭目养神，疲惫深深印刻在两个人的脸上。

“坐吧，这位是郑东警官。”赵云泉示意陈晖赶快坐下。

“你在电话里说你知道凶手是如何作案的？”还没等陈晖坐稳，赵云泉就开始发问了。

“其他的我都不清楚，我只是想到了一种凶手用来延时发送信息的方法。”

“你从哪里知道这些内容的？”

“我在网上看到了这样的报道，我自己也根据回忆计算了时间，的确有大约 4 分钟的间隔。”赵警官的表情和问题让陈晖有一些不安。

网上的那些文章赵云泉大都已经翻过，今天早上协助查找案情泄露的源头也耗费了他不少精力，只能说在如今的网络世界里根本就不可能有不透风的墙了。

刚才是他对陈晖的又一次试探，还是没有破绽。有些罪犯会主动透露一些信息给警方来寻找刺激和成就感，但绝不会是警方尚未破解的作案手法，除非是为了误导，赵云泉不愿忽略任何可能。

“那你直接说说你的想法吧。”

“网上说凶手假装成被害人和我聊天，然后又把手机放在了被害人身上，我想无论这 4 分钟的误差是否是凶手刻意制造的，这一系列复杂操作的原因应当只有一个，就是造成警方对作案时间的误判，也就是说凶手希望警方认为凶案发生在那条求救信息之后，而实际上他早就完成了整个犯罪过程……不过有一点我不明白，就是为什么被害人在被袭击的时候没有任何反应？”

“安眠药，被害人之前服用了安眠药。”郑东似乎对赵云泉将这一重要信息直接说出来颇为意外。

“嗯，那就说得通了，凶手先用毒针袭击了已经昏睡的被害人，然后继续装成他的样子和我聊天。我在网上看到的监控视频里，被害人倒地之后没有任何人和他有过接触，对了，你们应该已经排除了地铁工作人员的嫌疑了吧？”

“是的。”

“那么可以确定那部手机在‘时代广场’之前就被放入了被

害人的口袋，而凶手用了一个特殊的方法来延时发送最后的求救信息。这样在信息发出之后这个被刻意误导的案发时间点上，他能够尽量远离被害人摆脱嫌疑。”

“有什么方法可以做到？”赵云泉的眉毛扬了扬，眼睛稍稍眯了起来。

“信号。”

“地铁内的信号强弱是不可控的，罪犯不可能使用这样的手法。”郑东立即提出了反驳。

“是 4G 信号和 WiFi 信号。赵警官，我能不能用手机演示一下？”

“可以。”赵云泉示意将刚才收走的手机还给陈晖。

“我需要添加一下您的微信，还需要一个知道密码的无线路由器。”

陈晖要求的设备很快送了过来，他将路由器通上电源，又在手机上操作了一番，接着他将手机放在了赵云泉面前的桌上。

“现在和当时的情况基本一致了，为了演示方便，我们只等一分钟。”

在这一分钟里，赵云泉的目光始终游移在陈晖和面前的手机之间，郑东则一直盯着墙上的挂钟，似乎谜底将从那里揭晓。

时间差不多了，陈晖起身将路由器的电源关闭，几乎同时赵云泉的口袋里传来了振动。“帮我报警，有人要杀我。”发来这条消息的人是陈晖，也正是桌上这部无人触碰的手机。

赵云泉的右手缓缓垂落，把手机放在了桌上，两部手机就像是许久未见的朋友那样静静地靠在一起。他正视着陈晖，抿了抿嘴唇，一抹笑意在嘴角一闪而过，“原来通过信号的切换就能控制延时。”

赵云泉瞥了一眼手机，继续往下说：“当手机同时打开移动数据和 WiFi 的时候，会默认选用 WiFi 来连接网络。这个时候如果 WiFi 出现了问题，就像刚才那个没有插网线的路由器，即使 4G 信号是好的，手机也无法上网。但当你关闭路由器，无线信号消失，手机便自动切换回 4G 网络，这时信息就能通过 4G 成功发送，是这样吧？”

陈晖本能地点了点头，赵警官反应之快还是让他有些吃惊，“我之前做过试验，当没有网络的时候，微信会自动保持 10 分钟的等待发送状态。我的设想是，凶手先把手机连上一个无法上网的 WiFi 信号，再将手机时间手动设置到数分钟之后，这样微信界面上留下的发信时间也不会出现纰漏。最后他只要把编辑好的求救信息发出并找准时机将手机放进被害人的口袋就行了。此时由于没有网络，等待发送的状态会一直循环，只要在 10 分钟之内关闭这个 WiFi，信息就能通过 4G 网络成功发送，这时手机时间也会自动联网修正回来。用这个手法，最多可以将发送时间延后 10 分钟。”

“幸好程序设计只有 10 分钟，要是 1 个小时就还是没用。”一直没有说话的郑东小声嘀咕了一句。如果陈晖说的方法可行，这一次可以将重点调查时间缩短到被害人倒地前的 10 分钟。

短暂的沉默后，赵云泉调整了一下坐姿，“按照你的想法，关闭 WiFi 的时刻就是你收到信息的时间——17 点 37 分，由于 WiFi 的距离限制，凶手此时极有可能就在站台上。按照正常的逻辑，他将手机放回被害人口袋之后，就会伺机换到相邻的车厢，尽量在信号范围内远离被害人，这样才能在信息发出的时间点上做到不在场的证明。但不巧的是，信息还未发出被害人就在‘时代广场’站突然倒地，这打乱了凶手的计划。他只能趁着混乱下了车，伺机观察被害人的情况，随着 10 分钟的截止时间越来越近，最终他还是决定将错就错，制造了这 4 分钟的误差，虽然计划有了瑕疵，但留下的谜团也足够大。”

“嗯，这么想是最符合情理的。”

听完陈晖的回答，赵云泉让郑东抓紧将这个情况布置下去，他则又研究起了桌上陈晖的旧手机，表情上看不出有丝毫的放松。陈晖一时不知该做些什么，只听赵云泉缓缓开口。

“我还有一个疑问，按照我们之前的推论，凶手使用的应该是常见的便携式无线设备。这类设备的信号覆盖范围不会太大，因此当信息发出时，也就是无线设备关闭时，凶手距离被害人不会很远。如果凶手提前下车，只要那班地铁一驶离，信息就会发出，如果凶手还在地铁上，相隔也最多不过两三节车厢，这样并不牢固的不在场证明显然与如此繁复的作案手法所承担的风险不对等。那么你想想看有没有另一种可能，凶手的确是提前下了车，但他把 WiFi 设备留在了车厢内，之后又通过遥控的方式关闭了 WiFi？”

陈晖先是一愣，随即意识到了这个问题背后的所指，“你是说我吗？”

“你在‘新城路’下车，‘时代广场’事发时，你已经上了七号线，这当中的时间正好是10分钟。你不但有10分钟的时间空白，还拥有了超过10公里的空间距离，这才是真正完美的不在场证明啊！只不过你的运气也不够好，被害人过早被发现，而在七号线上的你却不知道这一点，依旧按既定计划发送信息，才造成了时间上的误差。”

“我为什么……要这么做？”大脑的瞬间真空让这句无力的辩解脱口而出。

“我也不知道你为什么要这么做，就像我同样不能理解大多数罪犯为什么要犯罪。名牌大学，聪明的头脑，干着现在这样的工作你是不是觉得郁郁不得志？心里喜欢的对象，却不敢接近，你在害怕什么？是因为事业或者家境造成的自卑吗？越是平日里性格懦弱的人越是渴望去做一些证明自身价值的事情，现实中已经没有机会了，那么你就通过杀戮来获得成就感，通过制裁一些你以为的罪恶来满足自己成为英雄的意淫，这足以成为杀人的理由吗？”

“我……我……”陈晖只觉得一阵天昏地暗，他根本无法控制嗓音里的哭腔。

“没错，我是自卑。我没有挣大钱的能力，我也不敢在现实中去追求喜欢的人。我……听到你刚才的话也会感到愤怒，但这种愤怒并不是想要报复社会或者伤害别人，只是痛恨自己的无能罢了。”

陈晖尽量不去躲避赵云泉的目光，似乎这样就能扳回一些气势，他连着咽了几次口水，才慢慢稳住了呼吸，“你刚才说的那种可能性，虽然我不是凶手，但确实有办法做到。范围超过几公里的遥控器虽然听上去不现实，但有一种特殊的 WiFi 设备能够进行远程关闭。”

“什么样的设备？”赵云泉依旧咄咄逼人。

“就是最普通的手机，通过手机热点，就可以将一部手机当成 WiFi 设备来使用。凶手将手机连上一个不能上网的热点信号后便能提前下车，而那部作为热点的手机可以藏在车厢里的任何地方，只要保证有信号。”

“那如何遥控关闭手机热点呢，难道是控制手机电量让它自动关机？”

“有一种更为精确的方法……就是给充当热点的手机打一个电话。前几年产的手机默认都是这样的，只要电话呼入就会立即切断 4G 信号，这样热点也就关闭了。对于另一部手机，虚假的热点一消失，信息仍旧通过 4G 发送。如果经过多次实地演练，这个方法应该具有很高的可操作性。”

赵云泉紧绷的表情里突然浮现出一丝笑容，他双手用力地将头发向后捋去，身体顺势一仰，伸了一个大大的懒腰，“唉……首先，整个列车已经被翻了个底朝天，没有可疑的电子设备。使用打电话的方式来切断热点信号应该是可行的，只是你并没有看过完整的监控视频，被害人乘坐的那班地铁在他倒地两分钟以后也就是 17 点 35 分驶离了站台，如果热点信号藏在车上，此时就会因为超出距离而被切断。而信息最终发送的时间是两分钟之后的17:37分，凶手这个时候无论再怎么操作，也早就失去对那部手机的控制了。并且从你下车到消息发出，这当中已经超过10分钟了，是10分48秒。”在赵云泉心里，陈晖已经通过了他最后的测试。

这时，桌上又传来了振动的声音，赵云泉的手机正伴随着节奏在桌面上诡异地扭动着，他起身去室外接听电话，留下了不知还要面临什么的陈晖。陈晖闭上眼睛，大脑中仅有一瞬的空白，赵云泉急促的脚步声便已经到了耳边。

“现在你还要和我们去一趟医院，被害人醒了。”

13

陈晖稀里糊涂地被郑东推上了车，听着前后形成立体声效的警笛重奏，他感到肠胃一阵翻滚。

车辆通过特殊通道直接驶入了医院的地下停车场，院方派了专人在此接待。经过事先协调，被害人已被送到了住院部9楼的特需病房，这里的走廊明显要干净明亮许多，没有横七竖八的加床，也没有嘈杂的家属。

被害人所在的病房是一个双人间，他躺在靠窗的位置，当中的帘子拉上了一半，可以看见床尾安装了一台小型摄像机，另一张病床上则摆着监视器。陈晖不明白为何要将病房布置成类似讯问室的格局，但听外围值守的警员提起，是赵云泉的要求。

进去之前，郑东特意告诫陈晖，绝不能对外透露今天听到的案件内容。原本这样的调查环节陈晖绝不应该出现，但被害人坚持要他必须到场，由于时间紧迫，赵云泉同意陈晖旁听。

确认一切就绪，赵云泉绕过床尾的设备，坐到了被害人的床边，其余人员只能通过监视器看到里边的情况。

“你好，我是刑警队的赵云泉，之前已经征得过你的同意，你现在感觉怎么样，我可以问几个问题吗？”主治医生确认，刘添安经过急救和后续的血液透析治疗，目前生命体征还算稳定。

“我的问题会尽量陈述完整的事实，这样你只要简单回答我所说的内容是否正确就行，当然在你身体允许的情况下，也希望你能对案件的细节作出补充。”

说完，赵云泉用电动按钮将床的上半部分升起，刘添安的上半身渐渐出现在监视画面中。即便这间朝南的病房在正午时拥有最好的阳光，刘添安的脸看上去依然毫无生气，他似乎酝酿了许久，才终于开口。

“我的意识很清楚，陈晖到了吗？如果你今天不在这里，有些事警察不一定会告诉你，这对你不公平。”

说完这句话，刘添安将头转向了摄像机，即使是隔着监视器，陈晖也不敢与他对视。

“既然你知道陈晖的存在，并且要求他在场，那我们直接从你和他聊天的过程开始吧。你给他发的最后一条消息是什么内容？”赵云泉的第一个问题让已经晕头转向的陈晖突然反应过来，被害人只可能通过微信联系人知道他的名字，之前有关凶手全程冒充被害人的推断看来全错了，那么求救信息又是谁发的呢，凶手还是……被害人？

“嗯，给他发信息的人是我。”刘添安又转回头面对赵云泉，“我就直说了，我是自杀。”

这半边房间瞬间骚动了起来，陈晖虽有些心理准备但也惊得一激灵。监视画面看不到赵云泉的表情，他的背影一动没动。

“你说的是昨天你在地铁二号线上用针筒向自己注射了X离子，差点导致了你心脏骤停身亡？”

“是的。”

刘添安没有看镜头，眼神平静地望着床尾，用最简单的回答再次确认了自杀的事实。整个房间此刻又突然变得悄然无声，唯独赵云泉不能在这个时候保持沉默。

“我们遇到的第一个障碍，就是车厢里的监控，你的位置几乎全程遭到了遮挡，我们一直认为是凶手通过对你行为方式的观察找到了这个可供作案的监控盲点。但如果是自杀，这一切便都是你谋划的。为了躲过监控，你才借着身体不好的理由，每天自带折叠椅乘坐地铁，让你身前的乘客自然地成为掩盖你自杀行为的屏障。”

刘添安点了点头。

“那么，你半年前跑到地铁站里大吵大闹说工作人员弄丢你的手表，最终逼着地铁方面拿出监控来自证清白，也是为了借机了解站台和车厢的监控布局，以便制订自杀计划的？”

刘添安没有说话，还是沉默地点头表示同意。

赵云泉想了一想，“我们检查过你的衣服，不过没有往凶器就在你身上这个方向找。我猜测你是把注射器藏在了外套内侧的口袋里，这样隔着外套也能用手握住进行注射，整个动作非常隐蔽，应该没人会注意。最后你只要扯动外套，小心将注射器从口袋里掏出来，这样也不会留下你的指纹，对吧？”

“是的。”

“陈晖呢？和他聊天也是你计划的一部分吧。我们查到那个微信号的通信对象中超过一半都是和你在同一时段内乘坐地铁 2 号线的乘客。你借口推销理财和他们进行对话，如果符合作案时机，你就让他们中的某个人成为这起自杀案件中除你以外的第一当事人，通过他来向警方传递你想要透露出来的内容，包括最后那条求救信息。”

刘添安笑了：“你都说对了。为了找这样一个人，我雇人以大学生创业的名义添加了很多和我差不多时间坐二号线的人。之后我又进行长期观察，找到那些习惯在倒数两节车厢上车的。我每天都带着注射器，如果遇到合适的候选人，我就给他们发信息，偶尔我也会随便找一些人发，为了混淆真正的目标群体。但大多数的人往往说不上几句就会把我删除，或者干脆不回消息，在遇到陈晖前，只有过两三次满足条件的对话。”第一次开口说这么一大段话，刘添安干涩的喉咙有些气喘。

赵云泉重重地呼出了一口气，“你是什么时候动手的？我是指真正实施自杀的时间。”

“刚过‘新城路’的时候。”

“为什么是‘新城路’？是因为具备某个特殊条件可以让你延时发送那条求救信息吗？”

“嗯，我必须要在那个时候动手。”

终于到了整个案件的核心部分，刘添安选择自杀和此刻坦白事实的动机仍然不明，赵云泉需要在问询中建立起警方的心理优势。现在他决定赌一把，虽然陈晖的解答仍有偏差，但离靶心应该不远了。

“关于那条信息，我承认我们一直在绕着它走，也从来没有把这个当成是破案的关键证据。不过既然一切都是你的自导自演，我很想知道你是如何做到的，在倒地之后不能接触手机的情况下切换手机的网络？”

“现在是几点？”刘添安的语气忽然轻松起来。

“中午 12 点 42 分。”

“一天都还没到。”他轻轻摇摇脑袋，叹了口气，“不过也足够了。”

赵云泉认为刘添安所说的“足够”指的是事件的发酵程度，但他才刚醒，又是如何知道外面的情况呢？不过不难想象的是，案件的后续发展应当也在刘添安的算计之中，或者说这正是他实施自杀的目的。

他看到刘添安的脸色又沉了下去，语气依旧像是在讲述一段和他毫不相干的回忆，“陈晖是第一个条件，还需要第二个齿轮才能使整个计划运行起来。如果不是进行了长期观察，我也没有意识到有那么多人，包括我自己在内，已经将生活中一些日复一日的行为强化成了一种不可改变的习惯。下班坐哪一部电梯，地铁走哪一个入口，排队选哪一节车厢，甚至是上车后站在哪一个位置，都像是规定好的。所以，只要满足某个特定行为方式的人就能成为第二个齿轮。”

“某个特定行为方式？”

“嗯，特殊却又平常的行为。你们查监控的时候有没有注意二号线在‘时代广场’之前哪一站下车的人最多？”

“就是你上车的‘高川镇’。”

“没错，因为二号线路线太长，所以会间隔发出区间车，‘高川镇’就是区间车的始发站。有很多长线路的乘客都会在‘高川镇’下车，再等下一班区间车，这样容易抢到一个好位置。有这么多人会因为某些理由而中途下车，其中还有一个中学生，每天在‘美术馆’站送女朋友下车，告别一分钟，再搭乘下一班。”

“就是那个站在你前面的中学生？”因为只是两个高一的学生，之前的调查几乎没有涉及他们，监控中男生的确在“美术馆”下车之后又上了下一班地铁。

“是的。”

摩挲脸颊的手指停在了鼻翼上，案件的碎片在赵云泉的脑海里犹如洗牌般飞快闪现。终于，所有的证据和细节都能够串联起来了。

“陈晖那边已经符合了条件，但是那个学生，虽然是你经过观察选定的对象，但是按照我们对监控的分析，他正巧站在你周围的频率也不高。应该说尝试了超过半年的时间，这或许是第一次所有条件都满足的情况，所以你下定决心开始行动。”

“那部用来发消息的手机应该设置了只能通过无线网络来发微信，这样你就不用特意关闭 4G 网络，我们也不会第一时间就想到其实你一直在使用无线信号……而无线信号的源头应该是一个便携的无线设备，内部装有 4G 网卡或是其他上网卡。为了尽可能做到隐蔽，我想你所有的信息应当都是通过这一个无线信号来发送的，这一点我们在侦查当中存在疏漏，只确认了信息的确发自这部手机，却没有比对所用的网络。”刘添安没有回应，而是慢慢地看向了窗外。

“陈晖下车后，紧接着就是最重要的步骤。你先把无线设备悄悄放入面前男孩的书包里，那对学生在‘美术馆’站下车后，你立即将事先编辑好的求救信息发出，并对自己实施了注射。此时由于没有网络，信息会一直重复发送，但是这个状态只会维持 10 分钟，否则就会发送失败，所以你必须要在 10 分钟之内让手机重新连上网络。因此你将倒地的时间计划在两站之后，也就是 4 分钟之后的‘时代广场’站。你要在那里等待下一班地铁载着那个学生和他背包里的无线网络一起到来。”

“最难控制的部分其实是你的那班地铁能否顺利驶离站台，它不走，下一班就进不来。但因为你有过在地铁上心梗发作的经历，了解工作人员的处置方式和反应时间，这也就变得可控了。在看监控的时候，我一直有一个奇怪的感觉，对于一个倚坐在车门上的人，你倒得太靠外了。为了留给工作人员一道只有唯一答案的选择题，你必须朝着站台方向倒地，而且身体要尽量地横在车厢和站台中间，这样他们即使再不知所措，也不可能任由你横在门口。无论是出于急救还是尽快恢复运营的考量，他们都会把你抬到站台上，这样你的那班地铁就能离开了。这个过程大概两分钟。”冬日的暖阳逐渐抵达刘添安的脸颊，或许是过于刺眼，他慢慢闭上了眼睛。

“男孩因为在‘美术馆’重新上车，所以他就站在左侧车门口，这和‘时代广场’的开门方向一致，因此无线信号离你最近并且几乎没有阻挡，这也是你选择‘时代广场’站的原因。当下一班列车停稳，车门打开，男孩也许正惊恐地看着站台上被急救的你。与此同时，你口袋里的手机重新连上他背包里的网络，最后的求救信息就被这样发出了，而最关键的道具则被男孩永远带离了现场。整个过程是 7 分 54 秒。”

听着赵云泉报出的精确时间点，坐在监视器前的郑东快速翻阅着案卷。帘子那头，赵云泉轻轻舒了口气，再开口时已不是刚才疾风骤雨般的气势。

“当然，你为了自杀，或者说为了将其伪装成谋杀而做的努力还不止这些。你惯用右手，所以你坐在了车门右边，这样暴露在外的就是身体左侧，你最终用非惯用手的左手完成了注射，这在自杀案例中是很少见的。还有，为了制造预谋杀人的假象，你服用了安眠药，但要执行这样精确的计划你绝不可能事先吃药，这个时间点只能是在你完成所有步骤之后。你把安眠药装在了救心丸的盒子里，即使是经验丰富的医生也没有注意到，你就是借他之手吃下了那颗药。甚至，为了让现场的人群能第一时间注意到你身上那支银灰色的注射器，你很早就改变了着装的风格，案发当天，你穿着一件在生产线上并不合适的白色衬衫。我无法想象你究竟为这个案子做了多少准备，又进行过多少次预演。”

刘添安睁开了眼睛，“几乎每天都在准备，唯一没法试验的药物剂量，我就失败了。”监护仪上刘添安的各项体征依然平稳，他用最轻描淡写的话语证实了赵云泉所有的推断。

“但是你的运气还不错，陈晖曾在 17 点 38 分接连给你发了两条信息，询问情况，这时候第二班地铁还没开走，你成功收到了信息。如果再晚一分钟，无线网就没有了，这两条没有送达的信息会让我们更早注意到你在信号上动的手脚。”

刘添安再次闭上眼睛，表情仿佛在说这一切都是天意。

“那么还剩下动机！我们查到了你在网上那些辱骂医生的发言，开始的时间也正巧在半年前。因为符合案件所呈现出的仪式感，我们也一度将针对网络言论的报复作为潜在动机进行调查。我想现在可以下结论了……你费尽心思伪造的这起‘他杀’，就是想要营造这样的杀人动机，凶手要杀死一个使用网络暴力的人！”

“一个自私无耻的人在网上辱骂曾经救过自己命的医生，戴着有色眼镜来抨击所有从业人员，甚至诅咒医生的家人，这样的行为难道不应该受到惩罚吗？”刘添安的情绪终于有了起伏。

“那么你将行动地点定在人流最为密集的地铁里，用不可能犯罪制造轰动效应，你是希望所有人都知道你为何而死。”

“不单单是这样，我还要证明，摄像头里拍到的东西也不一定就是真相。”

现场又陷入了可怕的沉寂，赵云泉任何一个轻微的动作都能从他冲锋衣外层材料的摩擦声中分辨出来，而帘子那头的索索声正变得越发急促和烦躁。突然，赵云泉的影子站了起来，他走向摄像机，接着监视器的画面变成一片漆黑。

“真相到这里就差不多了，接下去的我不该说，你也可以不用回答。即使你说了，也不会对外公布。”帘外的人只能看到影子又坐回床边。

“你做这一切都是为了你的女儿吧，至少你认为那些网络暴民要为她的失踪，甚至是自杀负上不可推卸的责任。你找不到某一个特定的报复对象，因此你才想到了以这样的方式对所有实施过网络暴力的群体进行复仇。

“你已经成功了一半，这恐怕是今年最为轰动的一起杀人案了。但在你的复仇计划里，接下去，你希望案子往哪个方向走？”

赵云泉没有等待刘添安的回答，而是自顾自地继续说了下去。

“第一种，警方成功破案，对外公布事实真相，也包括你的动机，也许这样曲折的故事真的可以唤起所有人对这方面的思考。只是在目前的舆论导向下，要以自杀结案，我们还需要考虑公众的接受力。

“第二种，警方永远也抓不到这个不存在的凶手，而你制造了一个能够在众目睽睽下杀人却逍遥法外的制裁者。应该有人会因此更加注意自己在网上的言行，谁知道凶手是不是盯着自己呢？

“还有一种，如果案子悬而未决，你会在适当时机将事实真相公布出来，给所有人一记耳光……我再直白一点！你现在说出真相还有别的目的吗？”

“这时候我本该死了，哪一种还重要吗？我直接说出来，就是不想再浪费你们的时间，非常抱歉。”

影子稍稍调整了坐姿，让整个身体完全朝向了刘添安。

“作为警察，我认为无论理由是什么，造成警力浪费和恶劣的社会影响都是错误的，而且你还在伪造动机的过程中对网络暴力起到了推波助澜的作用。”

“你真的认为这样做会改变什么吗？”赵云泉哀叹了一声，“今天早上我也看了不少网上的报道和网民的争论。有说你罪有应得的，有推崇凶手的，有抨击警察办案效率低下的。你知道吵得最激烈的是什么吗？是中国的医生到底该不该骂。不管你制造的反转有多么轰动，能引起多大共鸣，也就是死一个人而已，一个星期就忘得差不多了。那些人仍旧会躲在屏幕后边想说什么就说什么！想骂谁就骂谁！”

刘添安提高了音量，似乎竭力想要反驳，但他的气息依然无力，“你说的我比你更清楚……做什么也不会有改变，做什么都不可能换回我的女儿。只是上一次我退缩了，这次无论如何我也要做这些。”

“上一次？”

刘添安闷哼一声。

14

“女司机全都是马路杀手，自己找死就算了，还连累无辜的人。”

“这女的哪怕自杀也不能换回小女孩的腿，交通肇事处罚太轻了，就应该判她个十年八年。要我是小女孩的父母，我一定要亲自报复她！”

“大家一起‘人肉’她，这种人平时也肯定横惯了，以为马路是她家开的，以后碰到这样的都应该直接撞死。”

“刘嘉依，住清水小区 60 号 602，公司在永宁路 1889 号，不能让她就这么心安理得地活下去。”

按着不熟练的拼音，一次次声嘶力竭的争辩，自己微弱的声音还是淹没在无休止的谩骂和诋毁之中。刘添安不知道如何才能停止这一切，他早就丧失了用一颗糖果就能让女儿破涕为笑的魔法，也没有力量来为女儿编织一张足够强大的保护网。

除了精神恍惚地咽下几口米饭，女儿已经在床上躺了三天。刘添安轻轻推开房门，谈话这项任务在女儿成年之后就完全交给了妻子姜华，但作为父亲他明白自己永远是女儿最为依赖的港湾。

“愿意和爸爸聊聊吗？”

“嗯。”女儿背对着自己，声音里有浓重的鼻音。

“我看过监控录像了，能告诉爸爸到底发生了什么，爸爸相信你，你一定不是故意的。”

“我真的做错了，虽然不是有意的，但不会有人原谅我，所有人都在骂我……”

“没关系，做错了爸爸也和你一起承担。”刘添安坐到床边，轻轻安抚女儿抽动的肩膀。

“当时我前后都是集卡，我心里害怕得要命，只想快点开到旁边的车道上去。我太紧张了，根本没去注意旁边是不是实线，只是看了一眼觉得距离足够……就打了方向。没想到突然就追尾了，我大脑一片空白，接着就失控翻在了人行道上……还害了那个女孩。”

监控中，刘嘉依驾驶的轿车在前后有集卡的情况下突然向右实线变道，后方的轿车也没有及时减速，造成了追尾，最终刘嘉依驾驶的轿车失控侧翻，撞上了人行道，不幸的是一个小女孩在事故中右腿粉碎性骨折，留下了终身的残疾。交警判定刘嘉依违规变道，并且在第一次发生碰撞时处置失当，负事故全部责任。

女儿拿到驾照才半年，平时开车一直谨小慎微，刘添安相信她绝对不会有意违反交通规则，但面对复杂路况和突发事件时的慌乱最终导致了这场悲剧，这是无法推卸的过错。

“爸爸不知道怎么说才能让你轻松一点，但事情已经发生了，我们一定会尽能力对那个女孩做出赔偿，我们也希望你能够快点从这件事里走出来，我们相信你，也永远会是你的依靠，别再去理会网上那些东西了。”

“我可以不去看别人的评论，但是现在我也无法原谅我自己，我需要一点时间。”

“嗯，我和你妈妈商量过了。既然工作丢了，等事情结束之后，就出国去念书吧，换个环境也挺好。”

女儿沉默了许久，点了点头。

“刘先生，我刚刚收到了一封重要邮件，已经转给你了，你们先看一下，然后我们讨论案子要怎么处理。”

他没想到那天夜里 11 点会接到律师的电话。如果不是姜华一再坚持并且背地里找好了律师，刘添安是不想进行上诉的，因为他觉得这么做只会延长女儿从这件事中走出来的时间。

邮件的内容如下：

> 请原谅我暂时还没勇气来当面说出事实，张律师之前问我的时候我也没有说出来。但作为一个父亲，我每天也都承受着同样的煎熬，只有把真相说出来，才能稍稍减轻我的负罪感。证据就在视频里，我愿意去警察那里做证，目前我只能拿出 20 万元来赔偿，如果以后

小女孩需要任何后续治疗，我愿意继续承担。

非常抱歉，是我造成了这场悲剧。

附件的视频是后车的行车记录，刘嘉依的车出现在镜头左边，在两辆集卡中间开得晃晃悠悠。

“傻女人，要插进来吗？”视频里突然出现了车主的声音。

刘嘉依的车前几次试探性地变道，车主都稍稍提速，没有让出空间，最后一次，刘嘉依的车头猛地别了进来。

“前面虚线都不让你超，现在实线了，你还敢进来，来啦，来啊，撞死你！”

接着，车头“砰”地顶在了前车的侧后方，伴随着一阵引擎的轰鸣，碎片卷着尘土撒满了挡风玻璃，刘嘉依的车滚了两圈，翻在了右侧人行道上。

“犯了错就躲到国外去，国外还真是什么垃圾都要啊。”

“有谁知道她在哪个学校，一起给学校写信让她退学，不能让这种人过得这么舒服。”

“她在国外还敢这么嚣张地开车吗？祝她早日出车祸。”

联系网站投诉，花钱找人删帖，甚至报警，刘添安已无力再做更多的事情了，女儿出国了应该就看不到了吧，再过些日子，这些咬着不放的人也总该罢手了吧。

“能出国的家里肯定有钱，说是失踪，说不定就是换个名字在当地生活了。”

“哈哈，恶人终有天收，不值得同情。”

“哟，在国外违章变道看来是死刑啊。”

“当时为什么没有把行车记录交上去？至少有机会改判后车驾驶员负主要责任，有可能还会够上刑事犯罪？”

“赵警官，您有孩子吗？”提到孩子这两个字，刘添安第一次有些哽咽。

“和你一样，是女儿。”

“多大了？”

“念初中。”

“如果你的女儿违反规定在学校的走廊里奔跑，把一个同学的手给撞骨折了，你会怎么样？”

“我会严厉批评她并带着她向同学道歉。”

“如果她解释说是因为另一个同学故意推了她一下，她才会撞到别人，你会怎么说？”

“我会告诉她，如果不是因为你先违反规定在走廊里奔跑，根本不会发生后来的事情……你要首先检讨自己……而不是把过错推卸到别人身上。”如果不是刚听完刘嘉依的故事，赵云泉不会意识到这个答案是如此残忍，后半句话几乎是一个字一个字从嘴里蹦出来的。

“是啊，作为她的父亲，看完视频后，也不会觉得我的女儿就不用承担任何责任了。这不是非黑即白的问题，而是 0 分的不及格与 59 分的不及格。改判能让骂她的人减少吗？会让人觉得她没有犯错吗？还是会引来更激烈的批评？我不想女儿再一次被推到风口浪尖，也不希望再有一个已经悔过的家庭被卷进这样的旋涡，我只希望时间能尽快平息这一切。是我说服了所有人，放弃了起诉。”

“对于网上的那些人，事实重要吗，他们只是借着这件事情表达着自己积压已久的怨气。他们之中，又有多少人真正关心小女孩的情况？只是为了让自己无处安放的怒火更加师出有名罢了，多出的 20 万元才是对这个悲剧一点点的补偿。这么多年我不知道我们的努力是否能取得女孩和他家人的原谅，但我的女儿永远也没法获得那些人哪怕一点点的宽恕。”

“所以你才要证明即使是摄像头拍到的画面，也不一定是事实，进而证明了那些网络暴力完全只是建筑在自己的臆测之上，与事实，与真相无关，是吗？”

“其实我什么也证明不了，我只是证明我的失败与无能，即使再做一次选择，我还是不知道怎样才能救我的女儿，报警，上诉，还是带着她彻底躲起来。我最无法接受的是，只要不是十恶不赦的人，无论他生前有过怎样的过错，悼词里也都是赞美和怀念的话。而伴随我女儿的，却永远是那些无法删去的咒骂和羞辱。”

“她一直，一直都是一个善良的人啊！”

刘添安的情绪终于崩溃了，在他原本的计划里根本没有机会再做这样的回忆和宣泄，然而若非采用这种极端的方式，又有几个人愿意倾听他的控诉呢？陈晖已经无法想起接下去漫长的时间里，那些沉默的警察到底在忙些什么，他只记得赵云泉送他上警车的时候，对他说的话。

“感谢你这两天对案子的协助。对了，别再去找那个女孩了，她已经结婚了。”

15

这是入夏以来最热的一天，赶到殡仪馆礼堂的时候，陈晖整个人都快虚脱了。

他默默站在了人群的最后面，参加了刘添安的追悼会，因为没有子女，是由他的侄子致的悼词。向遗体告别的时候，陈晖没有上前，礼堂另一侧也站着一个孤零零的身影，正是赵云泉。

仪式结束之后，赵云泉主动走了过来，“还回去上班吗？”

“今天不用回去了。”

“上次关了你一晚上，今天正好有空，我请你喝杯咖啡吧。”今天的赵队长看上去要温和许多，这种感觉很微妙，就像是毕业之后再见到当年严苛的班主任一样。

“咖啡？”

“怎么，这是你们这些白领的专利吗，我听说喝咖啡可以预防头痛，现在每天一杯。”

“好的，听你的。”

由于地处郊区，车子又开得不紧不慢，花了差不多 20 分钟才在镇中心找到了一间连锁的咖啡馆。陈晖拒绝了先下车去找座位的提议，而是跟着赵云泉把车停好，顶着烈日多走了两三百米。

“你喝什么？”一推门，右侧就是吧台。

“美式咖啡。”

“行，你好，我要两杯美式咖啡，要大杯的。”陈晖开始有点相信赵云泉的话了，把咖啡当作止痛药的人是不会加那些奶和糖的。

此时店里只有稀稀拉拉的几个坐着蹭空调的客人，但赵云泉还是找了张角落里靠窗的沙发坐了下来。

“不用那么紧张，我没有什么要调查你的。”看见盯着杯子发呆的陈晖，赵云泉先开了口。

“不是的，赵警官，我只是好奇为什么你今天会在这里，是那个案子还有需要调查的地方吗？”

赵云泉抿了一口咖啡，像是被苦味呛到那样“嘶”地吸了一口气，“没什么重要的事，只是为了印证一个猜测。我们在刘添安的邮箱里找到了一封记录着作案动机和实施过程的邮件，邮件还没发出也没有写收件人，但这应当是他计划好的结案方式。从这个角度出发，要完成计划的最后一步，一定需要一个帮手。我们考虑过那个司机，他的妻子，还有你。今天葬礼上姜华的表现印证了我的感觉。”

“你们要抓她吗？我想一开始在网上披露案情的也是她吧？”

“不会，这只是出于我个人的好奇心。你呢，这件事之后过得怎么样？”

“还能怎么样，卷进刑事案件能不丢掉工作就很好了。”

“也许换个环境也不错，我倒觉得你可以试着改变一下。你今天为什么也来参加刘添安的葬礼？”陈晖清楚赵云泉一定会提出这个问题。

“我想要听听他的悼词，听听这个世界对这位父亲最后的评价。”

“你对刘添安的那句话很在意？”

“是的，而且我有必须要来送别他的理由，因为是我杀了他。”陈晖看到了赵云泉瞬间凝固的表情和本能滑至腰间的手。

“你说什么！”

“这并不是开玩笑，你仍然对这个案子如此关心，还没解开的谜题应该不止帮手这一个吧。”

赵云泉本能地想要解释，却无从否认，他只能等待着面前这个眼神依旧躲闪的“真凶”继续往下说。

“你还记得第一次调查我的时候，我说了两件感到奇怪的事情，第二件就是那条求救的信息。‘帮我报警，有人要杀我’，这句话根本不像是一个生命受到威胁的人所说的……刘添安用了大半年时间来制订整个计划，每一个步骤都经过反复的研究，他绝不可能在这条全案最重要的信息上留下这么大的破绽，那么只有一种可能，这条信息根本就不是他计划里的内容。”

陈晖的头压得更低了，从咖啡中能看到他若隐若现的倒影，“他计划中最重要的部分就是我和那个中学生，我们都有着极为固定的行动线路。那个学生会在‘美术馆’下车然后再坐下一班地铁，而我每天都坐二号线到‘时代广场’换乘六号线。按照上述条件，在他的计划中，他选择倒地的‘时代广场’站，正好是我下车的地方。那么同一节车厢的我会亲眼看到他倒在地上，接着我又会在围观的时候收到凶手发来的信息，这样带来的震撼不是更大吗？而那条信息的内容有可能是‘他已经接受惩罚了’，这样才更符合刘添安想要塑造的凶手的形象，也杜绝了我再次回复导致穿帮的可能。”

“但是，那一天，我并没有和往常一样。我在‘新城路’提前下了地铁，这突然的变化让刘添安必须修改他的计划。如果我没能目睹他倒地，我根本无法理解诸如‘他已经接受惩罚了’或是‘我已经杀死了他’所表达的含义，也不会向警察报告。虽然警方之后有可能顺藤摸瓜找到这个线索，但对于这个只能执行一次的行动，刘添安决不愿意冒这样的风险。他要确保我第一时间将这个最重要的证据提供给警方，所以最终信息的内容才变成了‘帮我报警，有人要杀我’，虽然内容变得牵强，但我绝对不会忽视报警这个请求，这是刘添安情急之下做出的改变。”

陈晖吞下了一大口咖啡，苦涩的味道瞬间在嘴巴和胃里弥漫开来。

“当天还发生了一件更加重要的意外。为了方便在‘新城路’提前下车，我并没有和平时一样站在两节车厢相连的地方，而是站在了左侧车门口，也就是刘添安的身边，这和他计划中的我也完全不一样。还记得刘添安的态度吗？即使作为复仇的工具，他也不想给我们带来额外的伤害。对于那个学生而言，他自始至终都不知道自己与案件相关，而对于我和其他候选人，最重要的安全性就是不会被警方当成案件的真凶。如果是我平时所站的位置，自然可以排除嫌疑，但当天我是曾经距离他最近的人，我有最好的机会去实施犯罪，我也的确因此受到了你的怀疑。虽然这是半年来最好的动手时机，虽然不知道下一次还要寻觅多久，但我相信，他绝不希望我会成为犯罪嫌疑人，甚至在他无法说出真相的情况下被最终定罪，当他发出‘请保留我的联系方式，我们下次再聊’的时候，他应该已经决定放弃这次行动。”

“收到这条信息时地铁还没到‘新城路’，而我恰好也在‘新城路’站下了车，对于已经筹划了这么久的刘添安来说，此时已经没有任何理由继续冒险了。但他最终还是执行了计划，我能想到的原因只有一个。”

“是什么？”这是陈晖第一次在赵云泉在语气里听出了他内心的焦灼。

“因为他没有下一次机会了，因为药物已经进入了他的身体。”

陈晖停顿了一下，低头看向自己的双腿，“我在洗澡的时候看到了左边大腿上的瘀青，过了一个礼拜才消退。‘新城路’下车前我走神了，到快关车门的时候才着急忙慌地下车，还差点被人撞倒，当时就感觉左边身体撞上了什么东西。原来我撞上的就是刘添安，那一下，针头就插入了他的身体。我始终无法想象刘添安那时的感受，面对即将终结的生命，面对最后一次机会，他才最终下定了决心吧。”

“其实我一直在犹豫是否要把我的想法告诉警察，直到在礼堂里看到了你，我才明白你和我受着同样的困扰。案件中一定还有尚未解决的地方，才会驱使你继续调查，那么请你也告诉我，我刚才所说的是你一直在追寻的真相吗？”

“你还记得对外公布的结果吗？”赵云泉提起了手中的咖啡，却没往嘴里送。

“是说因为车厢太挤，刘添安随身携带的治疗药物发生破裂，不幸刺入体内，才导致的意外吗。新闻里也只是粗略地提了一下。”

“嗯，人言可畏，我们也怕啊，才选择了这个折中的方案。我曾经非常疑惑为什么刘添安那天坚持要你在场，听完你刚才的话，我才明白了。

“他一定能猜到如此离奇的自杀情节是不适宜对外公开的，所以最终很有可能是以意外来收场。结合当日的情况，你难免会想到是你撞上了他才导致了意外，因此他必须亲口告诉你他自杀的真相，这样你才不会被负罪感困扰。只是他没有想到他说出的真相反而成了最好的佐证。”

赵云泉又将手中的咖啡慢慢放了下来，认真地看着陈晖。

“我们仔细比对过微信的内容，确实大多是以类似‘下次再联系’这样的话来结束的，以此作为行动终止的标志是说得通的。从伤口和针头弯曲的情况来分析，意外撞击的可能性也要大于自行注射。不过我不认为是你杀死了他，一次撞击应该不能造成足量的注射，只是让行动进入了不可撤销的阶段，之后他做了什么已经无法再求证了。他的心脏虽然脆弱，但仍然多撑了五个月，杀死他的还是他自己，在完成了使命后，他已经不知为何而活了。”

赵云泉扬起了眉毛，似乎想要刻意表现得轻松一些，“只可惜真相并不是标准答案，掌握了真相也往往得不到最好的结果。即使刘添安是死于他人造成的意外，促使这一切发生的终究是他自杀的想法。而她的女儿，虽然没有任何一个凶手，却是实实在在的他杀。”

“喝完这杯咖啡，我们还是接着去干活吧。”说完，赵云泉像是灌啤酒一样将咖啡整杯倒了下去。

陈晖突然觉得能够理解赵云泉此刻的心境，即使作为警察，他也有太多的无能为力，但他的努力依然会让这个世界变好一点点，至少不会变得更差。

“其实咖啡的效果并没有那么好，我试过好几年了。这次是我请你的。”

看着赵云泉撑着太阳穴的右手，陈晖将一板支离破碎的止痛药放在了桌上。

盐糖，本名颜駿，曾入围首届“华斯比推理小说奖”。

恐龙是如何灭绝的

——

兔　草

1

立秋后，又收到K的来信，他说郊区枫叶已红，邀请我去做客。一年来，每逢换季，总能收到K的信，信里写，他已适应日出而作、日落而息的生活，白天闲暇时就去爬山，从山中捡回树叶做书签，用泉水泡茶，自得其乐。信的落款，他写，希望你来。

我和K相识于某网站，彼时，我热衷写小说，K则酷爱诗歌，我住在城市最南端，他住在城市最北边，周末时，我们常在一起喝酒，看展览、话剧或讲座，我们是彼此生活的共谋者，在这个偌大城市里嵌在一起，不分彼此。

一年前，K 突然告诉我，他辞职了，原因并未详说，辞职后不到半个月，他转租了城里的合租房，把窝挪到郊区，我问，城里不是更方便吗？他说，不，他四海为家，哪里都一样。

这几年来，朋友们都已心思异动，出国的出国，回老家的回老家，留下的人个个如怀揣定时炸弹。夏末时，母亲再度来电，命我回去相亲、结婚，我知道，这种持久战已经玩不下去，回老家是迟早的事，在此之前，我想借双翅膀，短暂飞翔。

把这个想法告知 K 后，他开心坏了，说隔壁正巧空了一间院子，如果我来，就能组局，玩电子游戏或狼人杀，我说那里不是人烟稀少吗，怎么组局？他开玩笑说，山里有熊、有狼、有蛇，夜里都会化成人形，灯影一照，分不清是人是妖。

K 所在的地方距市中心约三小时路程，通常要坐长途公交车再转一趟黑车，这一次携带大型行李，我准备坐出租车直接过去。K 听后，笑了笑说，你要留心，避免被打劫，郊区一带乱得很，劫财、杀人、分尸是常事，杀了人后，卷进麻布袋，直接扔到荒郊野岭，谁也找不着你。我说我一穷二白，箱子里全是书，没人会抢我。K 说，那就好，注意安全。

在网上预约了出租车，车准时停在楼下接我，见我大包小包离开，邻居生出欣羡之色，我没有解释，把沉重的行李塞进出租车后备厢后，离开了这个鬼地方。

上车后，司机又发挥间谍本色，他的嘴变成一把匕首，试图撬开我的壳，我窝在后座，把帽檐压低，伪装成蚌，不愿开口。尽管时间尚早，但路上还是堵住了，人、车，车、人，所有的东西堵在一起，城市就像一个病入膏肓的咽喉病人，我觉得恶心，好像自己变成了一口痰，现在，我要把这口痰发射出去，发射到荒郊野外。

堵在路上时，司机见我清醒，又试图和我搭话，无非还是那几个问题——你多大了？做什么工作？去郊区干吗？我敷衍了事，随便作答，以为这样就能逃避“追捕”，没想到司机突然一惊一乍说——“哟，都三十岁了。”

是，三十岁了。我低着头，像不知道给谁认罪。

那也该成家，立业了吧？

还没，连女朋友都没。

话题到此为止，也应该终结，没想到司机话匣就此打开，如泄洪般一发不可收拾。司机讲，他家里有个男孩，上小学一年级，闹腾得很，孩子一闹，妻子也闹，两个人恨不得把家里点燃，烧了。司机讲，生男孩是建设银行，辛苦，未来还要给孩子准备房子，他这些年跑出租，总是憋尿，肾憋坏了，不知道还能憋几年。

我说，那您不容易啊。司机说，人活着就挺不容易的，都苦，众生皆苦。前面的路好不容易顺畅了一会儿，不久又遇到红灯。我说，红灯怎么这么多啊？司机说，不知道，红灯就是挺多，但你也没办法，只能等，不是吗。

我一贯有晕车的毛病，车才走了一小时不到，我已恶心欲吐，不得已，只得掏出两枚薄荷糖衔在嘴里，任由薄荷香气在鼻腔口腔里四处闲逛。司机见我不排斥和他聊天，又开始讲故事。真是奇怪，司机们口袋里好像永远装着故事，隔几分钟就掏出一个，隔几分钟又掏出一个，源源不断。

司机问我，你是去奉县吧？我说是。他说奉县这个地方鸟不拉屎，没啥可玩的，唯一能摆得上台面的是孤鸣寺，前几年，他拉过一个客人，是个中年人，四十来岁，西装革履，提公文包，有啤酒肚，肚子穿过皮带挤压出来，一圈一圈，油腻得很，那人一上车，就低垂脑袋，不说话。司机讲，前几年股灾，跳楼自杀了的用簸箕装，他想，坏了，那人不会是要坐车去郊区自杀吧，心下一凛，没想到那个男人下车后，直接朝孤鸣寺而去。

一个男人，大冷天，下着雪，提着公文包上寺庙里，你猜干吗去？

猜不出来。

是出家。

司机说，那人走时，终于开口，说他解脱了，准备去寺里剃度出家。男人离开后，司机下了车，到荒草处小解，回来后，点燃一支烟，抽了半个钟头，他望着那段路，出神了一会儿，心想如果无路可逃，出家也是个不错的选择。

这时车已驶上高速，远处，田野像一块块抹茶蛋糕整齐地码放着。听完司机说的故事，我试图用眼做刀，将抹茶蛋糕劈开，寻条路，看看那个男人到底走到了哪里，但一无所获。车又走了半个钟头，我对眼前景色感到厌倦，分不清来处和去处有何区别，高速路上，每隔几百米就会竖起一块广告牌，卖房子的、卖车子的、卖油漆的、卖珠宝的……应有尽有。K叮嘱我，如果看到广告牌上写有“瓦尔登湖”四个大字，就立刻命司机朝岔路口另一个方向开过去，千万别弄错了。因为K的话，我变得格外警惕，生怕迷路。

不久后，我果然看到了那块巨幅广告牌，牌子上，一片绿湖占据半壁江山，另一半则献给了一处碉堡似的小楼，下面写着一行字——“来瓦尔登湖，感受心灵原乡。”

司机问我，瓦尔登湖是什么地方？

我解释道，《瓦尔登湖》是一本书，由梭罗所作，讲的是其远离尘世，在湖畔的隐居生活。这本书流传极广，被翻译成多国文字，几乎是隐居的代名词。司机听我这么讲，笑了笑说，明白了明白了，就是陶渊明的意思，那两句诗我一直都记得——“采菊东篱下，悠然见南山。”

我命司机朝瓦尔登湖别墅反方向开去，这时K又发来消息，问我到哪儿了，我说刚过瓦尔登湖。他又说，没走错吧，千万不要去那边，开发商是骗子，梭罗也是大骗子。

梭罗是骗子？此话怎讲？

K告诉我，梭罗在瓦尔登湖的生活纯属一段虚构，在康科德一带，广泛流传着一则笑话——爱默生先生摇响了晚餐铃，梭罗从林中猛冲出来，手里拿着餐盘排在队伍最前面。也就是说，梭罗隐居之处离市区并不远，他并没有过一种远离世俗和人烟的生活，相反，他时常聚众狂欢，到朋友家蹭饭，书里有一大半情节是他臆想出来的。

我和K说，那梭罗挺厉害，仅凭臆想就能欺骗世人这么多年。K说，别讲废话了，有什么见面再讨论，他已经开车在奉县入口等我，等出租车到了，他就会接我到住处，从奉县到住的地方还有半个多小时车程。

车到奉县入口后，我和健谈的司机作别，他关门，下车，点燃一支烟，说想透口气，这时忽然刮来一阵妖风，掀开他油腻的假发，我忽然看见几个猩红色圆点若隐若现，司机见我神色有异，立刻解释道："假发？不稀奇，人总会秃的，迟早的事儿。"

与司机作别不久后，我终于在路口与K会合，多日不见，他瘦成一柄刀，眼神锋利，我开玩笑说你莫不是吸了山中精气，要成妖了，他接过我的行李甩上车说："错了，是成仙。"

K开了一辆土黄色皮卡车，车上不仅有我，还有一些扳手工具及恐龙玩偶，我说你小子混得不错，都开上车了。K说，哪里哪里，车是借来的。一路上，K绝口不提车主名字，我也累了，一个人靠在副驾驶座上，陷入睡眠。梦中，我跪在蒲团上，眼前是一尊菩萨像，有老僧手持剃刀为我削发，青丝落在地上，像稀释掉的影子，我想开口，但找不到自己的嘴唇，我想站起来，但小腿竟被人卸去，我以为自己要孤老在禅寺时，突然听到K大声唤我——"醒醒，醒醒。"

突然睁眼，眼前景色似被滤过，覆上一层蓝色的膜，远处，一个障碍物堵在路口，看不清是什么。

“下来！”K 急忙刹车，停在那障碍物前，我以为他要去小解，没想到他绕过来，打开我的车门，对着我喊：“坐着干吗，还不快点下来，帮我把恐龙移开。”

恐龙？

对，你没听错，是恐龙。

我揉揉双眼，走到那个两米多高的障碍物前，发现那果然是一只恐龙，一只霸王龙，眼如巨蛋，爪牙锋利，张着大嘴，正对我咆哮。

2

决定来郊区之前，我正在看一个年轻小说家的短篇集，里面有一个故事，讲花莲市动物园里有一头大象，总是坐着，无论别人拿叉子戳它，还是拼命围观它，那大象都不动如山，一直坐着。后来有人翻入大象的领地，终于发现大象坐着是因为它瘸了一条腿，正当他发现秘密时，大象却一脚踹在了他的胸口上。

这庞然大物不是大象，但也差不多。这头恐龙实际上是一座空心雕塑，就是各种衰败游乐场中的猎奇玩偶，不重，但难以搬动，我几乎怀疑它的底部和大地紧密连成一体。K 说，你再努努力，两个大男人不可能搬不动一个玩偶。我说，这并非玩偶，而是一只恐龙，你试试把一个恐龙移开？

唇枪舌剑一阵后，我们终于把那恐龙稍稍朝路边移了一点儿，我和 K 累得气喘吁吁。K 指着皮卡车说，车体积过大，如果不能把恐龙移开，我们就过不去。我说歇会儿，歇歇。我和

K走到那头粗壮大树下席地而坐，指着大树说，你猜这树多大年纪？我说不知道。K竖起三个指头说，三百岁，你信不信，这棵树三百岁了，我们两个人加起来都活不过它。

人生苦短，我苦笑说，所以我想偷点时间给自己，于是就来找你了。

K说，是啊，人得偷点时间给自己，不然没法活，多少人是为了别人活着？

在树下擦干汗，喝了大半瓶矿泉水后，我和K终于鼓足勇气，打算继续搬那只恐龙，这次K有备而来，他从车上拿出一块大木板，打算利用杠杆原理先将这个庞然大物撂倒，然后用皮卡车将这只恐龙撞开，撞进树从里。

“真是搞不懂，这里怎么会有一只恐龙呢？”K骂骂咧咧启动了皮卡车，吩咐我赶紧上来，坐稳，他喊——“一、二、三”。皮卡车再度启动，朝那只卧倒的恐龙驶去。经过三次努力后，那只恐龙终于被我们弄到草堆里去了，从我这个角度望去，仅能看到霸王龙的尾巴从树丛里刺出来。

K没有告诉我这里为何会有恐龙，我只能凭经验想象这里曾有一座荒废的游乐场，如今外墙拆除，人们破门而入，随意搭起房屋，那些摩天轮、旋转木马、过山车，过去曾称霸此地，但现在早已被拆毁或挪走，只剩下几只闲散的恐龙唬人为乐。

又开了半个多钟头后，我们终于抵达目的地，K推开门，一个形似四合院结构的院落出现在我眼前，K指着左边那间屋子说：“你住这里，我住你对面，以后可能还有别的朋友会来，咱们就能多几个伴。”

院子空地上，几只黄鸡正在啄米，葡萄架上栽种着一些我叫不出名的植物，几只灰鸟停歇在屋檐上，一切都是想象中的乡村图景。只是推开房门时，还是吓了我一跳。房间内，蛛网密布，家具简陋，墙体脱皮……我意识到，要把这间屋子收拾一新，需要时间和勇气。

K在门口亮了亮车钥匙，告诉我他还车去，让我慢慢收拾，我应了一声好，忽有闯进贼窝的错觉，毕竟，我之前看到的是K乡村生活中光鲜一面，如今真刀真枪面对这种生活，有些手足无措。K离开后，我把行李卸下来，三件大包裹像嗷嗷待哺的小兽，将我围成一圈，我不知道从何下手，打算去K的屋子看看。他房间门虚掩着，我轻轻一推就开了，屋内，可以用家徒四壁来形容，除了一张床，一个大书柜，一部电视机，再无多余器具，忽然想起K在信中写的话，比起普通的粮食，他更需要精神食粮，他的房子越空旷，心就越满。

在K的房间里兜了两圈，一无所获，我又返回自己那间破屋，着手改造工作，无论如何，必须先把床清理出来，其余的事，都好说。这里的种种状况让我想起七八岁时随父母下农村的情景，那时也是相似的砖石，相似的风景，我每天都吵着要喝娃哈哈，每天都牵挂着城里的麦当劳和肯德基。

清理了约莫一刻钟后，K轻轻敲响房门，闯了进来，手里还提着一袋饺子。我问他饺子哪来的，他说买酒送的。K摇摇手中酒瓶说，今晚我们无醉不归。我说好，喝就喝，反正明天不用上班。我突然发现，对我来说，郊区生活最大的诱惑就是不用上班。不用上班，意味着不用看闹钟的脸色做人，不用把自己变成一张薄纸塞入密不透风的地铁，不用想着提防这个小人得罪那个客户……这里的一切都是自由的，自由睡去，自由醒来。

夜里，我终于清理好床铺，和K来到小院里，支了张桌子，就着饺子和花生米开始聊天。K说你还记得北岛的《波兰来客》吗？我说当然记得——“那时我们有梦，关于文学，关于爱情，关于穿越世界的旅行。如今我们深夜饮酒，杯子碰到一起，都是梦破碎的声音。”过去我经常在不同场合暗中吟诵这首诗，有时是疲惫工作的无人深夜，有时是在客户写字楼的走廊上抽烟时，我用垃圾桶掩埋梦，也用烟焚烧理想。K见我神色低落，笑笑说，杯子碎了，可以再买，梦碎了，可以重新捏在一起，只要你敢。

我抬起头，发现自己已经许久没有端详过月亮，过去我住在钢筋混凝土的大楼里，空调调成恒温，我被养在里头，玻璃幕墙将我和外界隔开，我们像培养皿中的器官，处在一种近乎无菌状态，面前有的只是电脑和打字机，还有没完没了的邮件与讯息，关于大自然，一切近乎消失。

K把杯中啤酒一饮而尽，他摇晃着空杯说，你看这像不像地球上最后的夜晚？我和你坐在一个院子里，吃一顿诀别餐，我即将去火星探险，而你选择去月球旅行，我们终将成为地球上的过客。每天浸没在琐碎的工作与生活中，我已经很久没有听过这种混乱迷醉的语言，这显然是K即兴而为，过去，他常在朗读会上随兴作诗，不用打腹稿，也不用写下来，张嘴即来，我和朋友戏谑地称其为看起来像相声演员的诗人。

酒精一点点稀释了我们紧闭的心门，K突然指着围墙说："你知道隔壁住的是谁吗？"我摇摇头，K继续道，我们隔壁住的是一个科学艺术家，你没听过这个职业吧，到底是科学家还是艺术家，一开始，我也有点恍神，后来我才知道，只要后缀是"艺术家"，多半指的是此人的爱好无法养活自己，当然，大艺术家也可以赚得盆钵满金，但说到底，这世界上也没几个大艺术家。

啤酒很快被我们饮光，K告诉我，这里的小卖部夜里九点就会关门，现在我们已经弹尽粮绝，喝完这杯就要睡觉。夜凉如水，小院内一派清明，我不知道人生能有几个夜晚可以和友人对坐饮酒。K说，在这里，一切都有机会，我们的进度条已经无限延长了。

喝完酒，吃光菜，我和K收拾收拾就各自回屋。K说，明早还要早起，他要带我去山上看红色枫叶。

3

翌日醒来，K已经消失，床头放着一本波拉尼奥的《地球上最后的夜晚》，红色树叶像路标，指着第258页，上面有一句话由猩红签字笔勾出——"你知道什么时候我们真的感觉孤单吗？我说：是在人群里。"

K不知所踪，大门紧闭，但其余一切如常，鸡依旧在散步，鸟依旧在吟唱，天依旧那么蓝，只是K消失了。我猜想他是去山上搜集树叶及泉水，但不知为何，他将大门紧锁，不知道是不是怕外人侵入，或是我不告而别。一个人，生活在深山老林里，说不寂寞是不可能。昨晚，K说，有我前来，他好像有了狱友，也有了私奔的同谋，从此不再孤独。但我没有告诉他，我并不打算常住，最多半年，我就要离开这里，再度回到城市中，回到既定的生活轨道上。

手机信号时好时坏，不是我收不到别人的信息，就是别人收不到我的信息。我把手机塞进抽屉，它现在同一块板砖无异。洗漱完毕后，我把《地球上最后的夜晚》带到院子里，优哉游哉地看起来。但看了十分钟后，我的注意力就一败涂地，我在院子里踱来踱去，焦虑不安。集中精神看书对现代人来说形同坐牢。K在郊区的生活等于要把牢底坐穿。

就在我焦虑不安时，隔壁忽然响起一阵野兽的咆哮，但显然由声控玩具发出，尽管所有的科技都在模糊现实与虚拟的区别，但我还是听得出，那是声控玩具，这让我浮想联翩，难不成隔壁住了一个怪老头？我曾在报纸新闻上无数次看到过一些农民科学家的故事，他们利用废铜烂铁及电线组装一些飞行器或奇异发明，然后以身试险，有的成功了，沾沾自喜，去电视台演讲自己的丰功伟绩，但电视机前的观众却笑作一团，人们笑什么？人们笑农民怎么能玩高科技呢？这不合理。

院墙并不高，只要有梯子或板凳，悄悄爬过去并非难事。

小时候，我常从学校翻出去，逃课去漫画书店看书，或漫无目的地闲逛，翻墙对我来说太容易了。我站在围墙下跃跃欲试，但心里有根绳索拴着我，套着我。成年人的理智告诉我，不打扰他人生活是一种礼貌，不是所有邻居都要成为朋友。

我决定视K回来的时间决定，如果一个小时后，K还不回来，那么我就翻过去，悄悄看下隔壁到底在做什么。K啊，我暗中祈祷他快点回来，不然孤独总会把一个人折磨疯，动物们翻山越岭寻找同类，人始终是一种群居动物（尽管现代人不一定是）。

一小时后，K并未归家，我从角落处翻出几块闲砖，垒成梯，一开始，我还不敢完全探过身去，只是悄悄隐在墙头，探身张望，但隔壁的屋主像是猜透了我的心思，将一切隐在巨大雨棚内，我藏在墙下，只能看见屋顶和棚顶，其余一概不得所知。

我决定翻过去，像探险一样，我已经好久没有探险过了，城市里布满千篇一律的房屋、便利店、地铁，没有一个地方值得探险，人陷在琐碎里，像粥里的食料，只能被吞食，逃不出来。

我从墙上一跃而下，脚步轻盈，如同花猫。进了院子后，油漆味扑鼻而来，我掀开雨棚旁的塑料布，撞进了陌生的空间，眼前的一切像场地震，震碎了我所有认知——那是数百只大大小小的恐龙，它们正以不同姿态匍匐在大地上。

上一次看见这么多远古兽类还是在电影《侏罗纪公园》里。我忽然想到几年前去西安旅游时看到的兵马俑。在秦始皇葬坑内，成千上万的兵马俑站在那儿，不言不语。几个文物修复的工作人员正在埋头清理兵马俑，他们和那些千年前的物体坐在一起，不分彼此。

恐龙数量庞大，但并未遮蔽视线，远处，一束灯光下，一个女人正手持小刀在雕镂一只恐龙，她黑色秀发披散在肩膀上，眼睛里有一种拜佛般的虔诚。我站在那儿静静地看了一会儿，几乎忘记自己是“闯入者”的身份。女人忽然抬头，与我四目相对，她的目光里没有惊恐，没有胆怯，完全是平静，好像我不是一个人，而是一片空气。她看了我一会儿，又埋头雕镂恐龙，静默十分钟后，她才再度抬起头问——“你是……”

哦，我，我是新搬来的。

女人蹙眉，又问：“你是小 K 的朋友？”

我点点头。

我对眼前的女人一无所知，不知道她是否就是那个“科学艺术家”，恐龙将我和她环绕在一起，我们仿佛是在原始森林中失散又重逢的队友，彼此心中都有种劫后余生的喜悦。女人俯身清空了一个板凳，指了指说：“坐吧。”我刚坐下，女人又说：“对不起，我有点忙，等下忙完了，再和你说。”不到几分钟后，她又独自返回那片原始森林，而我，则像公园里的游客，站在玻璃幕墙内，观察野兽的生活，我不敢踏出一步，生怕被恐龙咬断了脖子。

与其说这里叫家，不如说这里是恐龙乐园，目之所及，所有的地方都让给了恐龙，几万年前从地球上消失的霸主突然充斥在这郊区小院内各个角落。在我面前，一张近十米宽十米长的桌上，形态各异的恐龙一字排开，连成密林。记得十岁那年，我常感冒，去儿童医院挂水，那时每天都要被针扎，手上永远青紫，为了讨我开心，母亲总会买一些便宜的玩具给我，我拿到最多的便是各种各样的恐龙。当时奥特曼炙手可热，哥斯拉长得像恐龙近亲，小孩子们之间拿恐龙打架，大家最喜欢用的就是霸王龙，因其牙尖腿壮，俨然战士。

我随手拿起一只恐龙，左右端详，看不出门道，也叫不出它的名字。在手中把玩了一会儿，女人突然开口说——“这是禽龙。”

禽龙？

“对，据说禽龙是最早被发现和被命名的恐龙，这种恐龙生活在侏罗纪和白垩纪时期，身长9米至10米，高4米至5米，食素，尾巴重，舌头长。你注意看，它前手拇指处有一个尖爪，据说用来抵抗掠食者。”

女人说起恐龙话题，眉飞色舞，宛如复活化石，她滔滔不绝讲了一会儿，我什么也没听进去，我记不清恐龙身长几尺，也不想了解它们长了几个脚指头，客观地说，我的好奇心死了，死在地铁门缝里，死在办公室电脑上，死在每一次通往成人世界的阴沟中。

“你不觉得很有意思吗？”

我被女人的话问得哑口无言，不知如何回答，她对恐龙如数家珍，却绝口不提自己姓甚名谁。又坐了一会儿，日影西斜，我意识到必须尽快回到自己的屋子里了，如果K看见我不在家里，一定会急疯了。我站起身，从恐龙森林中拔出腿，然后与女人作别，她伸出手，拦住我说："你要回去了吗？带点饺子回去吧？"

"饺子？"

"对，我喜欢吃饺子，天天吃饺子就够了，节约时间，其余时间都能拿来做恐龙。"

女人匿入屋内，拎着一袋饺子出来，饺子挤在透明的塑料袋里沾满冰霜，我犹豫着接过来，她又紧跟着补充道："不知道你爱吃什么口味，我这里只有荠菜猪肉的，小K爱吃这种。"女人把饺子交到我手中后，又返回了工作台，拿起小刀，如同时刻准备行动的杀手，她看了看我，笑了，唇边漾出涟漪说："叫我冷姐吧。"

4

原路返回时，砖梯消失了，我不得不跳下去，皮鞋砸在地上，发出一声闷响。还未站定，就听见K在唤我，他站在一口大铁锅前，在熬煮什么。

"终于舍得回来了？"K一边拿大勺搅动着锅，一边说："我还以为你跟那只猫一样，都不要我了。"

猫？我突然想起几个月前，K来信曾提及过一只猫，是母猫，黑色，异瞳。猫来时，是春末的早晨，那时K还在酣眠，猫从未关的门里溜进去，一跃而上，开始舔舐K的脸，K醒来后，发现了这只野猫，遂将其收养。就这样，一人一猫，相伴为生。不幸的是，三个月后，黑猫失踪，K 遍寻不见。又过了半个月，一天傍晚，K 从山上下来，突然发现草丛中藏着一只猫，他走进一看，正是他养的那只，但猫已经死了，腹部血迹斑斑。K 顺手把猫埋在了一棵树下。

“猫是被撞死的，被一辆皮卡车撞死的。”K 闷了一口酒，邀我坐下。他盯着我的裤脚注视了一会儿说：“见到冷姐了？”我点点头，K 继续说，冷姐这个人，有些怪。

哪里怪？说话间隙我顺手把饺子递给 K，K 笑了笑说，冷姐给的吧？我点点头。K 又说，冷姐这个人，一个人住这么大院子，院子里只有两种东西：一种是恐龙，一种是饺子，饺子喂饱身体，恐龙喂饱精神，她每天就靠这两样东西度日，特别简单。

天色渐暗，K 起身将院内的灯光打开，我抬起头，彩色的小灯泡串起东西南北，如同灯做的帐篷，将我们包围其中。我知道这是 K 的杰作，他擅长手工，大学时就开始学习各种木工活，没有拜师，仅凭一本外文书就撬开了木工的大门，他的学校修在一座岛上，岛中荒芜，颇多毫无人烟的野地，K 总是逃课去那些荒无人烟处，自己做些东西玩。至毕业时，他已凭借废木搭建了一个荒野小屋。但是后来呢？不到三个月，那房子作为违规建筑被拆除了。K 曾翻出一些宝丽来的照片给我看——“你看，当时还挺多情侣来这拍照，后来没了，又过几年，整岛返修，人们把那个地方改建成了一个公园，修满那种没有个性的伪欧式建筑。”

锅内，水已沸腾，K将那些冷冻过的丸子肉类一一扔入其中，过了一会儿，他举着筷子，对着虚空指指点点说：“你知道吗？其实我很佩服冷姐，我们是被动来到此地，她是主动选择，她跟我们不一样。”

K告诉我，冷姐三岁时在祖父卧室里发现了一本恐龙图册，至此开始沉迷于绘制恐龙，她非科班出身，家里人阻止她学画，她就趁出去补课时，抽空去图书馆借书，从九岁到十九岁，十年之间，她翻遍有关恐龙的书籍，自学成才，二十岁时，她绘制了一幅《远古生物复原图》，此图被北欧杂志看中，选为某期封面。大学时，冷姐主修设计，业余修过物理学、心理学、进化学、高等数学等。为了画一只恐龙，她浏览专业机构网站，甚至自学拉丁语。她每画一张，就贴在墙上，到毕业时，整间宿舍被她的素描与手绘填满，近百幅。

K说到这儿，顿了顿，从锅里捞出一块豆腐继续说：“当然，最厉害的还不是这个，她毕业后，和校友结婚，她丈夫经商，在城里有三套房子，一套两百平，另两套各一百平，她完全可以辞掉工作，在家里休息，请家政工做事，像城里那些阔太一样，过上十指不沾阳春水的生活，但她说，她骨子里就叛逆，过不了那种日子，所以前年时就独自一个人搬来郊区，凭一己之力弄了个恐龙工作室。”

“赚钱吗？”我盯着K问，“这么冷僻的行业，赚钱吗？”

赚，当然也赚。K笑了笑说，但赚得苦，冷姐每天都要工作近十五个小时，也就是说，除吃饭、睡觉外，她一直都在工作，所以平日里，她并不梳妆打扮，永远乱发披肩，和人说话时，眼神涣散，这没办法，让一个大活人一直工作，总有被掏干的一天。不制作恐龙时，冷姐还要飞到各地去搞讲座，就是那种纯公益性质的讲座，薄利。

边吃火锅边聊，我从K的口中听到了许多关于冷姐的事，其中当然也包括他们第一次见面。K说，那是一个清晨，天蒙蒙亮，他背着帆布包，准备去山里转转，刚出门时，就见一个女人正在搬一块巨石，那石头遮蔽了她半边身子，K不忍，于是上前帮忙，这才发现那并非巨石，而是一块恐龙头骨。

他们彼此客气热络地聊了一会儿，终于明白这就是朝夕共处但并未谋面的邻居。那之后，有半个月，K闭门不出，专心撰写一本打算自费印刷的诗集，但就在诗集准备付梓时，黑猫走丢了，K终于又变成孤家寡人，他开始频繁滋扰冷姐，不为别的，只为找个人聊聊天。在这期间，K知道自己的诗集因种种原因无法出版，情绪陷入低落。就在我们共同步入某种难以言喻的悲怆情绪时，头顶闪烁的彩色灯泡砰砰炸了两个，像星星消失在宇宙，我和他愣了愣，面颊绯红，K很快镇定下来，告诉我，别紧张，这里昼夜温差大，灯泡坏是常事，不用紧张。

各自咽下一些菜饭后，K问我感觉如何，过得是否习惯，我说，时间尚短，感觉不出。K说，如果不介意的话，可以和他一起去冷姐那学做恐龙模型，每周一、三，当休闲也好，当社交也好，总之，有点事做。我点了点头，答应了K的邀请。

这时灯泡不知为何又炸了一个，火锅里再也捞不出什么花头，一切都消失了。我突然不知道自己为什么来这里。过去，工作和生活如同两柄利剑，穿透琵琶骨，将我悬起来。浸泡在都市的福尔马林中，我像腐尸一样，维持着肉体形状，精神溃散，而现在，我终于自主选择逃离了都市，来到郊区，但现在，却又有点不知所措。我依然晚睡，也没有早起，更没有阅读，而是把大部分时间都献给了闲聊和发呆，这意味着，逃离城市，来到郊区，并不能洗去堕气，我还是我。

和 K 约好后，一周内总有些期待，日子和日子长得一模一样，唯有这一天，奇峰突起，显得格外不同。我早晨九点就起床，洗漱完毕，吃了一些紫米粥，等着和 K 一起出发去冷姐家。我问 K，需要带什么工具吗？K 说，你有一双手就够了。

这一次从大门进入冷姐家，感觉不同，入口处停放着一辆黄色皮卡车，外皮由黑布罩着。趁 K 去按门铃时，我退到皮卡车处，闲眼张望，忽然发现后轮胎及车屁股上有一些褐色痕迹。正想问 K 是什么时，大门洞开，冷姐出来迎接我们，她今天戴了一对耳环，显得神采奕奕。

冷姐领我们到里屋，泡了两杯乌龙茶。这时窗外开始下起淅淅沥沥的小雨，雨落在树叶上，发出清脆响声，是大自然的嗓音，过去我常失眠，用过许多办法均不奏效，后来朋友推荐我听雨声，自那以后，睡眠好了许多，忽然想起梭罗的话——“这个世界的启示在荒野”，K 也讲过，水声、风声、树声、蝉鸣、蛙鸣、鸟鸣，这些声音都有治愈作用。

喝了半杯茶后，冷姐带我们到了工作间，那里如原始人的洞穴，布满了野兽皮、动物骨骼、恐龙头颅。K打趣说，怕什么，都是假的。我摇摇头，现在你能分辨什么是真的，什么是假的吗？

冷姐没有为难我这个门外汉，她把一块泥巴放到我手心说，随便捏，照着你喜欢的恐龙捏，捏成啥样是啥样。我接过那团泥巴，照着一只霸王龙捏了起来，我毫无美术功底，只能凭感觉去揉捏那团物体。K已经上过几节课，技法稍胜一筹，他已经开始制作四肢和尾巴。捏了一会儿，我觉得无趣，问K，知道不知道恐龙怎么灭绝的？K笑了笑，把一个捏废的尾巴扔到垃圾桶里说："我不关心恐龙怎么灭绝的，我只关心人类是怎么灭绝的。"

冷姐听到我们的对话，也凑过来，她说她曾看书里写过，说是6500万年前，天降巨石，巨石成群结队撞进大海，在海底撞出一个巨坑，海水瞬间汽化，蒸汽喷涌，掀起海啸，海啸迅速横扫陆地……接着引发了一系列蝴蝶效应——极地雪融、植物毁灭、山洪暴发、大雨滂沱，整个世界瞬间消亡，恐龙也随之消失……

忽然想起小时候寒假时整夜不寐、热情翻阅过的百科全书，那时我对世界尚存一万分好奇，现在呢？现在我既不关心恐龙如何灭绝，也懒得担心人类何时灭绝，现实横亘面前，如一面厚墙，我每天都要想着如何击穿它，即使手骨上血痕累累，还要一战再战。捏了一会儿，捏出个四不像脑袋给冷姐看。冷姐笑笑，接过去说，捏出什么就是什么，这就是你的恐龙。我笑了笑，有些敝帚自珍的意味，尽管丑，也是自己的作品。

就在我们三人笑闹之际，紧闭的门忽然开了一条缝，那条缝逐渐变大，如同野兽睁眼，眼睛完全张开时，闪进来一个人，是个清瘦的中年男人，戴眼镜，像文弱书生，但左脸上有道明显的疤痕。冷姐见那人进来，神色大变，大声解释道："这是我老公。"

我和K低头，继续与手中的半成品恐龙周旋，像做错事被罚抄写课本的学生，做着机械动作，余光瞥到男人身上时，忽然发现他手中拎着好几袋饺子。冷姐接过饺子，放在桌上，又向男人介绍我们，说我们是她邻居。

"留下来吃饭吧。"男人的话堵住了我们的退路，冷姐也跟着附和道："对，留下来吃饭吧。"

男人说完就关上门，退出屋子，屋内气氛瞬间变了，接下来那一个小时不知如何耗过去的，只记得隔壁厨房响起噼里啪啦的响声，冷姐不擅长家务、不爱做饭，厨房平时没人看顾，备受冷落，这下突然枯木逢春，动静格外巨大。

一小时后，男人就做好了一桌子菜，我们也从冷姐口中得知男人姓陆。陆哥做菜时，我们则跟着冷姐张罗桌椅板凳，平时这里冷清寂寥，现在一下子多出人来，什么东西都找不到，凳子散落在恐龙脚下，桌子塞在一个暗不见天日的角落，等全部张罗妥当时，夜已黑，风停雨收，我们坐在湿漉漉的院子里，开始吃晚餐。

难免要相互介绍，我和K都是无业青年，身份尴尬，不知如何解释，只能说是身体抱恙，来这里休养生息。像所有人一样，陆哥也问起我和K的年纪，我说已经过了三十岁，K则说，快了，还有四个月就到三十，陆哥给每个人杯子里都斟满啤酒，说："年轻，真年轻。"在我和K看来，我们已经一点不年轻了。陆哥继续说，这个年纪，正是做事的时候，问我们对将来有何打算，K看看我，我看看K，都不知道怎么继续说下去。陆哥见我们低头吃菜不说话，又说道："你们现在的年轻人呢，就是怕吃苦，喜欢逃避……"

陆哥的一言一行让我联想到公司领导，在觥筹交错的场合，领导们总是打着鼓励年轻人的幌子宣扬自己当年的丰功伟绩。尽管一桌菜饭味道鲜美，但我和K已经食不下咽，我只想赶紧回去，抱着我们那个灯泡碎了一地的冷清院子，再看一遍波拉尼奥。

陆哥忽然顿了顿，抬眼望向我和K说："听小冷说，你们也写小说和诗。"K尴尬一笑，说，雕虫小技。陆哥意味深长地看了我们一眼说："我年轻时也写过，后来不写了，年轻时很穷，不写之后，就发了一笔财。"我低下头颅，发现脚下的水泥地开裂了，裂出一条黑色细缝，我想把那缝扒开，钻进去，盖上盖，躲起来。但陆哥不罢休，仍咄咄逼人，将我们逼回餐桌上。"吃吃，这是鲍鱼，朋友给我的。"

陆哥每周来郊区两次，时间不定，有时是万籁俱寂的深夜，有时是泛着朝露的清晨。在此之前，K从未见过陆哥，只依稀从冷姐口中得知陆哥是商人，事务繁忙，工作核心都在城里。

我和K吃了一阵，都觉得芒刺在背，格外难受，这房间内灯光也格外刺眼，让人联想到手术室里的照明灯，把器官扒开，看见其中血肉模糊的一片。吃了一会儿，我和K作势与冷姐告辞，冷姐嘱咐我们，夜里冷，回去早点歇息，陆哥也跟着附和说早点歇息，末了，突然加了一句——“不骗你们，我真的写过诗，笔名是旅客。”

5

那座破败的院落像是为我和K所建造的防空洞，我和K躲在里头，假装听不到外界飞机的呼啸、子弹的咆哮，在这里避世，时间姑息了我们。

冷夜如斧，当头劈开，我和K一路无言。回到房间后，我接到一个电话，是朋友打来的，问我去了哪里，为什么闹失踪，又问我，要不要出来吃干锅牛蛙，我说身体不好，懒得出门，在家看书，朋友又问，看了什么，我随口说，在看一本年轻作家的书，挺好看。

电话那头突然顿了顿，我不知道是此地信号不佳，还是那头真的没有说话，几秒过后，朋友说，那个年轻作家自缢了，就在前天晚上，你不知道吗？我惊诧得说不出话，好像深夜里有浪拍过，将我按死在海滩上。朋友见我情绪不稳，安慰两句后就挂断了电话，我一时无法忍受，冲进K的房间说：“他自杀了。”

哪个他？K皱眉。

“就是我跟你说过，写一个大象坐在地上的那个作家，和我们差不多同龄，刚过二十九岁。”有那么一分钟，我觉得我也死了，和那个年轻作家一样，去了另一个时空，他曾替我说出我想说的话，如今又替我死去。

“自杀的人真多。”K说，不用等到陨石或外星人，只要继续下去，人类很快就会灭绝。我忽然想起K曾写过的一句诗——“我们并未经历战争，但早已战死。”凉薄月色翻窗而入，跪在地上，K顺手倒了一杯可乐给我说：“压压惊，我刚才还知道一件更可怕的事。”

“哦？”

K说，刚才我回房间时，特意查了“旅客”这个名字，原来确有其人，此人在二十世纪九十年代崭露头角，写了几首颇前卫的诗，但旋即销声匿迹，后来又过了十年，这个名字不知为何又活跃起来，屡屡登上杂志，还获得一些奖项，诗人名字下还缀上了一些作协名头。

“写得好吗？”

K笑了笑说，二十世纪九十年代的那几首很好，后来的就见仁见智了。当然，这并非重点，更有趣的是，据说这个“旅客”曾经搞过一个郊区诗社，也就是聚集一些文艺青年，到远离城市的地方闭门写作。但后来这个组织不欢而散，“旅客”作为首脑，遭到言论炮击，此事过后，“旅客”消沉了一阵，再次回来时居然成了某房地产商的幕僚。那地产商在京沪两地拿了一些地，这数年来，房价飞涨，“旅客”也趁机大赚一笔。

“还是搞房地产有用，多买几套房子，比什么都强。”我注视着蜘蛛在一处结网，但没结牢，它滑下去，不得不又开始重新结网，太滑稽了。

K把杯中可乐一饮而尽，笑着说：“所以我们的问题还是没钱，没房子？”我笑笑说，那不然呢？K又说，过去他奶奶在棉布厂做纺织女工，每天重复劳动，没有休止，他当时觉得太惨了，人怎么能过上这种日子？后来他长大了，到写字楼里做文案，每天没日没夜地替开发商写稿子，写什么“独此一墅，上流生活，圈层文化”，一次不过，再写一次，总是写到三更半夜，感觉还不如他奶奶。每个月拿到工资后，一部分因为心里难受，拿去挥霍，一部分存下来，准备买房子，但等到能付首付时，房价又涨了一轮。

我和K心知肚明，这里只是暂时的防空洞，时间一长，我们就如蒸笼里的小笼包，总会被人拿出来，蚕食一空，这才是最可怕的，永无解脱。这些年，有一些朋友去了国外，但并未展开新生活，他们到了新的地方，又产生了新的烦恼。也有如K一样到郊区生活的人，但能坚持下来的少，最后还是回流到了城市，直面人生，结婚、生孩子、还房贷，陷入一个无法解决的死循环之中。

我说不上来那个青年作家的死亡原因，只是冥冥之中觉得，这和“旅客”这类人有着微妙关系。“嘟嘟嘟。”十二点了，K说，回房间休息吧，我和K道了晚安，独自走进院子里，灯光闪烁，那几个坏了的灯泡已经被替换掉了，现在，所有灯泡都亮起来，像一件彩色绒衣，温暖美丽。

那日过后，我不敢再去冷姐家里做客，我和K继续着我们的郊区生活。K照例如前，早起，爬山，采摘树叶，下午则打盹、看书、做饭，而我也尝试着写点东西，赚取稿费糊口。但我们彼此都心知肚明，这样下去不是办法，生活总有一天会如山洪暴发。

就在我以为生活要无限迷茫下去时，事情发生了不可预料的转折。一天下午，K风尘仆仆回来，手里拎着一大袋进口零食，他说："现在有一个好消息，一个坏消息，你想听哪个？"

"先说坏消息吧。"我接过那一大袋东西，听K说起来，他说有人雇我们去完成一个不可能完成的任务。我说，是什么？他说，有人让我们烧了冷姐的房子。我问，谁？K说，是陆哥。

"那好消息是什么？"

K竖起一个指头说："好消息是事成之后陆哥会给我们二十万块钱，每人十万。"

说不心动是假的，但更多的是怀疑，我让K解释解释前因后果，K吞咽了一口口水后说："回来路上，遇上陆哥，他拉我到一个僻静角落，问我有没有兴趣做一个买卖，我摇摇头，想走，陆哥拦住我说过了这个村就没这个买卖，让我考虑清楚，我没有动，陆哥就悄悄说，他希望冷姐跟他回城里，他年纪大了，想要个孩子，但冷姐不同意，再说两个人隔这么远，也造不出孩子，陆哥说，只要把这个恐龙仓库烧了，冷姐无处可去，自然只能回家。”

烧了？

K点点头，又补充说，也不是真烧，就是放把小火，让冷姐恐惧，逼她回头。我又问，会被抓吗？K说，应该不会。

院子里忽然起了一阵妖风，把落叶扫开，露出一条清晰可见的路，K指着那片空地说，现在有条路给我们走，你说，走还是不走？

“你想想吧。”K在关门时说：“还有一件事，我也是今天才知道的，陆哥说黑猫是冷姐撞死的，因为冷姐想让我多陪她说说话。”

6

决定放火的前一天，我命K为我剃头，头发长了，难以修剪，不如全部剃掉。K拿着剪刀，咔嚓几下，剪掉了我的烦恼丝，接下来，他用一把推子像除草一样在我头顶上来回推动。我不知道寺庙里是如何为人落发的，坐在椅子上，看着窗外的小山，我问K，那里是不是曾有一座庙？的确是。K说，那里曾经有一座庙，但是一次意外大火，烧了，烧毁后，并未在原址重建，连同那片地加附近的地被一个开发商拿下，建成了“瓦尔登湖”别墅群。

K说，只要干完这一票，拿到钱，他就去别处开个民宿，春天赏花，夏天听蝉，秋天捡枫叶，冬天看雪。他又说，你看，我们讨论诗、讨论小说、讨论画，最后还是避不过讨论钱。

我点了点头，把地上的断发扫了，又用热毛巾在脑袋上囫囵了一圈。K嘱咐我，一定要想办法把书先收拾起来，如果火势蔓延，把书烧了，我们就完了。我在屋子里找了一圈，并无任何房间和地窖可以藏书，短时间内书也运不出去。最后，K指了指院子外的土地说，咱们把书放在箱子里，种下去。

我从杂物间找来一把铁锹，松了松土，K则回房整理书，总共清了三大箱出来，我们用牛皮箱把书装好，放在脚边，两个人一人一锹开始给书造窝。K问我过去种过树吗？我说没有。K又说，别人种树，我们种书，都是百年大计，但现在没人种树，也没人看书了。我擦了擦额头上的汗珠，又埋头干起活来。

两个小时后，我和K终于将书埋进了地下，并在地上做了一个小标记。做完这一切后，我们已经筋疲力尽，不知第二天的行动能否顺利进行。

傍晚，我和K又坐在院子里吃饭，这次我们宰了一只鸡饯行。那是我第一次看K杀鸡，他把鸡头连冠一起握住，右手执刀，对着鸡脖子一刀，血溅出来，洒了一地，我隔了几米远，还是在风里闻到了那遮掩不住的腥气，血放干净后，K把鸡扔进开水里，褪了毛。最终，这只鸡被做成了鸡汤，端上了餐桌。

我和K意识到，这是我们最后的晚餐，放火后，我们将不再有借口留在此地，想到这里，两个人都没了聊天的心情，灯泡的倒影落在酒杯里，像彩虹。我喜欢彩虹，彩虹代表雨过天晴，希望降临。

翌日，我和K起了个大早，开始清点工具，无非就是那几样。为了防止意外，陆哥借了皮卡车给我们，车钥匙在K手中。准备完毕后，我和K坐在空荡荡的房间里，一人一瓶酒喝了起来，酒壮怂人胆，这话没错。

约定的时间终于到了，太阳渐渐退场，我和K戴着口罩拿着工具翻墙而过。冷姐的院子一如往常，堆满了史前猛兽，我们穿行其间，犹如两个误入异世界的探险家。冷姐给这些恐龙标记了年代，我们一路从寒武纪走到三叠纪，再到白垩纪，那些不会说话的生灵探头探脑地张望着我们，好像电影试映场的观众。

就在我们准备开始行动时，前方忽然闪出一个黑色身影，K拦住我，让我不要轻举妄动，我们旋即躲藏在墙壁后，看见那个庞然大物转动着身躯在院子里来回走动。

是恐龙，一只霸王龙。眼如巨蛋，前肢发达。它旁若无人地走着，每一步都踏得结实无比。K拍拍我的肩膀，让我看看脚底，我忽然发现那里不知何时已经淌满液体，汽油像河一样把我们围起来。

那恐龙忽地转身，朝我和K躲藏之处望了一眼，然后不知从哪儿掏出打火机，点燃了桌上的抹布，火势瞬间蔓延，朝我们袭来。在我们面前，一张摊开的书上写着——“6500万年前，天降巨石，巨石成群结队撞进大海，在海底撞出一个巨坑，海水瞬间汽化，蒸汽喷涌，掀起海啸，海啸迅速横扫陆地……接着极地雪融、植物毁灭、山洪暴发、大雨滂沱，整个世界瞬间消亡，恐龙也随之消失。”

我推了推K的肩膀，问他，皮卡车在哪里？K望着远方说，我刚刚听到皮卡车启动的声音了。说话间，K的口袋里掉出一个笔记本，红色树叶被风扬起，笔记本上依稀可见一行字——“我们无处可逃。”这是K在一个月前写下的一行诗句，只有一句，因为他告诉我，他不知道其他的应该如何写下去。

兔草，1988年生，外企企划。出版有短篇小说集《研究怪兽的人》。曾获第五届豆瓣征文大赛奇幻组优秀奖。

岛上的人

张涯舞

第一次见到老王是二月中旬，那天下着小雨，淅淅沥沥，雨水中已经有了春天的味道。我开了一个小时的车，路过一条柏油路，两边是香樟，树干下刷了一段白色涂料。湿漉漉的路面上，路中间的白色虚线更加显眼，路边的水洼中是连绵的树木倒影，车轮碾过，森林破裂。

还没到景区大门，便有人在路边问要不要坐船。我减速靠边，几个中年妇女跑过来。我问多少钱，最先到的那位喘着气说游湖八十元。我说不游湖，只去一个岛。她问是桃花岛还是樱花岛。我说都不是，反正差不多远，就那个有许多别墅的岛。她说五十元。我没说话，摇起车窗准备走。这时旁边的另一个妇女说，三十元我带你们去。李二嬢，你哪样意思？第一个妇女往前一步，二十元，可以带你们逃门票。

她坐到副驾驶，锦瑟下车坐到后排。她指挥我往前开，又摸出手机打电话："老刘，有两个去别墅岛。"然后又继续劝我们去桃花岛或樱花岛，要不就坐船游湖，只要三十元。路过景区大门时，她下车走到岗亭，对值班的说了几句，门便开了。又开了几百米，便是停车场。

穿过一片冬青林，终于看到了湖。码头边停了十几艘船，几个汉子站在那儿抽烟。见我们到了，一个外披黑色皮衣，里面鸡心领蓝色毛衣，领口露出一截红色圆领内衣的矮胖男人走过来。

男人递给我一支烟，我摆摆手。

船大约二十米长，船舱里有两排座位，大概可以坐十几个人。发动机"突突突"地喘着气，深绿色的湖水往两边分开去。我们走到船后夹板上，一溜彩色三角旗刺刺地飘动。我接过锦瑟的相机，调成黑白。天空低沉，锦瑟望着船后，那是一道长长的水痕，风吹乱了她的头发。

这次行程大概是半个月前定下的。我在店里拿着手机看电影，锦瑟跳进来，背着手看了一圈架子上的瓶瓶罐罐，又趴在柜子上看玻璃下的铜钱纸币、明清花片。我倒了杯茶递给她："今天有空？"

她喝了一口：“事情嘛，永远都是做不完的。”

锦瑟在省考古研究所，忙起来总是几个月见不了面。我就守着这破店，三年不开张，开张也不够吃三年。

这里，有兴趣吗？她把手机递给我。

风景名胜区百花湖，其中一座岛上建了十几栋别墅，说是准备开发度假村。后来百花湖被划为贵阳市饮用水保护区，网箱养鱼、农家乐、湖边烧烤，统统被清理，别墅便烂了尾。锦瑟这两年迷上了城市废墟探险，到处找破房子拍照，一个人又害怕，便拉上我。她拍照，彩色、黑白、逆光特写一通噼里啪啦，我闲着看看有什么东西，比如老的搪瓷盘、像章、旧书这类，拿回去清理一下，摆柜子上，偶尔也卖出去几样。锦瑟说废墟探险的原则就是只拍照，不能拿东西。又不是古墓，我不拿，别人也会来拿，搞不好哪天推土机开来就全都埋在土里，放我店里好歹也算一种保护。吵过几次，她便听之任之了。

“怎么样？”她趴在柜台上。

我盯着她说：“不怎么样。”

她站起来挥了挥拳：“就这样说定了，我提前打电话给你。”

下船后，留了船家的电话，说大概两个小时后过来接人。别墅有十几栋，还没装门窗，墙上已经被爬山虎覆盖，四周杂草丛生。连着几栋都空空荡荡，偶尔墙角有生火的残迹，空酒瓶，还有干的粪便。锦瑟换着角度拍照，接连几栋，都是如此，她有点兴致索然。这不是我们想探索的，我们想看见的废墟是那种有人居住过的痕迹，残破的家具，散乱的书籍杂志，躺在尘埃里的毛绒玩具熊……锦瑟有一组照片我很喜欢，断壁残垣里，斜挂在墙上的相框，或散落在地上；黑白，或褪色的彩色负片，都是合影。相片里的这两个人望着镜头，笑容发自内心。她给这一组照片取了个名字：当爱已成往事。

看最后两栋时，我在楼外边划着手机边等她。

突然听见锦瑟喊我。

你看这里。

按设计这应该是别墅的主卧，窗户被木条和塑料布遮起来了，塑料布是一个女明星的头像，正咧着嘴看着屋里。一根绳子横在房间里，上面挂着一件夹克，一条牛仔裤，还有一件长袖内衣。墙角有一个旧床垫，一床叠好的被子。墙角有砖头搭的灶，几根烧了一半的木头。床单和被子颜色晦暗，搪瓷碗有不少破损，露出黑色的疤痕，但还算干净。窗户是飘窗，上面垫有一层纸壳，然后便是一摞书。

等锦瑟一通拍照，我走向飘窗。有几本杂志，《巴马修道院》《当代西方工人阶级研究》《奥林匹克中华情》，以及几本旅游类书籍。有本书白色封面，简单线条勾勒的马头，背景是大片木纹，黑色竖排的大字《西藏，系在皮绳结上的魂》。我抽出来，作者扎西达娃，百花文艺出版社，1986 年 9 月。

你别乱动。

我就随便翻翻。

这里应该是有人住的。

我手里还拿着这本书，保存得不错，封面有点污迹，没有破损，内页没有脱落，至少有五成新。

你们找谁？是普通话。

锦瑟“啊”了一声，躲到我身后。我转身，看见了一个男人，他右手一个红色塑料袋，露出一把白菜叶，左手一个黑色塑料袋。因为站在门口，逆光只勾勒出他的轮廓，我无法看清他的表情。我伸手把屁股后的腰包拉链拉开，里面有一根甩棍。

锦瑟也用普通话说，对不起啊，我们是来拍照的，不知道这是你住的地方。

拍照，有什么好拍的？他走了进来，把红塑料袋放地上，摆好一个玻璃瓶，打开盖子。然后拎高黑塑料袋，用牙在角上咬一个破口，小心地把塑料袋里的液体倒进瓶子。一股酒味弥漫开来。

你一个人住这儿啊？锦瑟又说。

他还是没说话，继续倒酒，酒倒入玻璃瓶中，发出喑哑的声音，几滴液体落在地上，晕开在灰尘中。

走吧，锦瑟拉着我的胳膊。我把书放回去，对不起啊，打扰了。锦瑟拉着我走出去。

下到门口，光线竟有点刺眼。锦瑟还拉着我。今天对于她这个废墟探险者来说，又越界了。如果废墟里有流浪汉之类的住户，不能和他们接触。

你等我一下。我转身上楼，他正拿碗从桶里舀水倒进铝锅里。

“还有事吗？”

“我想问一下，那本书卖给我行吗？”

他的目光随着我的手指：“这本啊，看过了，你拿去吧。”

“我可以买。”

“不用了，你拿走就行了。”

再去百花湖，已是三月。

那本《西藏，系在皮绳结上的魂》被我放在孔夫子旧书网上，450 元卖出去了。出门时我从家里找出两瓶酒，在街头卤味店称了两斤猪头肉、猪耳朵之类的。我花十块钱打了个摩的。摩托车压着路中间的白色虚线行驶，两旁的树木长出了嫩绿色的新叶子。

我没有叫锦瑟，她不一定有兴趣去了解一个陌生人。路上看到拉客的中年妇女，我直接报了价格跟着她走到码头。岛上还是没什么人，在春天的郁郁葱葱里那一排别墅似乎更衰败了。我直接往他的住处走。我不确认他在不在，要不要等很久，还是他已经走了，或者根本就没这个人。

我回头看了看，春光明媚。他的房子前有一小片菜地，有白菜和豌豆苗，还有几株西红柿。他就穿了件圆领内衣，卷起袖子，拿个小铲子蹲在地里。听到脚步，他抬起头，看到我，皱了皱眉辨认了一会儿说，你怎么来了。

我晃了晃手里的酒，找你喝酒。

我等他把两棵菜种好，跟着他上楼。他把绳子上的衣服撸到一边，从飘窗上拿了本杂志，垫在两块砖头上，坐下。

我把酒和食物放到砖头和木板搭的桌子上。他拿了两个碗，放桶里涮了涮，把水甩干净放到桌上。我打开一瓶酒倒了两碗。他说，你等一下，就下楼去了，几分钟后他上来，手里多了两根竹子，他拿刀削了几下，递给我。

他拿起碗喝了一口，咧着嘴对我笑笑，这酒不错。

我也端起碗喝了一口。

怎么想到来找我喝酒？他夹了块猪头肉。

是这样，上次那本书嘛……

啊，就为这个你还买了酒和肉跑一趟，他又夹了一大块没切开的猪头肉，不瞒你说，我有十多天没吃肉了。

那本书你喜欢吗？

喜欢，故事不错。

喜欢就好，书就应该放在喜欢的人那里，放在我这里，说不定哪天就拿来生火了，来，喝酒。

他左手抓了一个馒头，右手筷子夹肉，一边一口，快速地吃起来。看我碗里还有酒，他说，你抓紧，说罢给自己碗里倒满，端起喝一口，长长地出了一口气，好酒。

你小女朋友没一起来？

她不是我女朋友。

愿意陪你来这烂地方，肯定喜欢你。

我是陪她来。然后我就给他解释城市废墟探险的事情。

还有这种爱好。他夹起一颗花生米，扔进嘴里。

我喝了一口，碗仍端着，看着他。

你怎么到这儿来了？我的意思是想问他为什么一个人在这岛上，住在这空房子里。

贵阳嘛，是个好地方，冬天不算太冷，晚上烧堆火，喝口酒，被子一盖就行了。其实我想去云南的，可是钱不够买火车票，就只好待在这儿了。上个星期，我把下面那块地铲了一下，种了些菜，下次你来就可以吃了。

那平时你吃什么？

他站起来，来看这边。在另一间屋里，堆放着纸壳，矿泉水瓶子，还有几根拇指粗的钢筋。旁边还有一个蓝红相间的大编织袋。

平时我就去捡点纸壳瓶子，破铜烂铁，到时候拿去卖。再买点米、面条和油，时不时割斤把肉。

这些呢？我踢了踢床垫。

旁边有个度假村拆了，我就去搬了回来，也不重。

我重新坐下，把自己的碗倒满。

我举起碗，贵姓？

姓王。

我和他碰了碰碗：第一次喝酒。

以后有空就来。

我也拿了个馒头啃，不时喝酒，一下子找不到话讲。我喝了三碗，他喝了四碗多，我拿起瓶子摇了摇，就到这吧，再晚坐不到车了。

我送你。

他跟我走到屋前，我转身挥了挥手，他也抬起手，很缓慢地动了一下。

坐在船上，风呼呼地吹，西边的天空是淡淡的红色，我大声问船家，岛上住的人你们知道吗？

船家叫他王老师，也不知道他为什么会住在岛上。联防的去看过，说是不像坏人。

我和锦瑟认识不到三年，十几次废墟探险，吃过几次饭，看过两场电影，连手都没拉过。我还记得第一次见她时的场景，当天我在店里拿着一本《陕西出土战国玉器》，半睡半醒地看着，突然一个穿白裙子扎马尾的小姑娘进来了。

她在店里晃了一会儿，突然说，唉，老板你怎么不理人呢？

哦，你自已看，有什么需要的哼一声。

这个，拿来看看。她指着柜台里的一条玉鱼。

这个吗？我拉开柜台门。

她把玉鱼拿到手里，摸出手机，打开电筒，放到玉器后面，又拿起桌上的放大镜看。

老板，你这个东西是哪个年代的？

明代。

明代？你这个也太假了吧。这机器的崩口也太明显了，明代的玉器，陀工明显，有粗大明的说法，但不是这种高速机器弄出来的崩口，还有这浸色，一看就是化学染料染的。

我们就是这样认识的，后来我知道她是正在读考古学的研究生，暑假出来实践一下，看看自己的眼力，并不是存心来砸场子。认识后她就时不时来我的小店实践，再后来硕士毕业，到贵州省考古研究所工作，一进去就赶上海龙屯发掘，最后这还得了个当年的考古十大发现。

我们的话题也以考古、古玩为主，然后就是盗墓。我们一起聊盗墓小说，我一直怀疑她念考古学的目的。我们之间谈话的风格，正常人都不会联系到谈恋爱上去。

我想起王老师，编排了好几个版本的故事。他有没有一个深爱的妻子，有没有一个乖巧的孩子，他遭遇了什么不幸。

一夜昏昏沉沉，第二天我还是给锦瑟打了个电话，汇报了去见王老师的事情，锦瑟居然有兴趣，说下个星期和我一起上岛。但我还是没能等到锦瑟，成贵高铁施工途中，挖掘机“呱唧”一声，挖到一个古墓，考古队抢救性挖掘，锦瑟得连夜出发。

第三次去岛上，我拎了两瓶金沙回沙酒，买了只刘老四烤鸡，仍然坐船上岛去。老王并不在家，屋子里又添了些东西，有两把小凳子，一个搪瓷缸，插了几根筷子，好几个瓶瓶罐罐，墙上还贴了张中国地图。我把东西放在桌上，然后到楼下，走到春光里，看着小菜园里郁郁葱葱的蔬菜。十几分钟他还没回来，我便在岛上闲逛起来。

南方有一片树林，我在那儿看见他正靠一棵柳树坐着，身前斜搭着一根鱼竿。

王老师，钓鱼哪，我喊了一声。

他回身，见是我。

唉，你怎么也喊我王老师?

其他人都这么喊吗。

叫我老王就好，他们见我看书，以为我是个有文化的。

老王钓了十几条鱼，有鲫鱼、鲤鱼、小花鱼，大的有一尺长，小的就两寸。他从兜里摸出把小刀，就在水边顺便刮去鱼鳞，开膛破肚，然后收拾家什，和我回住处。

老王现在有了一个铁皮桶做的炉子，火力要集中得多。我淘米煮饭，他弄鱼，大的红烧，小的油炸。老王把烤鸡撕了，放在一个长方形的金属盘子里，又找出两个玻璃酒杯，把酒满上。

东西越来越齐全了。

是啊，越来越像个家了，只是不知道能住多久。

你知不知道，这不是一个岛，应该算个半岛，他用筷子蘸了酒，在桌面上画，你看，这是岛，这是码头，这后面，山上有一条小路，从这里可以去岸上，然后到马路上。他画了个不规则的圆圈，后面拖了条尾巴，连着更大的一片，从我的角度看，就像一个带着蒂的息肉。

我看了看飘窗上的书，又多了十几本。

其实，这些书可以按旧书来卖，你干脆让我带回去，比当废纸卖划算。

好的，一会儿你能带的都带走。

下次吧，我开车来，好拿一点。

没事，待会儿我和你拎到车站去。

我还是有很多疑问，但一时又不知从何说起。喝了五六杯，他先打开了话题。

是不是觉得我很可疑?

没有，你不像犯罪嫌疑人。

他嘿嘿一笑，我被当成逃犯又不是一次两次了，只要你露宿街头，就有嫌疑。

你为什么要过这种生活?

这种生活我已经过了快三年了。他从裤兜里掏出一个皮夹，四周已经磨白了，从里面拿出一张相片。

是一张过了塑的三寸黑白照片，上面是个娴静的女人。

我爱人。

现在呢?

应该还在那儿。他指着墙上地图东边的一座城市。以前，我们就在那里，我在一家互联网公司，她在一家传媒公司，我们贷款买了一套120平方米的房子，还买了车。因为工作都忙，暂时还没要小孩。现在看起来，这也算是最好的选择。

我们曾经感情很好，但我知道，我们看世界的方式大概不同。她在传媒公司工作，经常接触一些明星。光鲜的世界看多了，怎么说呢，她没有时间关心比如我现在这样的人。

我们当时的收入还算可以，觉得以后会更好。食品不安全，可以买进口的。社区环境差，可以买更好的小区。以后有了小孩，从幼儿园到小学，都要进那种高档的。好像什么东西都可以用钱搞定，就像那种说法，叫什么来着，对，阶层隔离，用钱把自己和别人分开。

城里人大部分都是这种想法。我也许是小时候受过穷，虽然也不算太穷，总觉得没必要这样。我们的生活，看上去光鲜，实际上也没存下什么钱。

我那时的公司，很大的一家企业，不停地扩张，房地产、餐饮、“手游”、金融。前几年白酒火爆，还专门到贵州茅台镇收购了几家小酒厂，什么火就搞什么，成立了多家分公司。很多企业都这样。但是真正搞好的没几家，我们公司也踩到了雷，那么大的公司，说完蛋就完蛋。

这样有小半年，我都处于失业状态，一直没找到合适的工作。我的想法就是回到我家乡，我们都是从小城市出来的，回去生活成本要低得多。她坚决不同意，说人往高处走，回去后这一辈子也就那样了。我也明白她的想法。我以前的同学，大都白天上班摸鱼，晚上有孩子的收拾孩子，没孩子的喝酒、打麻将、跳广场舞。

慢慢地，夫妻间感情也淡了。我发现她脸色越来越难看，心里憋着一团火，想发泄又要顾及我。我说话也阴阳怪气，哪壶不开提哪壶。最后离婚时倒是很平静，对于大家都是解脱。财产分割也挺平静，我想她一个人在大城市挺不容易，也就象征性地拿了点钱，车子房子都过户给她。

他拿起杯子一口喝完，拿回照片看了一会儿，小心放回皮夹，揣进兜里。

我拿起酒瓶给我们两个满上。他夹起一条小鱼，咔嚓咔嚓嚼了，吐出鱼头。

离开上海后，我一路向西，看着海拔慢慢上升，繁华渐渐消退。一开始住小旅馆，吃路边摊。

我一开始也没想明白自己想干啥。就像那个电影，《阿甘正传》。阿甘开始跑步时也没想什么，就迈开了脚。我也没想什么，我想走着走着也许就明白了。就这样我一直到了贵州。后来钱也花完了，只能住桥洞，或找个自动取款机屋之类的凑合一晚上。也被当坏人盘查过。有时打点零工，零工也不好找的时候，捡点纸壳、矿泉水瓶卖钱。比起过去，现在的日子算是好日子了。这湖水又干净，这屋子还算暖和，下面种了菜，要是能一直住下去该多好。

他似乎有点醉了，靠着墙，闭上眼睛。

再次上岛，是四月，锦瑟还在考古现场。她发了张照片，工装靴，牛仔裤，白衬衣，脖子扎一条丝巾，头戴牛仔帽，英姿飒爽。

从老王那儿选了十五本书，给了隔壁卖旧书的老孙，他给了我一百元，这个价钱还算合理，不能一本一本地按旧书网上的价格加，人家收你的书，也要成本，时间成本、存放成本。

很多书摆上几年也没人买。

我买了点卤牛肉，又买了几个午餐肉、红烧肘子罐头，心想给老王留几顿，天气热了，其他东西也容易坏。当然，少不了两瓶酒。

坐车到朱昌，上次他送我出来，我记住了上岛的小路。

我到屋前时，他正在弄两株月季。从那边挖来的，你看，都打花骨朵了，你要的话一会儿去挖几株。

算了吧，我哪有这种闲情逸致，昨天房东来说要涨价，我正准备搬家呢。

我把那一百元给他，他收下，理平，小心放进皮夹里。挺好，比当废纸卖好多了，关键是总有人还会去看。

走吧，今天请你吃野菜。

他回屋拿了个背篓，斜挎在肩上，右手提着一把小锄头。

这个开小白花的是碎米荠，嫩嫩的叶子。这个是紫花地丁。这个开蓝花的是鸭跖草。还有这个，马齿苋，用水焯了凉拌。

酒过三巡，我又忍不住问："以后打算怎么着？"

要是能一直住下去当然好，但不可能，这么好的别墅就让我住？村里的人说早晚要拆。我就先住着，能住多久住多久。最好能过了夏天，冬天我还是想去云南。我想找一个那种废弃的小村子，找间屋，周围种点菜。

就像这本书。他起身到飘窗那儿拿回一本书，梭罗的《瓦尔登湖》。

你看过吗？

看过一部分。我有一段时间拿来当睡前读物，看上几分钟就梦周公。

我以前看过，现在是第三遍了。这么也快三年了，我还活得好好的。有时候我在想啊，人哪需要那么多东西。为什么非要自己的房子呢？你也就那几十年，有必要背一辈子债去买房子吗？

你说租房子？也差不多，大城市的租金也不便宜，每天一醒来，就差别人多少钱，辛辛苦苦挣钱，还不是给别人挣的。世界本来就是不公平，我算是想通了，既然世界不是我的，我也不需要参与进去了。

我拿过《瓦尔登湖》，随便翻了几页。

“我的住所是我亲手建造的，周围一英里内没有任何邻居，我只依靠自己的双手来生活。我在湖边住了两年零两个月。”

“大多数人好像从来没有思考过：一座房子意味着什么？尽管他们可能不贫困，但是事实上一生贫困，因为他们总想有一座和邻居一样的房子。”

“人生的意义是什么？生活真正需要什么？真正的生存手段应该是什么？”

你想清楚了吗？我问。

清楚什么？

我扬了扬书中的书，关于生活本质是什么？

我还不知道，只是这一段时间想了许多，也许以后想法会变，但现在就只想这样。你不知道这湖多美，早晨，湖面会有一层薄雾，草地上有一层露珠，小船经过，后面长长的水痕，白色的大鸟慢慢飞过。

老王你有时候就像个诗人，我举起酒杯。

是吗，可能我们每个人都有诗意的时候，只是太忙碌了，无暇顾及而已。

后来的日子突然就忙碌起来，我的小店所在的花鸟市场那一块，听说被一家房地产公司看上了，和有关部门一合计，准备拆迁。

有关部门推荐了一个地方，规划的花鸟市场，位于机场附近，看上去“高大上”，我特意去看过一次，高速路上开了半个小时，花了十块钱过路费。古香古色的售楼部，售楼小姐穿着汉服，现场还有古琴表演。我吃完免费点心，喝完饮料，拿了一沓宣传资料回家。

锦瑟也帮着我找新的铺面，跑了好几天，天气热了，脸上红扑扑的，拿手当扇子扇风。

明天休息一下吧，去我家吃饭，我过生日。

还有哪些人?

没其他人，就我一个。

你家里人呢?

我爸妈出去旅游了。

回到屋子，刚坐下，有人敲门，是房东，问他什么事，说合同要到了，要不要续约，行情都在涨，房租得涨。我说不是还有一个月吗？他说好心提醒一下，免得到时候临时搬家。我关上门，倒了杯茶，又冲了澡，才把心头的火气压下，心想还要准备件礼物，认识三年，第一次知道她生日。

我在铺子里找了个仿西周的白玉璜，凤鸟纹，配绿松石珠子，串成项链，再找个丝绸盒子装好，按锦瑟发的地址打车过去。

小区门口的保安要登记，我报了锦瑟家房号。出租车经过一条林荫道，右边窗外远处绿草如茵，有人在挥杆打高尔夫。以前都是良田啊，司机突然感慨。

出租车在一栋别墅前停下，我给锦瑟打电话，她说你等一下，我马上下来。

门开了，锦瑟穿了件玫红色的连衣裙，一字领，露出锁骨，脖子上挂了根镶嵌着孔雀绿的珍珠项链。

屋里还有不少人，锦瑟一一介绍：我爸、我妈、二姨、三舅、四姨、大姑……

屋里开着空调，我还是用了好几张纸巾。一顿饭如坐针毡，只记得一轮轮敬酒。问我做什么的，我回答做小生意。

“什么生意？”

“古玩。”

“和表妹专业倒是挺搭的。”

大家都笑呵呵的，矜持地客气。餐厅背景墙上镶嵌了一幅巨大的海百合，远古生物漂浮的腕足被时光定格，多年以后成为精致生活的装饰，就像夏日里摇摆的荷叶。

回到屋，昏昏沉沉，锦瑟发来微信，她戴着玉璜项链，肌肤如脂，面若桃花。我看了看，放下手机，倒在床上。

第二天，我去超市买了两瓶酒，一些熟食，坐车去朱昌，然后去百花湖。当我从山间小路转出来时，看见一片残垣断壁，十几栋别墅都拆了，几个工人站在二楼挥舞着大锤。我看见一个正坐在树荫下喝水的工人，他说已经拆了十几天了。我问他那个别墅里的人去哪儿了，他说不知道。

岛的另一边，老王曾经钓鱼的地方，柳树的枝条拂过水面，我坐下，拧开酒瓶，仰头喝了一大口，又撕了条鸡腿。老王说自己已经有两年没用手机了。我盯着远处明晃晃的水面，太阳破碎在中间，来回跳跃。

微信提示音响起，是锦瑟。她问我在干啥，我说在岛上。她说怎么不叫上她，她今天没事。我说岛上的别墅拆了，老王走了。

我关掉手机。225 路公交车行驶在暮色中，两边的行道树的枝丫就像伸出的手，黑暗水一般漫上来。

我找了辆小货车，把店里的东西装了大大小小十八个箱子，家里的东西不多。我背了个包，里面有件换洗衣服，一个小睡袋，兜里揣了身份证，一张银行卡，几百块钱现金，手机，还有一个腰包，里面有一架单反，以前买来拍古玩，发到网上销售用的。曾经看过一个菲佣的摄影作品，休息的时候，她就上街拍照。那些黑白照片，风格强烈。我也想去拍一些，拍拍这个空无一物的城市。

走到街上，却不知道要去哪里，我想离开了。

昨天家里来了电话，老妈又劝我回去。小县城里生活简单，老爸虽然不明说，但内心还是希望我回去。我大学毕业后不想回家，推了老爸在县城喝了好几场大酒才帮我搞定的工作。一个人在贵阳，前六年换了十几次工作，干过销售、文案、婚礼策划，最近四年开古玩店，卖真假古董，算是比较安定的生活。

我还是不想回去，那是一眼可以看到头的生活，父母过了一辈子，我不想复制他们而已。

锦瑟发了几十条微信，我都没回。

怎么不回话？打电话也不接。

你去哪了？

我去你的店里找你，隔壁的说你把东西拉走了，不知要去哪里。我又去你住的地方找你，房东说你搬走了。

你生我的气了吗？

我知道那天我不该骗你，我也不知道自己怎么想的……

真的，很对不起。

回个话吧。

我坐地铁到高铁站，晃了一圈，又坐地铁回到市区，中午吃了碗牛肉粉，花了 11 元，买了瓶矿泉水，2 元。下午去中山西路的书店，正好有个空位，我把包放桌下，找了本《瓦尔登湖》。也许因为是工作日，书店里没几个人，气氛令人昏昏欲睡。晚上七点，我吃了份15元的盖饭，背着包在街上游荡，从大学到现在，这个城市我待了十四年，可还是感到陌生。大十字一带正在改建，高楼巨大的标志在半空中被暗红色的灯光照亮。小十字有两家影院，两条小吃街。一堆夜店，是这个城市夜生活的一个重要区域。一路上都有小摊子，卖各种小吃，鱿鱼遇到热油，腕足一阵抽搐后放弃抵抗，彻底躺在锅底，蛋白质变性，变得苍白，变得可口。

亨特国际，路边停满了车辆，一辆红色法拉利车门打开，一个穿墨绿色裙子的女孩下车，一个穿西服的男子从另一边下车，两人走进旋转门。打扮时尚的男男女女从橱窗前经过，橱窗里一个欧美模特唇色猩红，目光冷漠。

前面是万东桥，桥下是这个城市的另一处花鸟市场，规模不大，永远有一股猫狗粪便的气味。我从旁边的楼梯上桥，拐角处一个男人对着墙根，哗哗的声音，楼梯上还有一摊呕吐物。高架桥上没多少行人，马路上车辆穿梭，灯光流动。这条河的另一端是机场，人们带着梦想或怀着伤心奔赴远方。桥两边夹杂着高大的楼房和低矮的老旧房屋，一个明亮，一个黑暗，还有拆迁后的空地暂时没开发而变成了停车场。

我也许更喜欢城市的夜晚，没有那么多光线的充斥，黑暗或暧昧不明掩盖了太多赤裸裸的丑陋，连喧嚣也黯淡下来。

我从另一个楼梯降到高架桥下，然后漫无目的地继续游荡。一家卖场前有巨大的柱子，拐角处几个背篼围着火光。背篼类似于重庆的棒棒，以帮人运送杂物为生，身背一个上宽下窄的竹篓，背篼因此成为他们的名字。我看了看手机，已经晚上十一点了，便走了过去，他们戒备而疑惑地看着我。背篼们围着一个马口铁罐，里面插着几根从包装箱上拆下来的松木条，火焰的舌头忽长忽短。初夏的夜，凉气从地下升起。我蹲下来，掏出一包烟散了一圈，平时不抽烟，但有时需要挑起话题时抽烟是个好方法。一个年龄约五十岁的往旁边挪了挪。

老哥哪里的？

黔西的。

黔西哪里？

暗流。

哦，那里我去过，半山腰有个瀑布，是地下暗河流出来的。

羊皮洞哦，你去旅游啊。

加上我，一共五个人，我又去旁边小摊买了五瓶啤酒。我问他们出来多久了。老的那个有三年，另外稍年轻的两个两年，最小的那个才十八九岁，他说才半年。我问他们为什么不去打工，他们说没文化，火车票都不会买。

我本来在东莞打工，不到一年，厂子倒闭了，其他厂也不招人，又不想回家，就跟我叔先在这里干。小背篼解释道。

我又问当背篼一天能挣多少钱。

好的时候百把块钱，也有几天不开张的。

我说这不如回家种地。老的那个说地由婆娘和老大种，家里老二在县里读高中，需要花钱。

两个年轻的嘿嘿笑着，没有回答我。

你是记者吗？小的那个问我。

我摇摇头，举着瓶子把最后的啤酒喝掉，下岗了，暂时没找到工作。

还要喝吗？

不了，明天还要早起。然后便各自准备。老的那个拿出几张包装纸箱板，往地上一垫，还拿出一床灰灰的毯子。另两个就直接躺在纸盒上，脑袋往背篼里一钻。小背篼找了块纸板给我，自己也蜷缩着身体睡到一边。我枕着背包，身上盖着睡袋，盯着上方的天空。城市的夜空是一团黯淡的红。

夜里做了一堆梦，被驱赶，被追逐，敌人身躯高大，方方正正，身上有很多正方形的黑洞，面目看不清，仿佛只是一双暗红色的眼睛。

被吵醒时不到五点，老的背篼在收拾东西，他把纸盒箱板折起来放到旁边一个变电箱后面，毯子叠好放入背篼里。他说那边有蔬菜批发早市，有些餐馆老板可能会需要背东西。他们走后，我也坐起来，收好睡袋。过两条街有一个公共卫生间，我在里面刷牙洗脸，在路边摊买了个包子。

三天，我花了一百块钱，想想就这样混上个把月不成问题。晚上还好，也就找个地方睡一觉，其间遇到过一次协警的巡查，问为什么不回家。我说下岗了，找不到工作，被房东赶出来。他拿起我的身份证看了看，做了登记也没说什么。

最难打发的是白天，我把贵阳几家不要钱的公园逛了个遍，又沿着南明河步道走了几个小时。有一处河段，河中有长长的水草，恍惚间会觉得那是一条条青色大鱼逆流而上。相机就没拿出来几次。我开始佩服老王，两三年就这么过着，我也许还没那么大的勇气。

我去老杨家，拿了一把刀，一口小锅，一个饭盒，两块防水布，一小卷绳子。去超市买了一包盐，一瓶植物油，午餐肉和红烧肉罐头，一大包方便面，又在万东桥下买了副最便宜的鱼竿。我坐车到朱昌，去百花湖路上谈好一个船家，说要找一个没人的小岛。他看了我背着的鱼竿，发动了摩托。准备钓几天啊。我说还没定，可能就一个星期吧。他问你带的吃的够吗？我说有吃的。他建议我去菜市场买点洋芋，烧堆火埋灰里，饿的时候刨出来拍拍灰就可以吃。我心里盘算了一下，让他先带我去市场。

上了船，我说找一个没人的岛，远一点的。

小岛不大，不规则的椭圆形，远远望去，就像水中冒出一小半的脑袋。三面是怪石，船靠岸的一面是倾斜的草坡，草坡后面是一小片松林，再后面有青冈、山毛榉。我留了船家的电话，说到时候打电话让他来接。微信里有未读的锦瑟发来的信息，一共 103 条。我关了手机，要留着电好通知船。

我找到几根相对笔直的树干砍了下来，四短一长。又找了块平地，两根短的木棍顶部交叉绑在一起，中间长的作为横杆。另一头也是两根短的作支撑，再用细枝条斜着铺两边，把一张防水布搭上去。扎好几个角，另一张防水布就铺地上。我把包放进了窝棚，食物都装在塑料袋里，挂在一棵松树的枝丫上，啤酒就放在岸边的浅水里凉着。砍柴，用石头搭了个灶。做完这些，感觉时间还早，便在树荫下坐下。细长的岸绵延着。墨色的水草把头伸出水面，摇摇摆摆。湖水在斜阳下折射出海一般迷人的蓝色，远处波光浩渺，一只小船越走越远。岸上芳草萋萋。许多不知名的紫色野花在阳光或阴影中开放，在风中如眼睛一般。

湖水的颜色暗了下来。太阳金色的碎片在水面上跳跃着，一只白色的鸟飞过，远处吹来带腥味的风。我思考自己这十年的生活，就像喧嚣舞台上的一个龙套，上上下下，来来往往。

燃起篝火，我淘了米放进锅里，加水，放在火上，水快干的时候，把午餐肉切成片放进去，然后抽出几根大柴，用炭火的余温把饭焖熟。开了瓶啤酒，月光透过松枝洒下来。夜里慢慢冷起来，星星们也给冻得缩头缩脑的。躲进窝棚，温暖了，却睡不着。

四点，我被彻底冻醒。爬出帐篷，天上有许多不知名的黯淡的星星，它们也并非真正黯淡，而是因为遥远。

我举起相机试图记录下来。按下B门，镜头里的星光消失了。黑暗使时间延长。几十秒仿佛是星光从它的故乡到达我们眼睛所经历的几千几万年。松开快门，出现在眼前的是一道斜贯长空的光束，然后变成好几条，颤动着直插夜空深处。接着我听到了隆隆的歌声，越来越强，是远方的夜行列车。

六点，我钻出帐篷，活动冻僵的身体。空气冻成了薄薄的冰，一碰就裂开了，似乎能听到那种脆响。或浓或淡的水雾被风撕成一缕缕的，在湖面梦一般飘过。远方的岛若有若无，东方一抹微红，然后从淡青过渡到发白。几颗疏星仍在。耳边似乎有音乐渗出，凉沁沁的雾，湖水和森林，层层叠叠。

没有风，草地因为露水而显得白茫茫一片。我蹲在水边刷牙洗脸，火堆里有两个洋芋可以作为早餐。上午，我去摘野菜，认识不多，只有堇菜、荠菜、鹅儿肠。松林里有蘑菇，我认识的只有紫花菌和奶浆菌，其他的杂菌不敢吃。中午吃方便面。下午钓到两条三寸长的小鲤鱼，用网兜装了就放在水里养着。晚餐用午餐肉和野菜、蘑菇煮了一锅汤，味道鲜美。

第三天，一艘小船经过，船上父子俩，小孩八九岁。他们一路布下鱼钩。他们使用的是一种自制的“自动鱼钩”。两头削尖的竹片，对折，穿饵，鱼吃饵时它就弹开，将鱼卡住。渔人父子就住在另一座小岛，树枝搭的棚子，勉强遮风避雨，每天的收获也不多。

就这样，一个星期过去了，我带来的吃的还有，时不时还能钓点鱼，野菜也不少，反正再待个十天半月估计问题不大。我打开手机，给船家打了个电话，说还不想回去，过几天想回的时候会打他电话。微信上显示有几百条未读信息，我没打开，还有三格电，我再次关机。

这天下午特别闷热，我去湖里游了一圈，顺便把脏衣服洗了。晚餐吃的是红烧肉罐头，和野菜、蘑菇煮在一起的。我看着天空，觉得要下雨，就提前吃了饭。天空黑压压的，没有风，我坐在窝棚里，一会儿就一身汗，于是又脱了上衣，穿着短裤去湖边擦洗。

大块大块的乌云从头顶一直铺到远处的湖面，不时有小鱼跳出来。我回去把窝棚又看了看，把防水布仔细扎好。

我还是低估了这场雨，虽然窝棚没漏水，但地下的水却无法阻挡，我把防水布卷起来放一旁，十几分钟后我就像蹲在小溪里。偏偏这时我觉得肚子绞痛。也许是今天新摘的蘑菇有问题，那是一种棕褐色的细长的蘑菇，有点像鸡枞，但伞更大。

我还是忍不住，包已经被我立起来放在一旁，下面垫了一块石头，相机放腰包里，外面包着塑料袋，手机也用塑料袋装起来扎紧了。我打开包，拿出一包纸，冲进雨幕。

我也不知道上了几次厕所，雨慢慢小了，我也支持不住，回到窝棚，重新铺好防水布，拉过背包当枕头，一头倒了下去。

天没亮我就醒了，浑身发烫，口干舌燥，我强迫自己起来去湖边打来水，然后想把火燃起来。所有的柴都湿了，一连几次都没燃起来。我想把柴劈开，燃中间干的木头。我把柴插在地上，抡圆了刀却劈偏了。挣扎了几次实在没力气，我放弃了喝热水的想法，又开始困起来。我回到窝棚，想躺一会儿恢复点体力。

树林里似乎有什么声音，我睁开眼睛，天已经黑了。我从包里摸出手机想看一下时间，顺便给船家打电话，这个样子也只能回去了。装手机的塑料袋破了，里面还有积水。我试着开机，完全没动静。我扔掉手机，树林里的声音越来越响，就像鼓声，狂暴密集，我的心跳和鼓声呼应起来。我起身，试着跨出一步，大腿似乎没什么知觉，这一脚迈出，就像在深水中，需要不停踩踏才能让自己不至于下沉。声音的源头就在森林里，我循着声音，然后看到了树林深处有一群人围着什么在跳，他们没有发出声音，手脚机械地运动，关节僵硬。我注意观察时，他们突然睁开眼，血红的眼睛浮现在半空。我转身就逃，那些树木变成了脸盆大小的一截截，自空中排着队，蜿蜒着向我飞来。我跑啊跑，腿完全没力气了，迈都迈不动……我不想跑了。

醒醒，醒醒，有声音在耳边。我睁开眼，光线刺眼，隐隐约约，我听到了哭声。我仿佛走在一个长廊中，两边都是黑暗，有一闪而过的灯光，就像在夜行火车上看到的那样。头顶群星灿烂，那么近。我又走到隧道中，什么都看不见，什么都听不到，每一脚下去，仿佛都会坠入深渊。远处有光亮，越来越近，光线爆炸般刺眼。

我终于睁开了眼，眼前白茫茫一片，下雪了吗，我已经好多年没看到雪了。雪没有飘动，是屋顶的灯光。我发现自己躺在床上，侧头看见旁边趴了一个人。头发有点乱了，透过发丝，可以看见白色的头皮，我伸出手。

你醒了。

我怎么到医院来了，我不是在岛上吗？

你差点死了，你知道吗？

你怎么找到我的？

我闭上眼睛，锦瑟的声音断断续续，就像森林在雨中的声音。

她盯着我，眼里的泪水终于流了下来。

我在医院住了六天，前两天还下不了床，身上插着尿管。袋子满了，锦瑟便蹲在床边，拧开尿袋下面的开关，把尿放到便壶里，然后再把开关关掉，把便壶拿到厕所倒掉。我看着她的背影，长久地沉默。

晚上我叫她回去，说自己没问题了。

她手里拿了个苹果削，一刀到底，苹果皮旋成长长一串。她把苹果递给我，算了吧，你生活都不能自理。

夜里，我醒来，见她就趴在床边睡，便摇了摇她。

怎么了？

你上来睡吧，床够宽。我往旁边挪了挪。

锦瑟想了想，脱了鞋，弓着身体爬上床。

我往左侧身看着她。

她也侧身躺着，看着我，伸出左手，在我的脸上描画，先是眉毛，再眼睛，再鼻梁。

第三天拔了尿管，但每次上厕所还要她扶着。我的右臂环过她的脖子，侧过脸，看见她脖子上细小的绒毛。

出院那天也是锦瑟来接我。我跟着她下楼，来到停车场，一辆崭新的红色宝马。我坐进了副驾驶。

你要带我去哪儿？

一会儿就知道了。

车子驶过市区，两边高楼林立，天空蓝得令人心碎。车子驶上中环，然后开往郊区。路两边已是苍翠的绿色，我打开车窗，使劲呼吸带有洋槐花清香的空气。

车子开进一个拱门，上面写着：阿栗花卉市场。

怎么到这儿来了？

锦瑟把车停到一间门市面前。自作主张帮你租了间屋，后面还可以住，以后这里是市里重点打造的花卉古玩市场，你可以继续做你的奸商。

门面不大，大概30平方米，楼上还有一层，可以住人，后面还有一个院子。

锦瑟又从车里拿下大包小包，吃的睡的都有。她说，我明天要去安顺，修高速又挖出一个古墓。

再见到锦瑟，是二十天后，我开车去接她。

我把车停在门面前的时候，锦瑟整个人都蒙了。

从大门到屋里，都是鲜花。门口左边的架子是多肉、石兰、姬玉露、吉娃莲……右边的架子是姬月季，一簇簇开得热烈。屋里是芦荟、吊兰，其实我并不喜欢这些，但是市场里的老刘说现在人装修完房子去除甲醛都喜欢买这一类植物。我喜欢的是放在高脚凳上的兰花，正好开出淡黄色的花朵。墙上还有一个橱窗，里面是玉器挂件和瓷片做的吊坠。锦瑟到院子里走了一圈，也全是花。

怎么突然想到卖花了呢？

其实也不是一时兴起，我以前就喜欢，不过没条件栽，租的房子没地方，现在这个地方够大，有个院子，就弄了些花来卖，古玩还有存货，也顺便摆出来。

我们第一次去百花湖，那天下着雨，乍暖还寒。你说今天的雨有春天的味道。雨里的味道，果然有青草从泥土中冒出来，新芽从树梢上长出来的气息。

不当奸商也好。

我拿了一束玫瑰递给锦瑟，今天早晨才摘的。

锦瑟拿起手中的玫瑰，把脸凑过去。光线正好斜射下来，映过玫瑰，照到她脸上，好看极了。

张涯舞，男，外科医生，小说作者，有作品见于各文学期刊及网络平台。

墙里秘境

古　肩

1

沿着西坝河，他漫游了五个来回，直到再嗅不出河水的咸腥。一停下，水的寒冷就从脚踝拔起，两条腿好像灌满河水，做成了支流，只差一个摄氏度就要结冰。他以为这是一种惩罚。惩罚老王头和老李头们，也惩罚北京，或者自己。

手里提着一壶杏花村，酒瓶早凉透了。他舍不得喝，可最后还是拔起瓶盖，眯眼咂了一小口。好你个老王头！人前客客气气，翻脸就咬人，我敬你一个——老王八！热气从喉头散开，眼眶受到冲击，晕出一层泪花来。他的自尊心暖和了些，模模糊糊地，好像又看到了刚才发生的一幕。没错，他作践，是他主动提了酒去孝敬那几个老街坊的。整日里，他们就在楼门口，以一道废弃的墙垣做屏障，围着一张垃圾堆里拾掇来的塑料桌，头顶还撑把蓝白条的破旧遮阳伞，聚在露天地里，阴晴不问地瞎掰活。他就是刚走到墙垣后头，头还没探出去，就听到老王头粗门大调地说："刘庆国，乡巴佬，也不问问自己是哪个穷山沟跑出来的，沾了沾我这宝座儿，就以为自己是北京人儿了……"

后面没听完，空出的手早捏成了拳头，嘎嘣脆响，他咽下一口唾沫。左脚刚要跨上前你死我活，右脚就后撤一大步，且退且走了。愤怒令他浑身膨胀。他甩着袖子左右格挡，沿着最细最细的那一条直线，想就这样走到消失。在凉风抽打到滚烫的脸上的最初时间，他发了高烧似的，脑子里起伏澎湃，根本理不清自己在愤怒什么。

是自己被人戏弄了？是自己代表外地人给人戏弄了？还是自己终于当面给人揭穿：不过是个乡巴佬，有多不堪。

昨天他们不是还聚在遮阳伞底下，骂各种事，顺手嗑了一地的瓜子，老王头一对老鼠眼睛还笑眯眯地，上上下下觑他。

老子再也不搭理这狗熊了，混账玩意儿……他冲着河水啐了一口，腮帮子跟着抖了几抖，一片落叶擦过鼻头，糙糙的，顺势飘进河里。陌生的河，他好些了，又仰天灌一口酒，这天也陌生，和自己没半毛钱关系。他跨步朝前，走出了一种和谁都无关的豪迈。他有点理解妻子了，她生前就是这样一副和谁都没瓜葛的德行，眼睛盘在脑门上，不麻烦别人，也不要别人来烦扰她。一辈子不大有朋友，也不搓麻将。只是临死前那一年，总掐着指甲对他说，人活着，真寂寞啊。好像死了就会热闹起来一样。她死在五十七岁，白白胖胖，他和她同龄，为什么没死在那个寿岁？想着想着，两脚就走进了菜场。他挑了大棵的冬白菜，衔泥的莲藕，染白霜的西红柿……一大兜，拎着手酸。

“孙子回来了？给烧两个好菜？”路过五金店，摊主露着白牙和他寒暄。

他受宠若惊，这五金贩子几时知道自家孙儿的，顾不得许多，接嘴唠起来：“回来了，回来了！”转口又道：“还没有还没有，还要上一道英语班，回来也该七八点了。才上幼儿园，就给拧上发条了。”

“谁说不是，在北京养个娃娃，忒不容易。”摊主一边应付他，一边支应新客。

他还赖着不走。“你说好好的公立幼儿园不上，偏去上什么巴学园，一月万八千块的，真叫作孽。我这儿子，供着房贷、车贷，还隔三岔五地带孩子出国门、见世面，你说赚多咱（方言：什么时候）才够花的。”

“那是您儿子能耐大、会赚钱，像我们，哼，卖多少颗螺丝钉，都够不着那学堂的门儿。我看呀，幼儿园都甭上它的，地里撒野、喝西北风，蛮好。”他这才注意到，这小贩和儿子差不多大，伶牙俐齿的劲儿，像老王头。

他敛了笑意，缩起颈子往家走，又泛起了那种久远的阴暗情绪，讨厌被人看到，也讨厌见人。有的人，就是适合藏在地底下，闭紧嘴，用一副骨头和石头说话，响得嘎吱吱。他不烦挖煤工这个职业，因为允许他暗无天日地活着。

自从媳妇过世，他换了皮囊似的，开始喜欢亲近别人，爱上凑热闹，两只脚自作主张地要走到人堆儿里，听听闲话，也添几嘴闲话；一人回到家，看着亡人的遗像，盘想方才的一字一句、对方表情，评判自己说得够不够水准，能不能叫谁念念不忘。

这样过了三年，儿子接他到北京。房子不大，老破小，地理位置却好，过一条马路就是三环。他住两室一厅的小卧室，帮忙买菜、烧饭，接送孙子，大踏步迈向老年生活。他越发想不起过去锹煤块的日子。没事他就在小区里闲逛，老太们的晒太阳小组，老头们的象棋、遛鸟、听评书小组，欣欣向荣，他都没兴趣。唯独那站着扯淡的三五老头惹他向往。他们倚一道残墙，歪头、叼烟，单脚点地或者把胯送出好远，像老家职工俱乐部门口常见的不良少年。

他喜欢这些不良老年，站在他们中间，一阵小风拂面，阳光的影子碎碎地洒满一脸。风好像遮住了一些常识：下坑之前，他二十一岁，退休之后，他六十一岁，中间的四十年就这样被风一口气吹掉。他觉得自己活跃、潇洒、高尚，可以讨论这世上的任何怪谈：某网站大佬夫妻互撕、十三岁小混蛋害死十岁小姑娘、坐着集装箱偷渡冻死的三十九个越南人……

“王八羔子！”大多时候，他只负责总结，咬牙切齿骂一句狠话，那感觉堪比站在宇宙中心，混账的历史呼呼吹过。他有态度、有主心骨，豪迈得不行。

当他们压低音量，挨家挨户揭疮疤的时候，他又觉得自己健康，清爽，无忧无虑，白纸一张。老王头是信息中心，平日里只遛鸟的工夫，就把家家户户的底细摸得门儿清：

“三单元402，你家楼上，那个枯老头子，七十五，得上了帕金森，黄土都没过腰了。老伴死了，儿女都在欧洲，舒舒服服当假洋鬼子，就负责给老头雇个保姆，没白没夜地陪护。你以为那是他媳妇，老刘你还是太嫩了——保姆！”然后露一排黄牙咻咻一笑，“瞧着吧，哪天你听不到老头咳嗽了，准是他嗝屁了。医院下了病危通知书，一双子女喊都喊不回来……

“你家楼下那程序员，可是个傻小子呦，47平方米的房子花了470万，亏不亏。原先的主儿可捞大发了，转手就给儿子换了个100平方米的，25层，雾霾都飘在脚底下。跟儿子儿媳住，房子再大，还不是个囚笼？跟我这雀儿似的。天天坐十一站公交车回来，和老街坊们打牌、抽烟袋锅，还要匀一只眼，提防撞上程序员——卖贵了磨不开面。人家程序员才懒得理他，对象大起了肚子，正忙着置办彩礼、买婴儿床呢……

“庆国，你还想知道哪家？301，你隔壁，那可是我的盲区。据说里头住了个神经病！”

“神经病？”

“对，让老李给你说说。”

“是个植物学家，”老李仰着脖，徐徐讲开，“从前号称植物专家，医药大学的外聘教授。你说这人，把自个儿逼得特紧，脑袋里那根弦，说断就断了。堂堂的大教授，一根毛儿都研究不出来，真真儿把自己研究成‘植物’，长在家里，大门不出，二门不迈。”

“老李你只知其一，不知其二。”老王头压低音量，接着讲，“这大教授，是自作孽，不可活；肚子里只有墨水，没揣良心。他老家亲叔叔，带着侄女，寒冬腊月天的，步行三小时，跌跌撞撞，连问带寻，好不容易找上门来，他只给人家倒了口白开水，中午饭都没留一留就给赶走了。这种人，活该神经。”

“这种人，就是神经病！”他应声骂道，见哥儿几个脸上，都是认同的笑意。

2

刚走回家，儿子已经到了。他随口问道：“这么早下学了？小况呢？”

“没回来。”儿子身高一米八，目光也一米八，他得抻脖儿寻他。儿子忙叨叨地收拾书架，小况的书啊、笔啊，一样样往提包里投。

“好端端的，收拾它做甚？把小况喊回来，爷爷要给他庆祝生日。今天可是我孙儿农历生日。”

“爸，小况不回来了，住姥姥那儿。”儿子头也不抬，声音有气无力。“我收拾些书，给他带去，姥姥家离学园近，房子新，小区环境也好……”

“亲家住几层来着？”

“27 层。”

“哦，27，”他默念一遍，“越高越便宜？”

“才不是，越高价越贵，可不比我这破房子强。”儿子有些吃惊，回头看他。

“破房子怎么了，破房子也是咱挣命挣来的。我和你妈那首付，50 万元，算不得多，也是我俩一辈子省吃俭用蓄下来的。你没吃够的零嘴儿、没得到的玩具、没穿过的球鞋，都在这里头了。”

儿子抬头环顾四周，47 平方米，无声地环抱着爷俩，窗外传来小婴儿的啜泣声，滑板擦过地面沙沙生响，狗在叫，汽车恼怒地鸣笛，还有不知谁家麻将撞击的哗啦哗啦的声浪。

“再说说你，三十一岁了，整天加班，面黄肌瘦的，血汗都浇这房子上了。我就知道，都是你那宝贝媳妇的主意。她瞧不上咱家，瞧不上你这老爹。我是谁？下坑的，没文化，教不好她那宝贵儿子。我咋的了，我自己的儿子还不是我一锹煤一锹煤供进了北大！要说配不上，我看是她不配你。”他故意提高音量，幻想老王头就在门外，耳郭烙在门板上，听得血管紫胀。

“行了，爸……”儿子越发不耐烦，脸色转成死灰，那是他极度虚弱才有的颜色。老婆临死前点拨过他，儿子性子沉闷，委屈都烂在肚子里，容易内伤。

他咽了口气，转口道：“这房子确实小点儿，推门就是卧室，连个厅都没有，我们四口人转不开身。玲子她爱住娘家，随她，我也落得舒坦。”

“您理解就好。”

儿子简短地告别后，拎着大小行李关门走了。

心里发紧，算不上什么毛病，他咂摸下，就和秋冬脱皮一样，心上也脱落了一层什么似的。

几年前，活着是为了给老婆拾掇便溺，无聊了用小指缠她的头发，抠抠她指甲盖里的泥；一天前，活着是死了老婆，背井离乡，照样交朋友，一天吹两小时以上的牛皮，照样做饭打鼾等天亮；今天上午，活着是没了朋友，还有儿孙可以伺候；眼下，他不知道活着要干什么了。

站了一刻钟，听到敲门声，方才转过神来，茫茫然挪去开门。是外卖，儿子订的，一个蛋炒青笋，一个红烧鲤鱼。六十五块，他算算，够下两次菜场的。

他吃光了外卖，倒在床上睡了一觉。醒来趿着拖鞋，里里外外走了一遭，确认只有他一个人。

走到书架前，伸出食指，在架子上犁开一道灰。两个书格清空了。其余都是小孩家的图画书。透过智能音箱、电香薰、星空投影仪，能看到一小排书脊，《心理咨询导论》《沟通的艺术》《认知心理疗法》……挨挨挤挤缩在一起。他忽然想起隔壁那个从不出门的神经病，心里慰藉：幸亏老婆英明，在世时死活拦下儿子，没当什么心理咨询师，如今在国企当个业务经理，钱多压力小，忍不住又自得了一番。书架上，堆叠着大大小小的图画书，他抽出一本黑色软壳封皮的，写着“疯狂的火车头”，随手翻看起来。火车头不想沿着铁轨行驶。它跃出轨道，撞翻了牛马、赶走了鸡鸭、碾碎了庄稼，开向没有人烟的山谷，闯进一条幽闭的密林隧道。隧道里藤蔓交缠，像盘绕着无数长虫，细看尽是倒悬的蝙蝠；蟾蜍不买票，强行扒车上来。火车头迷失了方向，匆忙冲撞间，跌进一个漆黑的洞窟，一路磕磕碰碰，碰擦出的火星，溅满了一整页图画。再翻一页，小火车冲进了湖中，拨开水花重见了蓝天与太阳。它狼狈上岸，第一件事，就是重新回到轨道上。从此它规规矩矩，再不敢越雷池一步，成了一个模范火车头。

老刘来了兴趣，儿童书用字简单，图文相配，他看得明白。他又摸出一本，封面上画只大嘴猴。这是一只倒霉的小猴子，一出门就赶上大雨，溅了满满一身泥巴；兔阿姨送他根冰激凌，他一跤绊在石头上，冰激凌球红红绿绿，原样倒扣在地上；举一只气球，气球飞到空中，被小鸟牵回了家。像我，倒霉蛋。他看到书上写着：“放轻松，小猴子。抱抱你的小娃娃。放轻松，刘庆国，深深地吸一口气吧；放轻松，刘庆国，唱一首安静的歌吧……”他看得鼻子发酸，认真地合上书，想了一会儿，其实什么都没有想清楚。他一本本看过去，像《小狮子，别难过》《小企鹅，学会分享》《小熊猫，做自己》……小况真是了不起的孩子，小小年龄就懂这么些做人的道理。如果儿子从小读过这些书，会不会快乐一些？

接下来，是自然认知绘本，猴子、老虎、大象、袋鼠……

每个图像都配有中英双语图注，下角标配指纹按钮，轻轻一点，发出对应的啼鸣。“嗷呜……”老虎的声音冷不丁弹出，他吓了一跳，本能地躲闪，又笑自己瞀憨。他惊讶于那些介绍蘑菇、花草、动物的图画书，它们在他老朽的脑海中，一个区域接一个区域地投下光斑，又一闪即逝，只在喉头留下阻滞又干涩的回味。他一个字一个字地念道：橡树、波斯菊、鸭跖草、干小皮伞、小鼹鼠……它们就在他的额顶晃晃悠悠，摇曳几下，又啪的一声消散在虚空里。

他想起一些遥远的镜头，一个愣头小伙儿甩着一副大脚板在山野里走；左肩头挂着杆猎枪，嘴里吹一串呼哨。他想打野山雀，越多越好，但心里清楚，在意的倒也不是什么野山雀，他只想用肩上一发子弹，楔进某个秘密里，楔进山里、林里，和那种说不上名目的流岚气霭里。比起女人和家，他更稀罕自由。他奢望这样一直走下去。

这一辈子白过了。他摇摇头，发自内心地嘲笑自己，不生老王头的气，也不生北京的气了。

他摸烟想抽一口，点着火又反悔了。他还记得去年冬天，刚搬来不久，儿媳看他吸烟的眼神。那小娘们斜着眼剜他，目光里有冰碴儿。他起身走出房门，在楼道里三口两口吸完最后的半截烟蒂。风从四面八方灌进来，身板也和这二十世纪八十年代的楼道一样，走风漏气的。他拧着眉头，好想一耸身钻回自己的小套房。那还是矿上头一批商品房，妻子鼓动他买下的。她总比他有远见，而他总比她闲暇。每次下班回来，他都叉腿坐在小茶几边，用热水澡泡到脱皮的指头，夹住一根大前门，匀匀停停地吸上半天。他不记得儿子多大了，只记得他一直猫在卧室里，娘们一样看书做题；只记得那时的妻子，年轻归年轻，早没了姿色，风风火火在厨房卧室间往复穿梭，地板干净了，饭熟了，垃圾清空了，碗洗了，洗脚水热了……风云变幻。他在父母膝下是长子，在自个儿家是圆心，在坑下是老大。自从伍老大被脱轨的猴车碾死，他就是老大，怎么说，精神老大。小年轻都拥戴他，分他大前门，也由他出面和领导交涉工资或者死难兄弟的赔偿。

遇上作业面狭窄，小兄弟尾随后面，他也会硬生生地把屁憋回去。抽烟也是，憋得次数多了，就不太有吞吐的兴致了。也有过于宽敞的作业面，煤层丈八尺高，又极深，走上几公里，都遇不到一个人。有那么两回，他感到有人拍他，回头再看，却没有人。继续走，又来那么一下，他没回头，仔细体会，知道是谁了。那伙计生前也这么拍，没轻没重，一整只手掌的力量，垂直砸在肩窝上。

他等那伙计喘气，喷来热烘烘的口气。没有回头，什么都没有。耗子唧溜跑过去。什么都没有。他想也对，亡人是不会呼吸的。

就在这时，他听到一声喘息，从丹田发出那种，“呼——”，中间没有间断，音调低沉，像在练习哭，听不出感伤，气息只是匀长，长到他自己都喘不上气来。好在总算落入尾声，他在那声线淡弱的尾梢，终于吸足一口气，又给凌空响起的野笑噎住了：“咯咯咯——咯——咯——”猫头鹰在笑，一声远，一声近，记不清奶奶还是太奶奶，去世当晚就这样被笑过。

他猛地站起来，天竟然麻麻黑了。他打开窗户，抽着鼻子看那黑成一团的树影。外头的喧嚷越发渺渺，“回家吃饭喽！”谁家的婆娘呼唤了一声。很快又静下来，什么声音都没有。回头再找，笑声又好像来自房顶的夹角，顿了几秒，凭空没了。再起时，又是“呼——呼——”低抑的长鸣，好像埋在墙里。却比墙要远，除非墙里埋着一片树林，这声音是一棵树挨一棵树接力过来的。仔细辨认，声音就来自书架一带。十分狡猾，夹在某书私密的页码，或远比它更远的地方。他倒不意外，他知道，可不能小看这些书，每一本都拖曳着一个天地，早晚会弄出响动来。

他从河北招工到煤城，第一次站在黑麻麻的坑口，望着那无底的浓黑，也这么想的。

“布谷——布谷——”有了新音色，他熟悉这声音，是鬼鸟。那么清晰、嘹亮，他能依着声腔，想象出它站在木头书架上的造型。他把挡住它的几本书一一扒下来。书摊了一地，露出压缩木板细密的纹理，什么声音都没有了。他等了半分钟，又等了半分钟，一片死静。他大惊失色，五分钟后，听到的只有自己粗重的鼻息。

门锁咔吧响起。他打了个激灵。儿子回来了。

“爸……”他有气无力地打招呼，没有抬头，和没招呼也不大有差别。

“这些书，我早上忘记收了？”他有点懊丧，又有点不满，把书胡乱捡起就往架子上塞。

“别动，这屋子有怪响。”

“爸，您尽开玩笑。”

“不信你听。”

他们果然面对面听了几秒钟。一点儿动静都没出现。那些鬼鸟、猫头鹰，全飞走了吗？还是睡着了？

“快叫、快叫！”他哄小狗儿似的，在心里央求。

然而，一点声息也没有。

儿子抬头，仔仔细细看着他。他不太习惯，下意识把脸撇开。儿子眼里有血丝，眼球看上去正在开裂。再叫一声，一声就够了。那眼睛，怎么可以那么红。

儿子干咳一声，开口道：“爸，没事儿多出去走走，和街坊邻居聊聊天，总在家，会把人闷坏的。”

“你要是怕我闷坏，就把小况叫回来。我带他上森林公园去。”

“他们……别管他们了。”

“讨厌我这老头子是吧，我早就明白。不明白的是你，瞧不起我，那是因为她压根就瞧不上你。我看你们这婚姻，早晚得散。骚娘们。”

“爸，你少说两嘴，听得烦心。”

“你也瞧不起我，我就知道，千不该万不该把老家的房子卖掉。你妈死了，小况大了，我成废物点心，没一点利用价值了，对吧！”

“爸，我还有点事儿，先走了。晚饭给你点外卖。”

他看着儿子走到门口，探出找鞋的脚板，额外摇摆了两秒钟。他走到儿子面前，盯住儿子眼球上鲜红的裂缝，激动地说：“你别走了，我走！”伸手进口袋里，摸摸身份证，“回煤城的夜车，来得及。”

“您去哪儿，房子都卖了。”

“老伙计家，老弟兄家，想了多年讨不来的婆娘家，有铺睡铺，没铺就躺地里。再不然，花园野地，哪儿还容不下我刘庆国吗！”

“我走了，您别瞎想。”儿子退到门外，驼背对着他，背部的弯弧切在他脑门儿上。

“爸，”刘明忽然扭头回来，舌头卷过皲裂的嘴皮，“如果这么说说，能让你快乐，我一点儿意见没有。哦，对了，今年过完，我就三十五了。”

儿子出门了。他站着没动，关在门外的好像是自己。“臭小子，竟然三十五了！”

他回到书架前，盘腿坐下来，努力回想自己三十五岁在做什么，却什么都想不起来，很快靠着书架睡着了。不知道从何而起的大雾，连成一片，朝他拢来，一忽儿像是雾，一忽儿又像是时间，蓝莹莹的，让人透不上气来。就在大雾要闭拢成一道缝的时候，悠悠传出一声“呼——呼——”裹挟着松散的沙砾，从某个动物肥腻的喉咙里，慵懒地解放出来。

难不成，邻居家养着野兽！那是一只什么样的兽，或许还有雀鸟？原来他有一个这么特别的邻居。原来还有老王头都不知道的秘密。他要上门一探究竟，他要讨教经验，如果有可能，也讨一只来。

他穿上外套，走进楼道里。初冬的风穿过破窗洞，吹着草黄色的灯泡来回摇晃，墙上挂着半张家政小广告，扑簌簌地招摇。像在梦里，整个楼道眼瞅着要歪倒了。他想起有一次在坑下，他和老伍歪在坑道里休息，笑声喘得头灯一颠一摇，他们聊起世界上最好的地方，最光明、最温煦、最干净，他说那只能是首都北京。他还承诺老哥，要给他看自己 19 岁那年在故宫城墙外的留影。他描述说当时他梳了一个李小龙的发型，穿一条喇叭裤，叉腰站了一个革命的八字。城墙从他两侧展开，好像一对暗红色的水泥翅膀。

他问老哥："多咱（什么时候）能在北京有个家？"

老哥敲他一个额头："你咋不先想想，多咱能在坑上有个家？"

没有裂缝，窗明几净，墙体雪白，地板光滑得蹬上回力球鞋就能溜冰。老哥笑话他："那是宫殿，不是家。"

他看着身边的宫殿，轻轻笑了一下。他走向隔壁，敲响了那油漆剥落的木门。

3

和五金店小贩儿真金白银地买东西，这还是头一次。没开张他就到了，一边等那小年轻升起卷帘门，一边说来把趁手的锤子。怕他盘问理由，暗自预备了答案：给孙儿做个小房子。刘明小的时候，他就用废木段给他钉过一个小房子。刘明在里头养蜗牛、喂小鸡，后来还养过一只小狗仔。结局都一样，都是他首先丧失耐心，抄了房子，里头的动物踩碎或是送人。小房子起先是礼物，后来成了父子最初的怨结，由儿子流着眼泪亲手毁了。小贩开门见客，特别来兴致，只自顾自地迎合着问，大孙子呢？他敷衍一句，在家嘬她妈奶呢，两人坏笑。他拣起一把锤子，在手里摩挲。小贩又问，孙子是不是特别可爱，哪天带出来瞅瞅。他没应声，也不想讨价还价，撂下二十元走了。

开门回家，阳光洒满了大半个屋子，他听到厨房似乎有响动。对着门上的挂钟看了几遍，从炫目的反光里，好不容易辨认出是九点半，儿子不可能在的。如果在该多好。他往里走，正好和儿子撞个满怀。

“没上班？！”他拉脸道。

“辞了。”

“辞了？！”他搔搔头皮，脑门在充血，“不消半年，你不就提职了？”

“不可能是我。早内定了。就算提职又怎样，还是领导跟前一条狗。”

“怎么说话呢。就你境界高，就你水平高，领导提携你，是你八辈子修来的福分！你以为领导都是吃白粮的，不比你高明一万倍。”他见儿子嘴角轻提，如同一记冷笑，继续提高一个八度，戳一根食指打拍，“从小就是个另类，我看没错，你就是一条狗。”

说完口干舌燥，正好渴着。

“十年前，我就讨厌这份工，十年后，依然讨厌。人骗不了自己。”儿子强压着火气，一边说，一边摆弄碗筷。

“拿锤子干吗？”

“给我孙子钉个小玩具。”他恶狠狠答道，把锤子放在床下藏好。

走回来，桌上已排了两碗西红柿蛋汤，红是红，白是白，清明好看。儿子叫他：“先吃饭吧！”

“吃饭，吃西北风吧？”他嘴巴预备骂上一仗，手又觉得该做点什么。扬手一挥，打翻一碗蛋汤。

“爸，相信我一回，我能找着更好的。”

蛋皮挂在桌角，破布一样，汤水滴答。

“媳妇丢了，也能找到更好的？就是因为太相信你，日子才这样难堪。”

儿子垂手怔住，嘴皮抖如筛糠。汤水沾湿了脚趾。

“你和我妈，从来都没信过我。”膨胀的嘴皮里终于送出这一句，“你们只关心你们自己。我过得好，也只是你们炫耀的谈资。可是，我过得不好，一直都不好，我没法要求玲子喜欢我，同样也不敢要求小况……”

他听儿子说完，又像是根本没留心听，钻进厨房，抽了一条抹布，以老鹰扑食的凶相，蹲在儿子脚边，推着抹布，翻转挪移，擦净了地下的汤汁。

他忽然抬头，努力够着儿子的眼睛：“你根本不知道我为你付出了什么。如果不是因为你这个兔崽子，我才不会钻到地下，一干就是大半生。我本可以……”词语忽然丢了，当中那些不成形的愿望，乘着无明火飞得无影无踪。

“你本可以做什么呢？”刘明一字一顿问，预感这是一个离父亲很近的句子。

听着鸟叫，背一杆象征性的猎枪，沿着一棵树，走向下一棵树，顺着一条虫蠖遍地爬、落叶满空山的土路，飞扬跋扈地往前走，一直走一直走，走到离天空更近的地方，一个与煤城彻底背反的城镇，或者荒郊野岭也罢。心里闪过这样一念，说出的却是：“挖煤最赚钱了。你二叔当民办教师，都没我赚得多。我这辈子问心无愧，赚足了你这龟孙的学费、你妈的医药费、你那刁媳妇的聘礼。拍着良心说，咱不丢人！亲戚故旧里，我们是第一户买摩托车的，第一户换大彩电的；矿上兴商品房，我们也是第一批搬进去的……”

“爸，你本可以做什么呢？”儿子看住他的眼睛。

“没有什么本可以。我选的就是我的命！”

“爸，我替你说吧。”儿子咽了口唾沫，说：“你没文凭，但讲义气，大伙服你；你吃得了苦，给人剪了翅膀，再累再苦都能受，可你明明是个野鹞子，你想飞的！”

“胡说！”他跳起来，“人活一辈子，就是在做迫不得已的事。再过十年，你就懂了，王八羔子！”

儿子也站起来，目不转睛地说：“选择不得已，那是你，不是我。再过十年，说不准我还活没活着……”

儿子离他那么近，一个孬种，每一个五官都被打败了，只有眼睛红得发狠，组合出那样讨厌的挑衅的表情。在这表情之下，他比任何时候都更清晰地觉察到，这一生他什么都没能落得。什么都没落得。预备好的巴掌软绵绵化在了掌心。

“呼——呼——”从屋顶的暗角、墙壁深处、书与书的夹缝，或者任何一个杳不可辨的方位，传来兽类懒洋洋的嘶鸣，两人都听得骨头松软下来。

“哪来的声音？”儿子问他。

“没什么，我什么都没听到，你听错了。”

4

隔壁门没锁，轻轻一推就开了，他险些跌闪进去。灯倒是开着，一应家具却清走了，放眼看去空荡荡的，连只垃圾桶都不剩，他往里走了一步，灰尘就着风，旋转成一座微型的风暴。两个年轻中介从里屋走出来，一个举相机，一个拿盒尺。拿盒尺的对他讲，这房子还没拍好照，没挂网上，还不能看。

“我不看房，看人。房主人呢？”

“早搬走了。”

搬哪儿了？他往里探看，看房一样里里外外打量。脚底咯吱咯吱响，心想，哦，这是神经病走过的地板；看来看去，只有些墙熏得发黄，哦，这是神经病倚靠过的墙。见地上一块污印，也马上会意，这是神经病留下的。

“我就住对门。这家人呢？”半天才想起解释一句。

拿盒尺的说，房东本人一年前就搬走了，家里人这不委托他们物色买家吗。他们看在他是老街坊的面儿上，也不避讳说开，房主给收到病院去了。什么病院，让他自己思量，就不说透了。

哦。他又转了一圈，确定没鸟笼，更没有兽类的蹄印，这才走了。

又去敲楼下的门，依然没人开。耳朵贴门板上，什么声音都听不到。掐算时日，楼下孕妇也该瓜熟蒂落了，这时候一家子大概在医院待产呢。脑子里浮现的却全是小况出生时，一家人又甜蜜又慌张的乱象。他什么忙都没帮上，只会站一边傻乐，围着婴儿床，绕过来绕过去，碍手碍脚的，不记得挨了妻子几顿臭骂。

可为什么楼上也没动静呢。按老王头的说法，他会不会真的嗝屁了……他又连爬两层，还是一样的姿势，耳郭烙在门扇上，听了很久，只听到自己粗笨的喘息。想想也是，一个将死之人，又怎么会养动物。一时间，楼道里似乎劈开了一条闪电，光和影交替出现，门明明灭灭地摇颤，像要塌了。他跑到窗户跟前，往下看，才知道是来了一辆救护车，三四个医护人员护着一团黑乎乎的人形，消失在车厢里。

他坐在书架跟前，仔细体会那声音的远近，上下左右地辨认一番，得出一个坚定的结论。墙里必定藏了一个天地，他没有理由不去看看。

入了黄昏，整个屋子浸没在昏黑中，他等着那暗色先如结块的棉絮一点点融化，变成分不出你我的浓浓的黑翳。“呼……咯咯咯——咯咯……布谷，布谷……”兽鸟们已经醒转，在轮番召唤他。

他戴好头灯，取来那把小锤子，心中泛起一阵甜蜜，仿佛小况出生时的心境，却远比那一次来得从容。他旋开额上的头灯，对着已经清空的书架，举起锤子，一记一记敲打下去。他几乎不用构思整个步骤，只是按照直觉，行云流水地先凿开一个小洞。儿子不在，邻居们也不在，就像在离地千尺的煤窑里，他可以任由锤子咬进墙壁，起先得费点气力，但很快就能破除壁障，跌进一个秘境。在那里，楼上的老爷子穿过死亡变回无忧无虑的婴孩，猫头鹰欢笑着为他指路，布谷鸟站他肩头，任由他甩开大脚在林中漫步。冷不丁地蹿出一只肥软的小兽，呼噜着喉咙贴地爬来；偶一抬头，植物学家正坐在树上，一句一句翻译野兽的歌谣：

一直走一直走，
欢畅又自由，
林中没有风，
我就是风；

腋下没有翅，

我就是翅。

古肩，毕业于北京师范大学文学院现当代文学研究所，现供职于人民文学出版社，作品散见于各文学期刊及网络平台。